MW01708509

HAC

CAN

Can Yayınları: 1563
Çağdaş Dünya Edebiyatı: 636

O Diário de um Mago, Paulo Coelho
© Paulo Coelho, 1987
Tüm hakları saklıdır.
© Can Sanat Yayınları Ltd. Şti., 2006
Bu eserin Türkçe yayın hakları Sant Jordi Asociados
(Barselona, İspanya) aracılığıyla alınmıştır.
www.paulocoelho.com

1. basım: Ağustos 2006

Kapak Tasarımı: Erkal Yavi
Kapak Düzeni: Semih Özcan
Dizgi: Gelengül Çakır
Düzelti: Fulya Tükel

Kapak Baskı: Çetin Ofset
İç Baskı ve Cilt: Şefik Matbaası

ISBN 975-07-0650-1

CAN SANAT YAYINLARI
YAPIM, DAĞITIM, TİCARET VE SANAYİ LTD. ŞTİ.
Hayriye Caddesi No. 2, 34430 Galatasaray, İstanbul
Telefon: (0212) 252 56 75 - 252 59 88 - 252 59 89 Fax: 252 72 33
http://www.canyayinlari.com
e-posta: yayinevi@canyayinlari.com

Paulo Coelho

HAC

ROMAN

Türkçesi
CELÂL ÜSTER

CAN YAYINLARI

PAULO COELHO'NUN
CAN YAYINLARI'NDAKİ
ÖTEKİ KİTAPLARI

BEŞİNCİ DAĞ / *roman*
IŞIĞIN SAVAŞÇISININ EL KİTABI / *deneme*
ON BİR DAKİKA / *roman*
PİEDRA IRMAĞININ KIYISINDA OTURDUM AĞLADIM / *roman*
SİMYACI / *roman*
ŞEYTAN VE GENÇ KADIN / *roman*
VERONİKA ÖLMEK İSTİYOR / *roman*
ZÂHİR / *roman*

Paulo Coelho, 1947'de, Brezilya'nın Rio de Janeiro kentinde doğdu. 1988'de *Simyacı*'nın yayınlanmasıyla birlikte, Coelho için başarılarla dolu bir yazarlık hayatı başlamış oldu. Coelho'nun, Can Yayınları arasında bulunan kitapları yalnızca çok satan listelerinin üst sıralarına yerleşmekle kalmadı, aynı zamanda toplumsal ve kültürel tartışmalara da yol açtı. Paulo Coelho pek çok saygın ödülün de sahibi oldu; bunlar arasında, Dünya Ekonomik Forumu'nun verdiği Crystal Award ve Fransız Légion d'Honneur Nişanı da vardır. Yazar, 2002 yılında Brezilya Edebiyat Akademisi'ne kabul edildi. Coelho ayrıca, dünyanın pek çok saygın basın kuruluşu için haftalık köşe yazıları yazmaktadır.

Celâl Üster, 1947'de İstanbul'da doğdu. İstanbul Üniversitesi Edebiyat Fakültesi İngiliz Dili ve Edebiyatı Bölümü'nde öğrenim gördü. *Cumhuriyet* gazetesi kültür servisini yönetti, *Cumhuriyet Kitap*'ın yayın yönetmenliğini üstlendi. 1983'te George Thomson'ın *Tarihöncesi Ege* adlı yapıtının çevirisiyle *Yazko Çeviri* dergisinin Azra Erhat Ödülü'ne değer görüldü. Yaroslav Haşek'ten George Orwell'e, D. H. Lawrence'dan Iris Murdoch'a, Juan Rulfo'dan Jorge Luis Borges'e, Mario Vargas Llosa'dan John Berger'a pek çok yazarın yapıtlarını dilimize kazandırdı.

İçindekiler

Yirmi Yıl Sonra

Fransa'nın güneyindeki bir kentte, bir bahçede oturmaktayım.

Karşımda yükselen dağları seyrediyorum. Yirmi yıl önce, dağların şu anda bulunduğum yerden pek de uzakta olmayan bir noktasından yürüyerek geçmiştim; Santiago Yolu'yla ilişkim böyle başlamıştı.

Zamanda geriye gidiyorum: Bir öğleden sonra, bir kahve, bir maden suyu, sohbet eden, gezinen insanlar – ama bu kez mekân León yöresinin ovaları, dil İspanyolca, doğum günüm yaklaşmakta, Saint-Jean-Pied-de-Port'dan yola çıkalı epey olmuş, Santiago de Compostela'ya giden yolun yarısından fazlasını ardımda bırakmışım. İleriye bakıyorum: Tekdüze bir görünüm, kılavuzum ıssızlığın içinden fırlamış gibi görünen barda kahvesini yudumlamakta. Geriye bakıyorum: Aynı tekdüze görünüm, tek fark ayak izlerimin toprakta duruyor olması – ama bu geçici bir durum, hava kararmadan rüzgâr ayak izlerimi silmiş olacak. Her şey gerçekdışı görünüyor gözüme. Burada ne arıyorum? Yola çıkalı haftalar oldu, ama bu soruyu kafamdan atamıyorum.

Bir kılıcın peşindeyim. Katolik Kilisesi'nin küçük bir kolu olan, sırlar ve gizemlerden uzak durarak dünyanın simgesel dilini anlamayı amaçlayan RAM'ın bir ritüelini yerine getiriyorum. Aldatılmış olduğumu, ruhsal arayışın duyular ve mantık olmadan gerçekleştirilemeyeceğini düşünüyorum, şimdi Brezilya'da, işlerimin başında bulunmam daha doğru olurdu, diye geçiriyorum aklımdan. Ruhsal arayış konusundaki içtenliğimden kuşku duyuyorum – çünkü asla ortaya çıkmayan bir Tanrı'yı aramak, vakti geldiğinde dua etmek, tuhaf yollardan geçmek, zora gelmek ve saçma bulduğum buyruklara uymak çok zahmetli bir iş.

Evet, içtenliğimden kuşku duyuyorum. Petrus'un, geride bıraktığımız günler boyunca Yol'un herkese, en sıradan insanlara bile açık olduğunu söyleyip durması beni düş kırıklığına uğrattı. Oysa, bunca çaba sonunda, evrenin büyük gizlerine erişen bir avuç ayrıcalıklı insan arasına katılabileceğimi sanıyordum. Tibetli bilgelerin gizli yönetimlerinin, insanlar arasında çekiciliğin olmadığı yerlerde aşkı depreştiren sihirli yiyeceklerin, Cennet'in kapılarının birden açılıverdiği ayinlerin varlığını keşfedeceğimi sanıyordum.

Ama Petrus tam tersini söylüyor: Ona kalırsa, kimse ayrıcalıklı değil. Petrus'a göre, kendi kendilerine "Burada ne arıyorum?" diye sormak yerine yüreklerindeki coşkuyu uyandırmak için ellerinden geleni yapmaya karar verenler seçilmiş kişiler. Bizi Cennet'in kapılarında bekleyen, sevgiyi filizlendiren, bizi Tanrı'ya götüren seçim de bu coşkulu uğraşın bir parçası. Bizi Kutsal Ruh'la buluşturan, kutsal metinlerin yüzlerce, binlerce kez okunması değil, bu coşkunun ta kendisi. Bu coşku, hayatın bir mucize olduğuna ve mucizelerin gerçekleştiğine inanma isteğiyle aynı şey; "gizli ayinler" ya da "kutsama törenleri" değil. Sonuçta, insanı insan kılan, varoluşun gizemi konusunda durmadan geliştirdiği kuramlar değil, yazgısını yerine getirmeye karar vermesi.

Ve buradayım işte. Beni Santiago de Compostela'ya ulaştıracak yolun yarısından çoğunu aşmış bulunuyorum.

Şu anda, León'da, çok geride kalmış görünen 1986 yılının o öğleden sonrasında, bu yaşamış olduklarım konusunda altı-yedi ay sonra bir kitap yazacağımdan, Santiago adında bir çobanın ruhumun derinliklerinde bir hazine aradığından, Veronika adlı bir kadının intihar etmek üzere birkaç hap yutmaya hazırlandığından, Pilar'ın Piedra Irmağı kıyısında ağlayarak günlüğünü yazacağından habersizim. Tek bildiğim, gergin ve tedirgin olduğum, bir de Petrus'la sohbet etmemin olanaksızlığı, çünkü yapmakta olduğum işi daha fazla sürdüremeyeceğimi fark ediyorum. Ay sonları elime geçecek büyük paralardan, belirli bir ruhsal dinginlikten, iyi bildiğim, kimi tekniklerinde ustalaştığım bir meslekten vazgeçeceğim. Değişmeye, rüyamın peşinden gitmeye ihtiyacım var. Bana çocuksu, gülünesi, gerçekleşmesi olanaksız gibi görünen bir rüya bu: gizliden gizliye hep arzuladığım, ama yapmaya bir türlü cesaret edemediğim bir şeyi yapmak, bir yazar olmak.

Petrus kahvesiyle maden suyunu bitirdikten sonra hesabı ödememi istiyor, bir an önce yola koyulmamız gerektiğini söylüyor; bir sonraki kent birkaç kilometre ileride. İnsanlar gezinip sohbet etmeye, orta yaşlı iki hacıya gözlerinin ucuyla bakarak dünyanın yitip gitmiş bir geçmişi her an yeniden yaşamaya hazır, garip insanlarla dolu olduğunu düşünmeye devam ediyorlar.[1] *Vakit akşamüstüne yaklaştığından sıcaklık yaklaşık 27°C olsa gerek ve ben kim bilir kaçıncı kez burada ne aradığımı soruyorum kendi kendime.*

Değişmek mi istiyordum? Sanmam, ama bu yol sonuçta değiştiriyor beni. Gizemleri keşfetmek mi istiyordum? Sanırım, ama bu yol bana ortada gizem falan olmadığını ve –tıpkı Hz. İsa'nın dediği gibi– ortaya çıkarılmayı gerektiren herhangi bir giz olmadığını öğretiyor. Sonuçta, her şey beklediğimin tam tersi bir biçimde gerçekleşiyor.

Yerimizden kalkıp konuşmadan yürümeye başlıyoruz. Ben düşüncelere dalmışım, kararsızlıklarımla baş başayım; öyle sanıyorum ki, Petrus da Milano'daki işini düşünüyor. Onun burada olmasının nedeni, gelenekleri gereği bir tür zorunluluk duyması. Ama o da bu yolun bir an önce bitmesini, sevdiği işe dönebilmeyi umuyor olsa gerek.

Bütün bir akşamüstü hiçbir şey konuşmadan yürüyoruz. Cep telefonları, fakslar, elektronik postalar henüz ortada yok. Zorunlu birlikteliğimizin ortasında yapayalnızız. Santiago de Compostela ileride bir yerlerde; yürümekte olduğumuz yolun beni yalnızca bu kente değil, dünyanın birçok başka kentine de götürmekte olduğu aklıma bile gelmiyor. León Ovası'ndaki şu akşamüstü, ikimiz de nerdeyse on

[1] Haccı gerçekleştirdiğim yıl Santiago Yolu'nu yalnızca 400 kişi yürümüştü. Resmî olmayan istatistiklere göre, 1999 yılında, metinde sözü edilen barın önünden günde 400 kişi geçmiştir.

yıl sonra Petrus'un kenti Milano'ya Simyacı *adlı bir kitapla varacağımdan habersiziz. Kim bilir kaç kez hayalini kurduğum ve kim bilir kaç kez yadsıdığım yazgıma doğru yol almaktayım. 2001 yılının Haziran ayında bir akşamüstü oturmakta olduğum bu bahçeye doğru yol almaktayım; önümde bir kahve, bir maden suyu ve Elisabetta'nın* Hac'ın *İtalyanca basımı için benden bir önsöz rica ettiği mektubu.*

Yeniden doğuşumun hikâyesinin, Petrus'un doğduğu ülkede yayımlandığını görmek üzere yol almaktayım.

Paulo Coelho
St. Martin, Ocak 2006

(Çeviren: Emrah İmre)

"Ya Rab, işte burada iki kılıç var" dediler.
O da onlara, "Yeter!" dedi.

Kitabı Mukaddes, Yeni Ahit, Luka, XXII:38.

Hac

Öndeyiş

"Şimdi, RAM'ın kutsal yüzü önünde, ellerinle Hayat Sözcüğüne dokunmalı ve tüm dünyada o Sözcüğün tanığı olman için gereken gücü edinmelisin."

Usta, hâlâ kınında duran yeni kılıcımı havaya kaldırdı. Açık havada yakılan ateşin alevleri çatırdıyordu; törenin sürmesi gerektiğini gösteren hayırlı bir işaretti bu. Diz çöktüm ve ellerimle toprağı kazmaya başladım.

2 Ocak 1986 gecesiydi; Brezilya'da, Agulhas Negras (Kara İğneler) diye bilinen kayalığın yakınlarında, Serra do Mar'ın yüksek doruklarından birinde, Itatiaia'daydık. Ustamla bana, karım, müritlerimden biri, yöreden bir rehber ve dünyanın dört bir yanındaki batınî tarikatlardan oluşan büyük kardeşlik topluluğunun -"Gelenek" diye bilinen kardeşlik topluluğunun- bir temsilcisi eşlik ediyordu. Beşimiz ve neler olacağı kendisine söylenmiş olan rehber RAM Tarikatı'nın Ustası olarak kutsanacağım törene katılıyorduk.

Çamurun içinde düzgün, geniş bir çukur kazdım. Büyük bir ağırbaşlılıkla, ellerimi toprağa koydum ve törensel sözleri söyledim. Karım, yanıma gelerek, on yıldan fazla bir zamandır kullandığım, yüzlerce tılsımı gerçekleştirirken büyük yardımını gördüğüm kılıcı bana uzattı. Kılıcı kazdığım çukura yerleştirdim, çamurla örtüp üstünü düzlettim.

Bunu yaparken, geçirdiğim onca sınavı, tüm öğrendiklerimi ve sırf o eski ve dost kılıç sayesinde gerçekleştirebildiğim tuhaf olayları geçirdim aklımdan. Artık toprak tarafından yutulacaktı, demir ağzı ve tahta kabzası toprağa geri dönecek, gücünü almış olduğu kaynağı besleyecekti.

Usta yanıma geldi, yeni kılıcımı eski kılıcımın mezarını örten toprağın üstüne bıraktı. Hep birlikte kollarımızı iki yana açtık; Usta, gücünü kullanarak, bizi kuşatan tuhaf bir ışık yarattı. Işık aydınlatmıyordu, ama açık seçik görülebiliyor ve oradakileri ateşten vuran sarımtırak renkten farklı bir renge büründürüyordu. Usta, biraz sonra, kendi kılıcını çekti, omuzlarıma ve alnıma dokundurarak dedi ki: "Seni RAM gücü ve aşkıyla, Tarikatın Ustası ve Şövalyesi kılıyorum, şimdi ve tüm hayatın boyunca. Ruh sağlamlığının R' si, aşkla tapınmanın A'sı, merhametin M'si; *regnum*'un[1] R' si, *agnum*'un[2] A'sı, *mundi*'nin[3] M'si. Kılıcın uzun süre kınında kalmasın ki, paslanmasın. Ve kılıcını çektiğinde, bir iyilik yapmadan, yeni bir yol açmadan ya da bir düşmanın kanını tatmadan asla kınına girmesin."

Kılıcının ucuyla alnımı usulca çizdi. O andan sonra, artık benden suskun kalmam istenmedi. Artık, ne güçlerimi gizlemek, ne de Gelenek yolunda gerçekleştirmeyi öğrendiğim mucizeleri gizli tutmak zorundaydım. O andan başlayarak, bir Müneccimdim artık.

Sağlam çelik ve ahşaptan yapılmış, siyah kınlı, kızıl-kara kabzalı yeni kılıcımı almak için uzandım. Tam kabzasından tutup kaldırıyordum ki, Usta fırladığı gibi var gücüyle parmaklarıma bastı. Çığlık atarak bıraktım kılıcı.

Şaşkınlıkla Usta'ya baktım. O garip ışık yok olmuştu; ateşin alevleriyle büyüyen yüzü hayaleti andıran bir görünüme bürünmüştü.

Donuk gözlerle bana baktıktan sonra karımı çağırdı ve işitemediğim bir şeyler söyleyerek kılıcı ona verdi. Sonra bana dönüp, "Çek elini," dedi, "elin seni yanılttı. Tarikat yo-

---

[1] Krallık, hükümdarlık, egemenlik. "Tanrı'nın krallığı" anlamında. (Çevirenin notu.) ["Çevirenin notu" diye belirtilenler dışındaki tüm dipnotlar yazara aittir.]

[2] Kuzu. "Hz. İsa'nın simgesi" anlamında. (Çevirenin notu.)

[3] Evrenler, dünyalar ya da insanlık, beşeriyet. (Çevirenin notu.)

lu, seçkin bir azınlık için değildir. Herkesin yoludur. Sahip olduğunu sandığın gücün bir değeri yok, çünkü herkesçe paylaşılan bir güç o. Kılıcı geri çevirmen gerekirdi. Eğer geri çevirseydin, kılıç sana verilecekti; çünkü yüreğinin temiz olduğunu göstermiş olacaktın. Ama korktuğum başıma geldi, en can alıcı anda sendeleyip düştün. Hırsın yüzünden artık kılıcını yeniden aramak zorundasın. Gururun yüzünden onu sıradan insanların arasında araman gerekecek. Mucizelerin büyüsüne kapıldığın için, sana cömertçe verilmek üzere olan şeyi yeniden ele geçirmek amacıyla uğraş vermen gerekecek."

Sanki yer ayaklarımın altından çekiliyordu. Oracığa diz çöktüm, sersem gibiydim. Toprağa verdiğim eski kılıcımı geri alamazdım. Yeni kılıç da bana verilmediğinden, artık güçsüz ve savunmasız, yeni baştan onun peşine düşmeliydim. Göksel Kutsanma günümde, Ustamın buyurganlığı beni dünyaya geri döndürmüştü.

Rehber ateşi söndürdü, karım yerden kalkmama yardım etti. Yeni kılıç karımın ellerindeydi, ama Gelenek'in kurallarına göre Ustamın izni olmadan ona dokunamazdım. Rehberin fenerinin ışığında, sessizce ormandan geçerek, arabaların durduğu dar, çamurlu yola indik.

Kimse hoşçakal demedi. Karım kılıcı arabanın bagajına koyup motoru çalıştırdı. Arabayı yoldaki tümsek ve çukurların arasından dikkatle sürerken, uzun süre hiç konuşmadık.

Sonra, beni yüreklendirmeye çalışarak, "Merak etme," dedi. "Kılıcı geri alacağından eminim."

Usta'nın ona ne dediğini sordum.

"Üç şey söyledi bana. Birincisi, 'Yukarıları sandığımdan soğukmuş, keşke yanıma sıcak tutacak bir şey alsaydım,' dedi. İkincisi, orada olanlara hiç şaşırmadığını, daha önce aynı durumun senin vardığın noktaya varan başkalarında da birçok kez görüldüğünü söyledi. Üçüncüsü, kılıcının seni doğru zamanda, doğru günde, geçmen gereken yolun bir yerinde bekleyeceğini söyledi. Ama ne günü biliyorum, ne de zamanı. Bana yalnızca kılıcı nereye gizleyeceğimi söyledi."

Heyecan içinde, “Peki, hangi yoldan söz ediyordu ki?” diye sordum.

“Doğrusu, pek açık seçik anlatmadı. Yalnızca İspanya haritasında Santiago Yolu diye bilinen bir ortaçağ yoluna bakman gerektiğini söyledi.”

SANTIAGO YOLU

FRANSA
ÖRFEZİ
SAINT-JEAN-PIED-DE-PORT
RONCESVALLES
PAMPLONA
PUENTE DE LA REINA
ESTELLA
SANTO DOMINGO
LOGROÑO
NTES DE OCA
BARSELONA
AKDENİZ

Varış

Gümrük memuru, karımın yanında getirdiği kılıcı uzun uzadıya inceledikten sonra onu ne yapacağımızı sordu. Ben de, kılıcı müzayedede satmak istediğimizi, o yüzden değer biçmesi için bir dostumuza göstereceğimizi söyledim. Yalan işe yaradı: Gümrük memuru, ülkeye kılıçla Bajadas Havalimanı'ndan girdiğimizi bildiren yazılı bir belge verdi bize ve ülkeden kılıçla ayrılmaya kalktığımızda bir sorunla karşılaşırsak, belgeyi gümrük görevlilerine göstermemizin yeterli olacağını söyledi.

Kiralık araba servisine uğrayıp araçlarımızı seçtik. Arabaların belgelerini de aldıktan sonra, ayrı yönlere doğru yola çıkmadan havalimanı restoranında bir şeyler atıştırdık.

Hem uçuş korkusundan, hem de vardığımızda neler olacağını düşünüp durduğumuz için, uçakta bütün gece uyumamıştık; şimdi de heyecandan uykumuz kaçmıştı.

Karım, kim bilir kaçıncı kez, "Merak edecek bir şey yok," dedi. "Sen Fransa'ya gideceksin, Saint-Jean-Pied-de-Port'da Madam Lourdes'u bulacaksın. Madam Lourdes, sana Santiago Yolu boyunca rehberlik edecek biriyle buluşturacak seni."

Ben de, kim bilir kaçıncı kez, "Ya sen?" diye sordum ne yanıt vereceğini bile bile.

"Ben gitmem gereken yere gidiyorum, bana emanet edileni oraya bırakacağım. Sonra, birkaç gün Madrid'de kalıp Brezilya'ya döneceğim. Dert etme, işleri yürütebilirim."

Konuyu kapatmaya çalışarak, "Ondan kuşkum yok," diye yanıtladım. Brezilya'da ardımda bıraktığım işler beni fazlasıyla kaygılandırıyordu. Agulhas Negras'daki olayı izleyen on beş günde, Santiago Yolu'yla ilgili bilmem gereken her şeyi öğrenmiştim; ama her şeyi ardımda bırakıp yola çıkmaya karar verene kadar yedi ay akla karayı seçmiştim. Bir sabah karım artık vaktin yaklaştığını, kararımı vermezsem Gelenek yolunu da, RAM tarikatını da unutmam gerekeceğini söyleyince aklım başıma gelmişti. Ona Ustamın bana yerine getirilmesi olanaksız bir görev verdiğini, işimi gücümü bir kalemde silip atamayacağımı anlatmıştım. Karım, gülümseyerek, boş yere bin dereden su getirdiğimi, yedi ay boyunca her gün sabahtan akşama kadar gideyim mi, gitmeyeyim mi diye arpacıkumrusu gibi düşünmekten başka bir şey yapmadığımı söylemiş, sonra da uçuş tarihleri çoktan belirlenmiş iki uçak biletini uzatıvermişti.

İşte şimdi havalimanı restoranındaydık. "Senin kararınla buradayız," dedim somurtarak. "Kılıcımı arama kararını başka birine bıraktım ya, bu işin yürüyeceğinden bile emin değilim."

Karım, saçmalamaya başlayacaksak vedalaşıp yolumuza gitmemizin daha iyi olacağını söyledi.

"Sen hayatında hiçbir zaman önemli bir kararını başka birine bırakmadın. Haydi, gidelim. Geç oluyor." Kalkıp bavulunu aldı, park yerine doğru yürümeye başladı. Onu durdurmadım. Oturduğum yerden, kılıcımı acemice taşıyışını izliyordum; her an koltuğunun altından kayıp düşecekmiş gibiydi.

Birden durdu, dönüp masaya geldi, umarsızca öptü beni. Tek bir söz etmeden bir süre yüzüme baktı. İşte o zaman birden, artık gerçekten İspanya'da olduğumu ve geri dönüş olmadığını kavradım. Başarısızlığa uğramam için birçok neden olduğunu bilmeme karşın ilk adımı atmıştım. Ona olan tüm aşkımı o anda aktarmak istercesine tutkuyla kucakladım karımı. Ve o kollarımdayken, inandığım her şeye ve herkese dua ettim, Tanrı'dan karıma kılıcımla dönmemi sağlayacak gücü vermesini diledim.

Karım gittikten sonra, yan masadan, "Çok güzel bir kılıçtı, değil mi?" diye bir kadın sesi geldi.

Adamın biri, "Dert etmeyin," dedi. "Size onun aynısını alabilirim. İspanya'daki turistik mağazalarda binlercesi satılıyor."

Bir saat kadar yol aldıktan sonra bir gece öncenin yorgunluğu bastırdı. Ağustos sıcağı öyle yakıcıydı ki, açık yolda olmama karşın araba su kaynatmaya başlamıştı. Yol tabelalarında sit alanı olduğu belirtilen küçük bir kasabada durmaya karar verdim. Kasabaya giden dik yolu tırmanırken, Santiago Yolu hakkında öğrenmiş olduğum her şeyi gözden geçirmeye başladım.

İslamiyet, Hz. Muhammed'in Mekke'den Medine'ye göç edişi gibi, tüm inananların ömürlerinde en az bir kez Kâbe'yi ziyaret etmelerini gerektirir ya, Hıristiyanlar da birinci binyılda üç yolu kutsal sayıyorlardı. Bu yolları aşanların kutsandığına ve günahlarının bağışlandığına inanılıyordu. Birinci yol, Aziz Petrus'un Roma'daki mezarına giden yoldu; bu yola gidenlere Gezginler deniyordu ve bunlar haçı simgeleri kabul ediyorlardı. İkinci yol, Hz. İsa'nın Kudüs' teki Kutsal Kabrine giden yoldu; bu yola gidenler, Hz. İsa Kudüs'e girdiğinde palmiye dallarıyla karşılandığından palmiye dallarını simgeleri sayarlardı; o yüzden onlara Palmistler denmişti. Bir de, Havari San Tiago'nun -İngilizce' de Saint James, Fransızca'da Jacques, İtalyanca'da Giacomo, Latince'de Jacob–[1] mezarına giden üçüncü bir yol vardı. San Tiago, İber Yarımadası'nda, bir çobanın bir gece bir tarlanın üstünde parlak bir yıldız gördüğü yere gömülmüştü. Söylenceye göre, yalnızca San Tiago değil, Hz. İsa'nın ölümünden hemen sonra Bakire Meryem de oraya gitmiş, İncil'in müjdesini taşıyarak insanlara din değiştirmeyi öğütlemişti. Gel zaman git zaman Compostela -yıldız tarlası- adı verilen bu yerde kurulan kenti Hıristiyan dünyasının dört

[1] Bizde Yakub diye bilinir. (Çevirmenin notu.)

bir yanından insanlar ziyaret etmeye başlamışlardı. Hacı denen bu ziyaretçilerin simgesi denizkabuğuydu.

Bu kentin, ününün doruğuna eriştiği on dördüncü yüzyıl boyunca, Samanyolu'na –hacılar geceleri yollarını bu takımyıldıza bakarak buldukları için üçüncü yola böyle de deniyordu– her yıl Avrupa'nın dört yanından bir milyondan fazla insan akın etmişti. Bugün bile, mistikler, sofular ve araştırmacılar, Fransa'nın Saint-Jean-Pied-de-Port kenti ile İspanya'daki Santiago de Compostela Katedrali arasındaki yedi yüz kilometrelik yolu yayan gidiyorlar.[1]

Hacıların bugün izledikleri yol ile ortaçağda Charlemagne, Assisili Aziz Francesco, Kastilya Kraliçesi Isabella ve son olarak da Papa XXIII. Johannes'in geçtikleri yolun aynı yol olduğunu biliyorsak, bunu 1123 yılında Compostela'ya kadar yürümüş olan Fransız rahip Aymeric Picaud'ya borçluyuz.

Picaud bu deneyimiyle ilgili beş kitap yazmıştı. San Tiago'nun müridi olan Papa II. Calixtus'un yapıtı olarak sunulan bu kitaplar sonradan Calixtinus Kodeksi adını almıştı. Picaud, Kodeksin Beşinci Kitabında, yolun doğal özelliklerini, yol boyunca yer alan çeşmeler, hastaneler, barınaklar ve kentleri anlatıyordu. O sıralar, Picaud'nun notlarından yararlanarak yoldaki tüm doğal işaretleri korumak ve yola çıkan hacılara rehberlik yapmak amacıyla "Saint-Jacques Dostları" adında özel bir dernek kurulmuştu.

On ikinci yüzyılda da, İspanya, yarımadayı istila etmiş olan Magriplilere karşı verilen savaşta San Tiago söylencesinden yararlanmaya başlamıştı. Santiago Yolu üstünde dinsel ve askerî nitelikli çeşitli tarikatlar kurulmuş, havarinin külleri Müslümanlara karşı savaşın güçlü bir simgesi olup çıkmıştı. Buna karşılık, Müslümanlar da Hz. Muhammed'in bir kolunun yanlarında olduğunu ileri sürmüşler, o kolu kendilerine yol gösteren bir simge haline getirmişlerdi. İspanya ülkenin denetimini yeniden ele geçirdiğinde, militan tarikatlar soylular için büyük bir tehlike oluştura-

[1] Santiago Yolu, Fransa tarafında, Puente de la Reina adındaki İspanyol kentinde birleşen çeşitli yollardan oluşuyordu. Saint-Jean-Pied-de-Port kenti, bu üç yoldan birinin üstündedir; bu, tek yol olmadığı gibi en önemli yol da değildir.

cak kadar güçlenmiş bulunuyorlardı. Katolik krallar, tarikatların ayaklanmasını önlemek için duruma doğrudan el koymak zorunda kalıyorlardı. Bunun sonucunda, Santiago Yolu yavaş yavaş unutulup gitmişti; ara sıra Buñuel'in *Samanyolu* ve Juan Manoel Serrat'ın *Gezgin* adlı tabloları gibi sanat yapıtları ortaya çıkmasa, sonradan Yeni Dünya'ya yerleşecek olan milyonlarca insanın bu yoldan geçtiğini hiç kimse hatırlamayacaktı.

Kasabaya ulaştığımda görünürde kimseler yoktu. Arabadan inip epey bir süre dolaştıktan sonra ortaçağ tarzında yapılmış eski bir evde küçük bir bar buldum. Barın sahibi televizyonda bir programa dalmıştı; başını bile çevirmeden siesta vakti olduğunu söyledi, o sıcakta ortalıkta dolaştığıma bakılırsa deli olmalıydım.

Alkolsüz bir içecek isteyip televizyon seyretmeye çalıştım, ama dikkatimi veremiyordum. Tek düşünebildiğim, Odysseus'u Troya'dan geri getiren, Don Quijote'nin yaşadıklarının bir parçası olan, Dante ve Orpheus'u cehenneme yönelten, Kolomb'u Amerika kıtasına yönlendiren büyük insan serüvenini, bilinmeyene doğru yola çıkma serüvenini iki güne kadar burada, yirminci yüzyılın ikinci yarısında yeniden yaşayacağımdı.

Arabama geri döndüğümde biraz olsun sakinleşmiştim. Kılıcımı bulamasam bile, Santiago Yolu'ndaki hac yolculuğu kendimi bulmama yardımcı olacaktı.

Saint-Jean-Pied-de-Port

Masklar takmış insanlar, Fransız Bask bölgesinin renkleri kırmızı, yeşil, beyaza bürünmüş bir bando eşliğinde Saint-Jean-Pied-de-Port'un ana caddesinden geçiyorlardı. Günlerden pazardı. Son iki gün durmaksızın araba sürdükten sonra kendimi şenliğin ortasında bulmuştum. Ama Madam Lourdes'la buluşma vakti gelmişti. Arabayla kalabalığın arasından sıyrılmaya çalışırken Fransızca küfürlerden geçilmiyordu; sonunda kentin surlarla çevrili en eski kesimine ulaşmayı başardım. Madam Lourdes burada oturuyordu. Pireneler'in bu yüksek bölgesinde bile gündüz hava çok sıcaktı; arabadan indiğimde ter içindeydim.

Kapıyı vurup bekledim. Bir daha vurdum, ama yanıt gelmedi. Üçüncü kez vurdum, yine ses seda yoktu. Hem şaşırmış, hem de kaygıya kapılmıştım. Karım oraya tam o gün varmam gerektiğini söylemişti; bu kez sesleneyim dedim, ama yine yanıt alamadım. Madam Lourdes ya geçit törenini izlemeye gitmişti ya da çok geç kaldığım için benimle görüşmekten vazgeçmişti. Santiago Yolu'ndaki yolculuğum daha başlamadan bitmiş gibi görünüyordu.

Tam o sırada kapı birden açıldı, karşımda bir çocuk belirdi. Afallamıştım, bozuk bir Fransızca'yla Madam Lourdes'u sordum. Çocuk gülümseyerek evi gösterdi. Hatamı ancak o zaman anlayabildim: Kapı, balkonlu ortaçağ evleriyle çevrili büyük bir avluya açılıyordu. Aslında kilitli değildi, kulbunu çevirip açmak aklıma gelmemişti.

Avluyu koşarak geçip çocuğun gösterdiği eve vardım. İçeride yaşlıca, şişman bir kadın, kahverengi gözleriyle mahzun mahzun bakan küçük bir çocuğa Bask dilinde bağırıp çağırıyordu. Bir süre bağırtıların sona ermesini bekledim; çocukcağız biraz sonra yaşlı kadının sövgüleri arasında mutfağın yolunu tuttu. Kadın ancak ondan sonra bana döndü ve ne istediğimi bile sormadan kibar jestlerle ve hafifçe iteklerek küçük evin ikinci katına çıkardı beni. Bu kat tek bir odadan oluşuyordu: kitaplardan, objelerden, San Tiago heykelciklerinden, Santiago Yolu anmalıklarından geçilmeyen, küçük, tıkış tıkış bir çalışma odası. Raftan bir kitap aldı, beni ayakta bırakarak odadaki tek masanın başına oturdu.

Doğrudan konuya girerek, "Sen de Santiago'ya gidecek hacılardan biri olmalısın," dedi. "Santiago Yolu'nu yürüyenlerin kaydedildiği deftere adını girmem gerekiyor."

Adımı verdim. "İstiridyeler"i getirip getirmediğimi sordu. Hacıların, havarinin mezarının simgesi olarak benimsedikleri denizkabuklarından söz ediyordu; hacılar buluştuklarında denizkabukları bir tür kimlik yerine geçiyordu.[1]

İspanya'ya gelmeden, Brezilya'da Aparecida do Norte denen bir yere bir hac yolculuğu yapmıştım. Orada, Meryem Anamızın, üç denizkabuğu üstüne işlenmiş bir suretini satın almıştım. Sırt çantamdan çıkarıp Madam Lourdes'a verdim.

"Hoş, ama kullanışlı değil," diyerek geri verdi. "Hac yolculuğun sırasında kırılabilir."

"Kırılmaz. Havarinin mezarına bırakacağım."

Madam Lourdes'un bana ayıracağı pek fazla vakti yokmuş gibi görünüyordu. Bana, Yol'daki manastırlarda kalmamı sağlayacak küçük bir kart verdi; karta, hac yolculuğuna Saint-Jean-Pied-de-Port'dan başladığımı gösteren bir mü-

---

[1] Santiago Yolu, Fransız kültüründe bir tek iz bırakmıştır; o da, ülkenin ulusal gururu gastronomiye yerleşmiş olan "Coquilles Saint-Jacques"tır (Saint-Jacques Kabukları).

hür bastıktan sonra, artık Tanrı'nın inayetiyle yola çıkabileceğimi söyledi.

"Peki, rehberim nerede?" diye sordum.

"Ne rehberi?" diye yanıtladı. Biraz şaşırmıştı, ama gözlerinde bir ışık yanıp söndü.

Birden, çok önemli bir şeyi unuttuğumu fark ettim. Bir an önce oraya varıp sorunu halletmenin telaşıyla Eski Sözcüğü söylemeyi unutmuştum. Eski Sözcük, Gelenek'e bağlı tarikatların müritlerinin kimliklerini saptayan bir çeşit parolaydı. Hatamı hemen düzelterek sözcüğü söyledim. Madam Lourdes da biraz önce verdiği kartı elimden alıverdi.

Bir karton kutunun üstüne yığılmış eski gazeteleri kaldırırken, "Bu karta ihtiyacın olmayacak," dedi. "İzleyeceğin yola ve nerelerde konaklayacağına rehberin karar verecek."

Kutunun içinden bir şapkayla bir pelerin çıkardı. Çok eski görünmelerine karşın iyi korundukları anlaşılıyordu. Odanın ortasında durmamı istedi ve sessizce dua etmeye başladı. Sonra pelerini omuzlarıma yerleştirip şapkayı başıma geçirdi. Şapkaya da, pelerinin omuz yerlerine de denizkabukları iliştirilmişti. Yaşlı kadın, dua etmeyi sürdürürken, odanın köşesindeki çoban değneğini alıp sağ elime tutuşturdu. Değneğin ucunda küçük bir sukabağı asılıydı. Bermuda şortumla göğsünde "I LOVE NY" yazan tişörtümü çıkarmadan, Compostela'ya hacca gidenlerin ortaçağ kıyafetine bürünmüş, odanın ortasında öyle dikiliyordum.

Yaşlı kadın yaklaşıp tam karşımda durdu. Sonra, vecde gelmişçesine, ellerini başıma koyup, "Havari San Tiago yardımcın olsun, keşfetmen gereken biricik şeyi sana göstersin," dedi. "Ne çok yavaş yürü, ne de çok hızlı; hep Yol'un yasalarına ve gereklerine uyarak yürü. Canice, kâfirce ve anlamsız bir buyruk da verse, rehberinin sözünden çıkma. Ona kayıtsız şartsız boyun eğeceğine yemin etmelisin."

Yemin ettim.

"Gelenek'in eski hacılarının Ruhu yolculuk boyunca yanında olmalı. Şapka güneşten ve kötü düşüncelerden, pelerin yağmurdan ve kötü sözlerden, sukabağı da düşmanlardan ve kötülüklerden korur seni. Tanrı'nın, San Tiago'nun ve Bakire Meryem'in inayeti gece gündüz seninle olsun. Amin."

Böyle dedikten sonra hemen eski haline döndü: Çabucak, biraz da telaşla giysileri geri alıp kutuya koydu, sukabağı asılı çoban değneğini köşeye bıraktı, parolayı verdi ve yola çıkmamı istedi; rehberim Saint-Jean-Pied-de-Port'un iki kilometre dışında beni bekleyecekti.

"Bandodan nefret eder," dedi. "Ama çaldıkları müziği iki kilometre öteden bile duyuyordur; Pireneler'de ses çok iyi yankılanır."

Çıkmadan, arabayı ne yapacağımı sordum. Anahtarları kendisine bırakmamı söyledi; biri gelip alacaktı arabayı. Sonra, başka bir şey demeden aşağı inip mutfağa daldı, mahzun yüzlü çocuğa yeniden verip veriştirmeye başladı. Arabanın bagajını açıp küçük mavi sırt çantamla uyku tulumumu aldım, Meryem Anamızın suretini en korunaklı yere yerleştirdim. Çantamı sırtıma vurup geri döndüm, anahtarları Madam Lourdes'a teslim ettim.

"Pied-de-Port'dan bu sokağı izleyerek çık," dedi, "surların bitiminde kentin kapısına varacaksın. Santiago de Compostela'ya vardığında Meryem Ana'ya benim için de dua et. Santiago Yolu'nu o kadar çok yürüdüm ki, şimdi o coşkuyu başka hacıların gözlerinde okumakla yetiniyorum; artık çok yaşlandım, yürüyemiyorum. San Tiago'ya söyle bunu. Bir de, yakında o kadar yorucu olmayan, kestirme bir yoldan yanına varabileceğimi söyle."

Surların altındaki İspanyol Kapısı'ndan geçerek küçük kentten çıktım. Kent eskiden Romalı istilacıların anayolu üstündeymiş, bu kapıdan bir zamanlar Charlemagne ve Napoléon da geçmiş. Yürürken, uzaktan bandonun sesi geliyordu; kentin yakınlarındaki bir köyün yıkıntıları arasında ansızın büyük bir heyecana kapılarak gözyaşlarına boğuldum: İşte tam orada, yıkıntıların ortasında, Santiago Yolu'nda yürüdüğümü yüreğimde hissettim.

Sabah güneşinin aydınlattığı, müzik sesiyle yankılanan vadiyi kuşatan Pireneler'in görünümü, insanların çoğu tarafından unutulmuş, tanımlayamadığım, ilkel bir şeye geri dönmekte olduğum duygusu uyandırdı bende. Tuhaf ve güçlü bir duyguydu bu; adımlarımı sıklaştırmaya, Madam Lourdes'un rehberimin beni bekleyeceğini söylediği yere bir an önce varmaya karar verdim. Yürürken gömleğimi çıkarıp sırt çantama attım. Çantanın kayışları omuzlarımı biraz kesiyordu ama, hiç değilse eski lastik pabuçlarım ayağımı sıkmıyordu. Kırk dakika kadar sonra, yol kocaman bir kayanın çevresinden dönerken karşıma eski, terk edilmiş bir kuyu çıktı. Kuyunun orada, yere oturmuş elli yaşlarında, siyah saçlı, Çingene'ye benzeyen bir adam gördüm; sırt çantasının içinde bir şeyler aranıyordu.

Yeni biriyle karşılaştığımda kapıldığım her zamanki ürkekliğimle, "*Hola*," dedim İspanyolca. "Beni bekliyor olmalısın. Adım Paulo."

Adam, sırt çantasını karıştırmayı bırakıp beni tepeden tırnağa süzdü. Bakışları soğuktu. Beni gördüğüne hiç şaşırmamış gibiydi. Onu tanıyormuşum gibi geldi.

"Evet, seni bekliyordum, ama bu kadar erken değil. Ne istiyorsun?"

Bu soru beni biraz şaşırttıysa da, Samanyolu boyunca rehberlik edeceği kişinin ben olduğumu, kılıcımı bulmak için yollara düştüğümü söyledim.

"Hiç gerek yok," dedi adam. "İstersen sana kılıcını bulabilirim. Ama bulmamı isteyip istemediğine hemen şimdi karar vermelisin."

Hiç tanımadığım bu adamla yaptığım konuşma bana gittikçe tuhaf geliyordu. Ama ona tümüyle boyun eğeceğime yemin ettiğim için yanıt vermekten başka çarem yoktu. Kılıcımı bulabilirse çok vakit kazanacaktım; o zaman hemen Brezilya'daki dostlarıma ve işimin başına dönebilirdim, aklım onlarda kalmıştı. Bu bir hile de olabilirdi, ama yine de ona yanıt vermemde bir sakınca yoktu.

Tam kılıcımı bulmasını istediğimi söyleyecektim ki, arkamdan İspanyolca'ya çalan bir ses geldi: "Bir dağın yüksek olup olmadığını anlaman için o dağa tırmanman gerekmez."

Parolaydı bu! Arkama dönünce kırk yaşlarında bir adam gördüm; altında hâki bir Bermuda şort, sırtında beyaz, tere batmış bir tişört vardı. Çingene'ye bakıyordu. Saçları ağarmış, teni güneşten kapkara olmuştu. Telaştan, her türlü önlemi elden bırakmış, karşıma çıkan ilk yabancıya teslim olmuştum.

"Gemi limanda güvendedir, ama gemiler limanda beklemeleri için yapılmaz," diye doğru karşılığı verdim. Bu arada, adam gözlerini Çingene'ye dikmişti, Çingene de adamın gözlerinin içine bakıyordu. Bir süre, en küçük bir korku ya da meydan okuma belirtisi göstermeden karşı karşıya durdular. Sonra Çingene sırt çantasını yere bıraktı, küçümseyici bir edayla gülümsedi ve Saint-Jean-Pied-de-Port'a doğru yürüdü gitti. Çingene birkaç dakika önce çevresini dolandığım koca kayanın ardında kaybolur kaybolmaz, yeni gelen, "Benim adım Petrus,"[1] dedi. "Bir dahaki sefere daha temkinli olmalısın."

Sesinde, Çingene'den ve Madam Lourdes'dan farklı, sevecen bir ton vardı. Sırt çantasını yerden aldığında, çantanın arkasında bir denizkabuğu olduğunu fark ettim. Çantanın içinden bir şarap şişesi çıkardı, bir yudum aldıktan sonra bana uzattı. Ben de bir yudum aldıktan sonra Çingene'nin kim olduğunu sordum.

Petrus, "Burası, İspanyol Bask ülkesinden gelen kaçakçılar ve terörist sığınmacıların sıkça kullandıkları bir sınır yolu," dedi. "Polis buralara pek uğramaz."

"Ama sorumu yanıtlamadın. Birbirinize iki eski dostmuşsunuz gibi baktınız. Bana da onu tanıyormuşum gibi geldi. O yüzden çok rahat davrandım."

Petrus, gülümseyerek, yola koyulmamız gerektiğini söyledi. Eşyalarımı topladım, sessizce yürümeye başladık. Petrus'un gülümsemesinden, benimle aynı şeyi düşündüğünü anladım.

Bir şeytanla karşılaşmıştık.

Bir süre hiç konuşmadan yürüdük. Madam Lourdes'un haklı olduğunu anlamıştım: Üç kilometre öteden hâlâ bandonun sesi geliyordu. Petrus'a hayatıyla, işiyle ilgili bazı sorular sormak istiyordum, onu buraya neyin getirdiğini me-

---

[1] Doğrusu, Petrus bana gerçek adını söyledi. Gizliliğini korumak için gerçek adını vermiyorum. Ama bu kitapta yalnızca birkaç adı değiştirdiğimi söylemeliyim.

rak ediyordum. Gerçi daha yedi yüz kilometre yolumuz olduğunu, tüm sorularıma yanıt alacağım uygun ânı beklemem gerektiğini biliyordum; ama Çingene'yi de bir türlü aklımdan çıkaramıyordum. Sonunda sessizliği bozdum:

"Petrus, bence o Çingene şeytandı."

"Evet, şeytandı." Beni doğrulayınca, hem korkuya kapılmış, hem de rahatlamıştım. "Ama Gelenek'ten tanıdığın şeytan değil o."

Gelenek'te, şeytan, ne iyi ne de kötü olan bir ruhtur; insanların erişebildiği sırların çoğunun koruyucusu olduğuna ve maddî şeylere hükmünün geçtiğine inanılır. Düşkün bir melek olduğundan insan soyuyla bir tutulur ve her zaman pazarlık yapmaya, iltimas geçmeye hazırdır. Çingene ile Gelenek'in şeytanı arasında ne fark olduğunu sordum.

"Yolda başkalarına da rastlayacağız," diye gülümsedi. "Sen de göreceksin. Ama şimdiden bir fikir edinmek istersen, Çingene'yle konuştuklarını anımsamaya çalış."

Çingene'nin iki sözünü aklımdan geçirdim. Beni beklediğini ve bana kılıcımı bulabileceğini söylemişti.

Petrus, bu iki sözün, sırt çantasını çalmaya kalkışacak bir hırsıza çok uygun düştüğünü söyledi; hem vakit kazanmayı, hem de kolayca kaçabilmek için güvenimi kazanmayı amaçlamış olabilirdi. Öte yandan, bu iki söz gerçek anlamda da söylenmiş olabilirdi.

"Peki, hangisi doğru?"

"İkisi de. Zavallı hırsız, kendini koruyabilmek için, tam da sana söylenmesi gereken sözleri akıl etmiş. Akıllılık ettiğini sanmış, ama aslında daha büyük bir gücün elinde oyuncak olduğunu fark etmemiş. Ben oraya vardığımda kaçsaydı, şimdi bunları konuşuyor olmayacaktık. Ama benimle karşılaşmaktan çekinmedi; onun gözlerinde, senin Yol'da bir yerde karşılaşacağın bir şeytanın adını okudum."

Petrus'a bakılırsa, bu karşılaşma hayra alametti, çünkü şeytan kendini çok erken açığa vurmuştu.

"Bu arada, onun için kaygılanma, çünkü az önce de dediğim gibi başka şeytanlarla da karşılaşacaksın. En önemlisi o olabilir, ama rastlayacağın tek şeytan o olmayacak."

Çölü andıran bir alandan dağınık küçük ağaçlarla kaplı bir yere doğru yürüyorduk. Petrus, arada sırada sessizliği bozarak, geçtiğimiz yerler hakkında tarihsel bilgiler veriyordu. Bir kraliçenin son gecesini geçirdiği evi, yörede yaşayanlardan birkaçının mucizeler yarattığına yemin ettikleri mübarek bir adamın inzivaya çekildiği küçük taş kiliseyi gördüm.

Petrus, "Mucizeler çok önemli, öyle değil mi?" diye sordu.

Bence de öyleydi, ama hayatımda hiçbir zaman büyük bir mucizeye tanık olmamıştım. Gelenek'teki çömezliğim daha çok düşünsel düzlemde geçmişti. Kılıcımı yeniden ele geçirdiğimde, evet, o zaman, Ustamın başardığı olağanüstü işleri başarabileceğime inanıyordum.

"Ama Ustamın gerçekleştirdikleri mucize değil, çünkü doğa yasalarıyla çelişmiyorlar. Ustamın yaptığı, doğa güçlerinden yararlanarak..."

Ustamın ruhlara nasıl cisimlendirdiğini, nesneleri hiç dokunmadan nasıl bir yerden bir yere taşıdığını ya da birkaç kez tanık olduğum gibi bulutlu bir öğleden sonra gökyüzünde nasıl mavilikler yarattığını açıklayamayacağımı fark edince sözümü yarıda kestim.

Petrus, "Belki de o şeyleri sırf seni bilgisine ve gücüne inandırmak için yapıyordur," diye karşılık verdi.

Pek aklım yatmadı ama, "Belki, olabilir," dedim.

Petrus yürürken sigara içmekten nefret ettiğini söylediği için bir taşın üstüne oturduk. Meğer insan yürürken sigara içtiğinde ciğerlere daha çok nikotin gidiyormuş ve duman midesini bulandırıyormuş.

"Usta kılıcı almanı o yüzden istemedi," diye devam etti. "O şaşırtıcı işleri nasıl yaptığını anlamadığın için. Bilgiye uzanan yolun herkese, sıradan insanlara açık bir yol olduğunu unuttuğun için. Yolculuğumuz boyunca sana RAM alıştırmaları denen bazı egzersizler ve ritüeller öğreteceğim. Hepimiz hayatımızın bir zamanında bunların en azından birinden yararlanmışızdır. Bu alıştırmaların her biri onu bulmak isteyen herkes tarafından sabır ve akılla keşfedilebilir, hayatın bize öğrettiği derslerdir bunlar.

"RAM alıştırmaları kadar basittir ki, senin gibi hayatı

iyice karmaşıklaştırmaya alışmış insanlar onları pek önemsemezler. Ama insanların diledikleri her şeyi, ama her şeyi elde edebilmelerini sağlayan da onlardır.

"Hz. İsa, müritleri mucizeler yaratmaya, şifalar dağıtmaya başlayınca, Yüce Tanrı'ya şükretti; böyle şeyleri bilgili insanlardan saklayıp sıradan insanlara açtığı için Tanrı'ya şükretti. Diyeceğim, Tanrı'ya inanıyorsak Tanrı'nın âdil olduğuna da inanmalıyız."

Petrus yerden göğe kadar haklıydı. Yalnızca vakti ve parası olan, okumuş insanların pahalı kitaplar alıp gerçek bilgiye erişmelerine izin vermek, ilâhî bir adaletsizlik olurdu.

Petrus, "Bilgeliğin gerçek yolu üç şeyle tanımlanabilir," dedi. "Birincisi, sevgiyi içermeli, bu konuda daha sonra sana daha çok şey anlatacağım; ikincisi, hayatına uygulanabilmeli. Yoksa bilgelik, hiç kullanılmayan bir kılıç gibi paslanıp işe yaramaz hale gelebilir.

"Son olarak da, herkesin izleyebileceği bir yol olmalı. Şu anda yürümekte olduğun yol gibi, Santiago Yolu gibi."

Tüm bir öğleden sonra durmadan yürüdük; Petrus ancak güneş dağların ardında kaybolmaya başladığında yeniden durmaya karar verdi. Çevremizi kuşatan Pireneler'in yüksek doruklarına hâlâ günün son ışıkları vuruyordu.

Petrus, yeri elimle süpürüp diz çökmemi söyledi.

"İlk RAM alıştırması yeniden doğuma ulaşmana yardımcı olacak. Egzersizi art arda yedi gün yapman gerekiyor, her seferinde dünyayla ilk temasını farklı bir biçimde yaşamaya çalışacaksın. Her şeyi bırakıp buraya gelmeye, bir kılıç uğruna Santiago Yolu'nu yürümeye karar vermek senin için ne kadar zor olmuştu, biliyorsun. Ama bu zorluk yalnızca geçmişin tutsağı olmandan kaynaklanıyordu. Daha önce yenik düşmüştün ve bunun bir daha olmasından korkuyordun. O güne kadar elde etmiş olduğun şeyleri yitirmekten korkuyordun. Ama bir yandan da, bütün bunlardan daha güçlü bir şey baskın çıkıyordu: kılıcını bulma isteği. O yüzden, riski göze almaya karar verdin."

Haklı olduğunu, ama sözünü ettiği kaygıları hâlâ taşıdığımı söyledim.

"Önemli değil. Egzersiz, hayatında yarattığın yüklerden azar azar kurtaracak seni."

Ve Petrus bana ilk RAM alıştırmasını, Tohum Egzersizi' ni öğretti.

"Şimdi bir yap bakalım," dedi.

Başımı öne eğip dizlerimin arasına aldım, derin derin nefes alıp verdim ve gevşemeye başladım. Belki de gün boyu yürüdüğümüz ve yorgun düştüğüm için, bedenim hiç karşı koymadan boyun eğdi. Toprağın boğuk ve sert sesine kulak verdim ve yavaş yavaş kendimi bir tohuma dönüştürdüm. Hiçbir şey düşünmüyordum. Her şey karanlıktı, toprağın karnında uyuyordum. Birden, bir şey kımıldadı. Kımıldayan, benim bir parçamdı; uyanmak isteyen, "yukarıda" başka bir şey olduğu için buradan ayrılmam gerektiğini söyleyen küçücük bir parçam. Uyumak istiyordum, o küçücük parçam direniyordu. Parmaklarımı kımıldatmaya başladım, parmaklarım kollarımı kımıldatmaya başladı; ama parmaklarım parmak, kollarım da kol değildi. Toprağın gücünü alt etmek ve o "yukarıdaki şey"e doğru ilerlemek için savaşan küçük birer filizdiler. Gövdemin, kollarımın hareketini izlemeye başladığını hissediyordum. Her saniye bir sonsuzluktu sanki, ama tohumun doğması gerekiyordu; "yukarıdaki şey"in ne olduğunu bilmesi gerekiyordu. Önce başım, ardından bedenim büyük bir güçlükle yükselmeye başladı. Her şey çok yavaştı; beni, daha önce dingin olduğum, başı ve sonu olmayan bir düş gördüğüm toprağın karnına doğru iten güce karşı koymak zorundaydım. Ama kazanıyordum, kazanıyordum; en sonunda, bir şeyi yarıp geçtim ve dik durdum. Tepemden bastıran güç birden ortadan kalkmıştı. Toprağı yarıp geçmiş, o "yukarıdaki şey" tarafından kuşatılmıştım.

O "yukarıdaki şey", tarlaydı. Güneşin sıcaklığını, sivrisineklerin vızıltısını, uzaklarda akan bir ırmağın sesini duyumsadım. Gözlerim kapalı, ağır ağır ayağa kalktım; her an başım dönecekmiş, yere düşecekmiş gibiydim. Ama bu arada büyümeyi sürdürüyordum. Kollarım iki yana açılıyor, gövdem uzuyordu. İşte yeniden doğuyordum; daha da bü-

TOHUM EGZERSİZİ

Yere diz çök. Sonra topuklarının üstüne otur ve öne eğilerek başını dizlerine değdir. Kollarını arkana uzat. Şimdi cenin pozisyonundasın. Tüm gerilimlerinden sıyrılarak gevşe. Sakince, derin derin nefes al. Yavaş yavaş, toprağın beşiğinde yatan minik bir tohum olduğunu anlayacaksın. Çevrendeki her şey sıcak ve güzel. Derin, dingin bir uykudasın.

Birden, bir parmak kımıldıyor. Filiz, artık tohum olmak istemiyor; büyümek istiyor. Yavaş yavaş kollarını oynatmaya başlıyorsun, işte o zaman gövden doğrulup dikilmeye başlıyor, sonunda topuklarının üstüne oturuyorsun. Şimdi gövdeni yukarıya kaldırmaya başlıyorsun, hâlâ diz çökmüş durumda dik duruyorsun.

Artık toprağı tümden yarıp geçme vakti geldi. Önce bir ayağını, sonra öbür ayağını yere basarak yavaşça kalkmaya başlıyorsun; tıpkı kendine yer açmak için savaşım veren bir filiz gibi dengeni yitirmemek için savaşıyor ve sonunda ayakta duruyorsun. Çevrendeki alanı, güneşi, suyu, rüzgârı ve kuşları hayalinde canlandır. Artık büyümeye başlayan bir filizsin. Kollarını yavaş yavaş göğe doğru kaldır. Sonra, tepende parlayan, sana güç veren, seni cezbeden kocaman güneşi tutmak istiyormuşsun gibi, yukarıya uzan, biraz daha yukarıya, biraz daha yukarıya uzan. Gövden gittikçe sertleşmeye başlıyor, tüm kasların geriliyor, büyüdüğünü, durmadan büyüdüğünü hissediyorsun ve sonunda kocaman oluyorsun. Gerilim artıyor, gittikçe artıyor ve sonunda acı veriyor, dayanılmaz oluyor. Artık dayanamadığında çığlık at ve gözlerini aç.

Bu egzersizi art arda yedi gün hep aynı saatte tekrarla.

yümemi, daha da uzamamı, onu tüm dallarımla sarıp sarmalamamı isteyen koskocaman, parlak güneşin içimi ve dışımı yıkaması için yanıp tutuşuyordum. Kollarım gittikçe daha fazla açılıyordu, gövdemin tüm kasları sancımaya başlamıştı. Sanki bin metre boyundaydım, kendimi dağları kucaklayabilirmişim gibi hissediyordum. Gövdem durmadan genişliyordu; sonunda, kaslarımın ağrısı öylesine şiddetlendi ki, artık dayanamayıp çığlık attım.

Gözlerimi açtım; Petrus karşımda, gülümseyerek sigarasını tüttürüyordu. Gün ışığı henüz kaybolmamıştı, ama güneşin hayalimde canlandırdığım kadar parlak olmadığını görünce şaşırdım. Neler duyumsadığımı açıklamamı isteyip istemediğini sordum. İstemiyordu.

"Çok kişisel bir şey bu, kendine saklamalısın. Ben ne diyebilirim ki? Duyumsadıkların sana ait, bana değil."

Petrus, oracıkta yatıp uyuyacağımızı söyledi. Küçük bir ateş yaktık, Saint-Jean'a gelirken aldığım ciğer ezmesiyle birkaç sandviç yaptım, Petrus'un kalan şarabını içtik. Petrus, yakınımızdaki dereden tuttuğu balıkları ateşte pişirdi. Sonra uyku tulumlarımıza girdik, kıvrılıp yattık.

Hayatımın en büyük coşkularını, Santiago Yolu'ndaki o unutulmaz ilk gecede yaşadım. Yaz olmasına karşın soğuktu, ama Petrus'un yanında getirdiği şarabın ılıklığı hâlâ damağımdaydı. Göğe baktım; Samanyolu, aşmamız gereken Yol'un uçsuz bucaksızlığını yansıtarak, uzanıp gidiyordu. Bu uçsuz bucaksızlık yüreğime derin bir kaygı düşürdü; başaramayacağımı, böyle bir görev için hiç yeterli olmadığımı düşünerek korkunç bir korkuya kapıldım. Yine de, bugün bir tohuma dönüşmüş ve yeniden doğmuştum. Toprağın ve uykumun çok rahat olmasına karşın, "yukarıdaki" hayatın çok daha güzel olduğunu keşfetmiştim. Üstelik, kollarım, bağrından geldiğim toprağı kucaklayacak kadar uzun olduğu sürece, her zaman istediğim kadar yeniden doğabilirdim.

Yaratan ve Yaratılan

Yedi gün boyunca Pireneler'de yürüdük, dağlara tırmandık, dağlardan indik; her akşam, güneş ışınları en yüksek doruklardan yansırken, Petrus Tohum Egzersizi yaptırdı bana. Yolculuğumuzun üçüncü günü, sınırı aştığımızı gösteren, sarı boyalı bir sınır taşının önünden geçtik; artık yolumuza İspanya'da devam edecektik. Petrus yavaş yavaş özel hayatını bana açmaya başlamıştı; İtalyan olduğunu ve endüstriyel tasarım alanında çalıştığını öğrenmiştim.[1]

Kılıcının peşine düşmüş bir hacıya rehberlik yapmak uğruna onca şeyi terk etmek zorunda kaldığına üzülüp üzülmediğini sordum.

"Bak, sana bir şey açıklayayım," diye yanıt verdi. "Ben sana kılıcını bulmak için rehberlik etmiyorum. Kılıcını bulmak senin işin, yalnızca senin işin. Ben sana Santiago Yolu'nda rehberlik etmek, bir de RAM alıştırmalarını öğretmek için buradayım. Bunu kılıcını aramana nasıl uygularsın bilemem, o senin bileceğin iş."

---

[1] Bu dünyada rastlantı diye bir şey yoktur derler ya, şimdi anlatacağım hikâye bu sözü bir kez daha doğruluyor. Bir öğleden sonra, Madrid'de kaldığım otelin lobisinde oturmuş, dergileri karıştırırken, gözüme Prens Asturias Ödülü'yle ilgili bir yazı çarptı; ödülü kazananlar arasında Roberto Marinho adında Brezilyalı bir gazeteci de vardı. Ama ödül yemeğindekilerin fotoğrafına dikkatlice bakınca şaşırıverdim. Masalardan birinde, şık smokiniyle Petrus oturuyordu; fotoğrafın altında da, Petrus'un "Avrupa'nın en ünlü tasarımcılarından biri" olduğu yazıyordu.

"Ama sorumu yanıtlamadın."

"Yolculuğa çıktığın zaman, çok pratik bir biçimde yeniden doğumu yaşarsın. Yepyeni durumlarla karşılaşırsın, gün daha yavaş geçer ve çoğu yolculukta insanların konuştuğu dili bile anlamazsın. O yüzden, dölyatağından yeni çıkmış bir çocuk gibisindir. Çevrendeki şeylere çok daha fazla önem vermeye başlarsın, çünkü varlığını sürdürmen onlara bağlıdır. Farklı durumlarda sana yardımcı olabilecekleri için, başkalarına daha açık olmaya başlarsın. Ve tanrılardan gelecek en küçük bir kayırmayı, ömür boyu unutulmayacak bir olay gibi, büyük bir sevinçle karşılarsın.

"Sonra, her şey yeni olduğu için onlarda yalnızca güzelliği görür, yaşadığın için mutluluk duyarsın. İşte bu yüzden, hac yolculuğu her zaman vukuf sahibi olmanın en nesnel yollarından biri olmuştur. 'Küçük günah' anlamına gelen *peccadillo* sözcüğü, 'sakat ayak', yolda yürüyemeyen ayak demek olan *pecus*'tan gelir. *Peccadillo*'yu düzeltmenin yolu, hep ileri doğru yürüyerek kendini yeni durumlara uyarlamak ve bunun karşılığında, hayatın arayanlara cömertçe sunduğu binlerce nimete kavuşmaktır.

"Öyleyse, neden burada seninle birlikte olmak için ardımda bıraktığım birkaç projeye üzülebileceğimi düşünesin ki?"

Petrus çevresine bakınıyor, ben de onun bakışlarını izliyordum. Doruklardan birinin yamaçlarında keçiler otluyordu. Öbürlerinden daha gözüpek bir keçi, kocaman bir kayanın tepesine çıkmıştı; oraya nasıl çıktığını da, oradan nasıl ineceğini de anlamak olanaksızdı. Ne ki, ben bunu düşünedururken, keçi bir sıçrayışta benim göremediğim bir yere atlayıp öbürlerine katıldı. Çevremizdeki her şeyde tedirgin bir dinginlik, hâlâ büyümekte ve yaratılmakta olan bir dünyanın, büyüyebilmek için ilerlemeyi sürdürmek, durmadan ilerlemek zorunda olduğunu biliyor görünen bir dünyanın dinginliği vardı. Büyük depremler ve can alan fırtınalar doğayı acımasız gösterebilir, ama bunların yolda olmanın getirdiği değişik olaylardan başka bir şey olmadığını görebiliyordum. Doğanın kendisi, aydınlanmanın peşinde, yollara düşmüştü.

"Burada olmaktan çok memnunum," dedi Petrus, "çünkü işimin yarıda kalması önemli değil, hem geri döndüğümde çok daha iyi bir iş çıkaracağım."

Carlos Castaneda'nın yapıtlarını okuduğumda, yaşlı büyücü hekim Don Juan'ı tanımayı çok istemiştim. Petrus'un dağlara bakışını izlerken, Don Juan'a çok benzeyen biriyle birlikte olduğumu seziyordum.

Yedinci gün öğleden sonra, çam ormanlarından geçerek bir dağın tepesine ulaştık. Charlemagne İspanya topraklarındaki ilk duasını burada etmişti ve bugün, eski bir anıttaki Latince yazıtta, buradan her geçenin bir Salve Regina[1] okuması buyuruluyordu. İkimiz de anıtta buyurulanı yerine getirdik. Sonra Petrus bana son kez Tohum Egzersizi'ni yaptırdı.

Sert bir rüzgâr esiyordu, soğuktu. Daha erken olduğunu ileri sürecek olduysam da –olsa olsa öğleden sonra üçtü– sesimi çıkarmadan dediklerini yapmamı tembihledi.

Yere diz çöküp egzersizi yapmaya başladım. Kollarımı uzatıp güneşi hayalimde canlandırmaya başladığım âna kadar her şey olağandı. O noktaya vardığımda, koskocaman güneş karşımda pırıl pırıl parlarken, kendimden geçercesine bir coşkuya kapılmakta olduğumu hissettim. İnsan yaşamına ait anılarım yavaş yavaş bulanıklaşmaya başlamıştı, artık egzersiz yapmıyordum: Bir ağaç olmuştum. Mutluydum. Güneş daha önce hiç görmediğim bir biçimde parlıyor ve fır fır dönüyordu. Orada öylece duruyordum, dallarım uzamıştı, yapraklarım rüzgârda titriyordu, bu durum hiç değişmesin istiyordum; birden, bana bir şey dokundu ve bir an her şey karanlığa gömüldü.

Hemen gözlerimi açtım. Petrus, yüzüme bir tokat atmış, omuzlarımdan yakalamıştı.

Öfkeli bir sesle, "Sakın hedefini gözden kaçırma!" dedi. "Unutma ki, kılıcını bulana kadar öğreneceğin çok şey var!"

Yere oturdum, soğuk rüzgârda titriyordum.

"Hep böyle mi olur?" diye sordum.

---

[1] Hz. Meryem için ilâhi biçiminde okunan bir dua. (Çevirenin notu.)

"Hemen her zaman," dedi, "daha çok da senin gibi ayrıntıların büyüsüne kapılıp neyi aradıklarını unutanlarda."

Petrus sırt çantasından bir kazak çıkarıp giydi. Ben de, göğsünde "I LOVE NY" yazan tişörtümün üstüne gömleğimi giydim. Gazetelerin deyişiyle "son on yılın en sıcak yazında" havanın bu kadar soğuk olabileceği aklıma bile gelmezdi. Tişörtümün üstüne giydiğim gömlek rüzgârı kesmişti, yine de Petrus'a bir an önce yola çıkıp çıkamayacağımızı sordum, yürürsek ısınabilirdim.

Bayır aşağı iniyorduk. Herhalde çok az yediğimiz, balık ve orman meyvelerinden başka bir şey yemediğimiz için bu kadar üşüyorum diye düşünüyordum.[1]

Petrus, üşümemin besin yetersizliğinden kaynaklanmadığını; sıradağların en yüksek noktasına eriştiğimiz için havanın çok soğuk olduğunu söyledi.

Beş yüz metre kadar ilerlemiştik ki, Yol'un bir dönemecinde görünüm tümüyle değişiverdi. Engebeli bir ova alabildiğine uzanıp gidiyordu. Solda, Yol'un iki yüz metre kadar aşağısında, bacaları tüten, çok güzel, küçük bir köy bizi bekliyordu.

Hızlanacak oldumsa da Petrus beni durdurdu.

Yere oturdu, bana da oturmamı işaret ettikten sonra, "Sanırım sana ikinci RAM alıştırmasını öğretmenin tam sırası," dedi.

Biraz tedirgin olmuştum, ama dediğini yaptım. Bacalarından tüten büyüleyici dumanlarıyla küçük köyün görünümü karşısında gerçekten altüst olmuştum. Birden, tam bir haftadır ormanlarda dolandığımızı fark ettim; bir tek kişiye bile rastlamamıştık; ya yerde yatıp uyuyor ya da bütün gün yürüyorduk. Sigaram bittiğinden bir süredir Petrus'un o feci sarma tütününü içiyordum. Uyku tulumunda uyumak ve sossuz balık yemek yirmi yaşındayken bayıldığım şeylerdi, ama burada, Santiago Yolu'nda benim için birer özveriye dönüşmüşlerdi. Birazdan, Yol'un hemen aşağısında rastlamayı umduğum bir barda yudumlayacağım bir kadeh şarabın

---

[1] Adını bilmediğim kırmızı bir meyve vardır; Pireneler'de yürürken o kadar çok yedim ki, bugün gördüğüm zaman bile midem bulanır.

ılıklığını düşlerken, Petrus sigarasını sarmayı bir an önce bitirsin diye sabırsızlanıyordum.

Sırtında kazağıyla halinden memnun görünen Petrus, engin ovayı seyrediyordu.

Biraz sonra, "Pireneler'i aşmamız konusunda ne düşünüyorsun?" diye sordu.

Konuşmanın uzamasını istemediğimden, "Çok güzel," demekle yetindim.

"Güzel olmalı ki, bir günde yürüyebileceğimiz yolu altı günde yürüdük."

Söylediğine inanamadım. Haritayı çıkarıp mesafeyi gösterdi: On yedi kilometreydi. İnişler ve çıkışlar bizi yavaşlatmış olsa bile altı satte alınabilecek bir mesafeydi.

"Kendini kılıcını bulmaya o kadar kaptırdın ki, en önemli şeyi, oraya varman gerektiğini unuttun. Gözün yalnızca, buradan nasıl olsa göremęyeceğin Santiago'da olduğu için, bazı yerlerden farklı yönlerden gelerek birkaç kez geçtiğimizi fark etmedin."

Petrus söyleyince, yörenin en yüksek doruğu Itschasheguy Dağı'nın yol boyunca bazen sağımda, bazen solumda kaldığını kavrar gibi olmuştum. Gerçi fark etmemiş değildim, ama bundan çıkarılması gereken biricik sonucu çıkaramamıştım: Birçok kez bir ileri, bir geri gitmiştik.

"Tek yaptığım, kaçakçıların ormanda açtıkları patikalardan giderek farklı yolları izlemekti. Ama bunu fark etmek sana kalmıştı. Fark edemedin, çünkü ilerleme süreci senin için yoktu. Var olan tek şey, senin hedefine varma isteğindi."

"Peki, fark etseydim ne olacaktı?"

"Yolculuğumuz yine yedi gün sürecekti, çünkü RAM alıştırmaları bunu gerektirir. Ama hiç değilse Pireneler'e yaklaşımın farklı olurdu."

O kadar şaşırmıştım ki köyü de, sıcağı da unutmuştum.

Petrus, "Bir hedefe doğru ilerlerken yola dikkat etmek çok önemlidir," dedi. "Hedefe nasıl varılacağını bize en iyi yol öğretir, yol yüründükçe bizi zenginleştirir. Cinsel ilişkiye benzetebilirsin bunu: Orgazmın şiddetini ön sevişmedeki okşayışlar belirler. Bunu bilmeyen yoktur.

"Hayatta bir hedefin olduğu zaman da aynı şey geçerlidir. Sonucun iyi mi, kötü mü olacağı, hedefe varmak için seçtiğin yola ve o yolu nasıl aştığına bağlıdır. İkinci RAM alıştırması işte bu yüzden çok önemli; şu tekdüze hayatımız içinde hiçbir zaman göremediğimiz sırları, her gün görmeye alıştığımız şeylerin arasından ortaya çıkarır."

Sonra da Hız Egzersizi'ni öğretti bana.

"Şehirde, her gün yapmamız gereken onca şeyin arasında bu egzersiz yirmi dakika sürmeli. Ama Santiago Yolu'nda olduğumuzdan, köye varana kadar bir saat geçmesi gerekiyor."

Çoktan unuttuğum soğuğu yeniden hissederek Petrus'a dehşet içinde baktım. Oralı olmadı, yerinden kalkıp sırt çantasını aldı, köyle aramızdaki iki yüz metrelik mesafeyi çıldırtıcı bir yavaşlıkta yürümeye başladı. İlkin, yalnızca, kapısının üstünde ahşap bir tabela bulunan, küçük, eski, iki katlı hana doğru bakıyordum. O kadar yakındık ki, hanın yapıldığı yılı bile okuyabiliyordum: 1652. İlerliyorduk, ama başlangıçtaki yerimizden ayrılmamıştık sanki. Petrus bir ayağını çok yavaş bir biçimde öbür ayağının önüne koyuyor, ben de aynısını yapıyordum. Sırt çantamdan saatimi çıkarıp bileğime taktım.

"Böyle daha kötü olacak," dedi. "Çünkü zaman, hep aynı hızda ilerlemez. Zamanın hızı bize bağlıdır."

İkide bir saatime bakmaya başlayınca, Petrus'un haklı olduğunu anladım. Saatime ne kadar sık bakarsam, dakikalar o kadar yavaş geçiyordu. Petrus'un öğüdüne uyup saatimi yeniden sırt çantama koydum. Yol'a, ovaya ve üstüne bastığım taşlara dikkatimi daha çok vermeye çalışıyor, ama handan da gözümü alamıyordum – hiç ilerlemediğimiz kanısına varmıştım. Kendi kendime hikâyeler anlatayım dedimse de, egzersiz beni tedirgin ediyor, kafamı toplayamıyordum. Sonunda daha fazla dayanamayıp saatimi yeniden çıkardım; yalnızca on bir dakika geçmişti.

Petrus, "Bu egzersizi işkence haline getirme, çünkü böyle bir amacı yok," dedi. "Alışık olmadığın bu hızın tadını çıkarmaya bak. Her günkü alışkanlıklarını değiştirmeye çalış-

HIZ EGZERSİZİ

Normal yürüyüşünün yarı hızında yirmi dakika yürü. Ayrıntılara, insanlara ve çevrendeki şeylere dikkat et. Bunu yapmanın en iyi zamanı, öğle yemeğinden sonradır.

Bu egzersizi yedi gün tekrarla.

mak, içinde yeni birinin büyümesini sağlar. Ama sonuçta, bu işin üstesinden nasıl geleceğine kendin karar vereceksin."

Bu son sözündeki sevecenlik beni biraz olsun yatıştırdı. Madem ne yapacağıma ben karar verecektim, o zaman bu durumdan yararlanmalıydım. Derin bir nefes aldım ve hiçbir şey düşünmemeye çalıştım. Tuhaf bir durumdaydım artık, zaman çok uzağımdaydı ve beni hiç ilgilendirmiyordu. Giderek iyice sakinleştim ve çevremdeki şeyleri yepyeni bir gözle algılamaya başladım. Gergin olduğumda işlemeyen hayal gücüm yararıma çalışmaya başlamıştı. Karşımdaki küçük köye bakarak bir hikâye kurmaya başladım: Köy nasıl kurulmuş, oradan geçen hacıların başlarına neler gelmişti, Pireneler'in soğuk rüzgârından sonra insanlara rastlamak, yatacak bir yer bulmak ne kadar büyük bir mutluluktu. Çok geçmeden, köyde güçlü, gizemli, her şeyi bilen bir varlığın bulunduğunu duyumsadım. Ovayı şövalyeler ve savaşlarla canlandırdım hayalimde. Şövalyelerin güneşte parıldayan kılıçlarını görebiliyor, savaş naralarını duyabiliyordum. Köy, ruhumu şarapla, bedenimi battaniyeyle ısıtabileceğim bir yer olmaktan çıkmıştı artık; tarihsel bir mekândı burası, yiğit insanların arkalarında bıraktıkları her şey bu ıssız yerin bir parçası olup çıkmıştı. Dünya burada, çevremdeydi ve ona pek az özen göstermiş olduğumu fark ediyordum.

Kendime geldiğimde hanın kapısındaydık, Petrus beni içeriye buyur ediyordu.

"Şaraplar benden," dedi. "Ama erken yatalım, çünkü yarın seni büyük bir büyücüyle tanıştıracağım."

Hiç rüya görmeden, deliksiz bir uyku çektim. Gün ışığı Roncesvalles Köyü'nün iki sokağını aydınlatır aydınlatmaz Petrus kapımı vurdu. Hanın üst katındaki odalarda kalmıştık.

Kahvelerimizi içip biraz zeytinyağlı ekmek yedikten sonra dışarı çıktık, yöreye çökmüş olan yoğun siste güçlükle yürümeye başladık. Anlaşılan, Roncesvalles ilk başta sandığım gibi bir köy değildi. Yol'daki büyük hacların gerçekleştiği dönemde Navarra sınırına kadar uzanan bölgeyi etkisi altında tutan, en güçlü manastır burada kurulmuştu. Başlangıçtaki özelliklerinden bazılarını hâlâ koruyordu; bazı yapılar zamanında dinsel bir derneği barındırmıştı. Dindışı özellikler taşıyan tek yapı, gecelediğimiz handı.

Sisin içinden yürüyerek köy kilisesine vardık. İçeride, beyazlara bürünmüş keşişler hep birlikte ilk sabah duasını okuyorlardı. Duayı Bask dilinde okuduklarından hiçbir şey anlamıyordum. Petrus yandaki sıralardan birine oturduktan sonra benim de oturmamı işaret etti.

Paha biçilmez sanat nesneleriyle dolu, çok büyük bir kiliseydi. Fısıldayarak konuşan Petrus, kilisenin yapılacağı yerin İmparator Charlemagne tarafından seçildiğini, Portekiz, İspanya, Fransa ve Almanya kral ve kraliçelerinin bağışta bulunduklarını anlatıyordu. Mihrapta, yüzü değerli taşlarla bezeli, gümüşten Roncesvalles Bakiresi'nin elinde mücevherlerden oluşan bir çiçek dalı vardı. Tütsü kokusu, Gotik yapı ve beyazlar içinde dua okuyan keşişler, beni Gelenek'in ayinlerinde yaşadığım transları andıran bir ruh haline sürüklüyordu.

Petrus'un önceki gün öğleden sonra söylediklerini hatırlayarak, "Peki, ya büyücü?" diye sordum.

Petrus, başıyla, mihrabın yanındaki dar sıralarda öteki keşişlerle birlikte oturan, orta yaşlı, zayıf, gözlüklü bir keşişi gösterdi. Bir büyücü, aynı zamanda bir keşiş! Ayin bitsin diye sabırsızlanıyordum, ama Petrus'un önceki gün dediği gibi zamanın hızını belirleyen bizdik: Tedirginliğim yüzünden ayin bir saatten fazla sürdü.

Ayin bittiğinde, Petrus beni sırada bir başıma bıraktı, keşişlerin çıktığı kapıdan çıktı gitti. Oturduğum yerden bir süre kiliseye göz gezdirdim; benim de dua etmem gerektiğini düşündümse de kafamı toplayamadım. Suretler, sanki çok uzaktaydılar, Santiago Yolu'nun Altın Çağı gibi bir daha geri gelmeyecek bir geçmişte kalmış gibiydiler.

Çok geçmeden, Petrus kapının ağzında belirdi ve tek bir söz söylemeden kendisini izlememi işaret etti.

Kilisenin, taş verandayla çevrili iç bahçesine çıktık. Gözlüklü keşiş, bahçenin ortasındaki çeşmenin başına oturmuş, bizi bekliyordu.

Petrus, beni göstererek, "Peder Jordi, işte hacı bu," dedi.

Keşişin uzattığı elini sıktım. Kimse konuşmadı. Bir şey olmasını bekliyor, ama yalnızca uzaklardaki horozların ötüşünü, avlanmak için kanatlanan atmacaların çığlıklarını duyuyordum. Keşişin anlamsız bakışı, Eski Sözcüğü söylememden sonra Madam Lourdes'un bakışını anımsattı bana.

Uzun ve tedirgin bir suskunluktan sonra, Peder Jordi konuştu:

"Dostum, bana öyle geliyor ki Gelenek'in derecelerini biraz hızlı tırmanmışsın."

Otuz sekiz yaşında olduğumu ve tüm sınavlardan[1] büyük bir başarıyla geçtiğimi söyledim.

Keşiş, yüzüme anlamsızca bakmayı sürdürerek, "Sonuncusu ve en önemlisi dışında," dedi. "O sınavı vermeden, bugüne kadar öğrendiklerinin en küçük bir önemi yoktur."

"İşte o yüzden Santiago Yolu'ndayım."

"Bu hiçbir şeyi sağlama almaz. Gel benimle."

Petrus bahçede kaldı, ben Peder Jordi'yi izledim. Üstü kemerli yollardan geçtik, kralın –Güçlü Sancho'nun–[2] gömülü olduğu yeri ardımızda bıraktık ve Roncesvalles Manastırı'nı oluşturan ana yapıların arasında kalmış küçük bir şapele girdik.

İçeride pek bir şey yoktu: yalnızca bir masa, bir kitap ve bir kılıç - benim olmayan bir kılıç.

Peder Jordi, beni ayakta bekletip masanın başına oturdu. Bazı otlar alıp yaktı, içeriyi otların kokusu kapladı. İçinde bulunduğum durum bana gitgide Madam Lourdes'la karşılaşmamı hatırlatıyordu.

Peder Jordi, "Önce sana bir şey söyleyeceğim," dedi. "Yakub'un yolu, dört yoldan yalnızca biridir. Maça Yolu'dur, sana güç verebilir, ama bu yeterli değildir."

"Öteki üç yol hangileri?"

---

[1] Sınavlar, yalnızca müridin kendini adamışlığına değil, uygulama sırasında beliren kehanetlere de önem verilen törensel sınavlardır. Terimin bu kullanımı, Enkizisyon döneminden kaynaklanır.

[2] Güçlü Sancho lakabıyla tanınan Kastilya Kralı II. Sancho, 1065-72 arasında tahtta kalmıştır. (Çevirenin notu.)

"En azından ikisini biliyorsun: Kupa Yolu ya da Kâse[1] Yolu da denen Kudüs Yolu, sana mucizeler gerçekleştirme yeteneğini verir; Sinek Yolu da dediğimiz Roma Yolu, öteki dünyalarla haberleşmeni sağlar."

"Kareyi tamamlamamız için öbürünün de Karo Yolu olması gerekiyor," diye espri yaptım. Güldü.

"Aynen öyle," dedi. "Orası gizli Yol. Bir gün o yolu tutarsan, yanında sana yardım eden biri olmayacak. Şimdilik onu bir yana bırakalım. İstiridye kabukların nerede?"

Sırt çantamı açıp üstlerine Meryem Anamızın sureti işlenmiş kabukları çıkardım. Sureti masanın üstüne koydu. Ellerini üstüne tutup zihnini odaklandırmaya koyuldu. Benim de aynını yapmamı söyledi. Havadaki hoş koku gittikçe yoğunlaşıyordu. Gözlerimiz açıktı; birden, Itatiaia'da meydana gelen olayın yinelendiğini sezdim: Kabuklar aydınlatmayan bir ışıkla ışıdı. Parlaklık büyüdü, büyüdü ve Peder Jordi'nin gırtlağından çıkan gizemli bir ses duydum: "Hazinen her neredeyse, yüreğin orada olacak."

Kitabı Mukaddes'ten bir sözdü bu. Ama ses devam ediyordu: "Ve yüreğin neredeyse, İsa'nın İkinci Gelişinin beşiği orası olacak; tıpkı bu kabuklar gibi, hacı yalnızca bir dış tabakadır. Hayatın bir katmanı olan bu tabaka kırıldığında hayat belirir ve hayat Agape'den[2] ibarettir."

Ellerini geri çekti ve kabuklar ışıltısını kaybetti. Sonra, masanın üstündeki kitaba adımı yazdı. Santiago Yolu boyunca, adımın yazılı olduğu yalnızca üç kitap gördüm: Madam Lourdes'un kitabı, Peder Jordi'nin kitabı ve sonradan kendi adımı yazacağım Güç Kitabı.

"Hepsi bu kadar," dedi. "Roncesvalles Meryemi'nin ve Kılıçların San Tiagosu'nun inayetiyle gidebilirsin."

Petrus'un beklediği yere dönüyorduk ki, keşiş, "Yakub yolu İspanya'da baştan sona sarı işaretlerle gösterilmiştir," dedi. "Yolunu kaybedecek olursan işaretlere bak, ağaçlarda-

---

[1] Son Akşam Yemeği'nde Hz. İsa'nın kullandığı varsayılan kâse. (Çevirenin notu.)

[2] Yeni Ahit'te Tanrı'nın özellikle Hz. İsa aracılığıyla insanoğluna duyduğu sevgi ve karşılığında insanın Tanrı'ya, bunun sonucu olarak da hemcinslerine duyduğu sevgi için kullanılır. (Çevirenin notu.)

ki, taşlardaki, trafik levhalarındaki işaretlere bak, yolu bulabilirsin."

"İyi bir rehberim var."

"Bana sorarsan, başkalarından çok kendine güvenmeye çalışsan daha iyi olacak; o zaman Pireneler'de altı gün boyunca bir ileri, bir geri yerinde saymazsın."

Anlaşılan, keşiş tüm olup biteni biliyordu.

Petrus'u bulduktan sonra keşişle vedalaştık. O sabah Roncesvalles'ten ayrıldığımızda sis tümüyle dağılmıştı. Önümüzde dümdüz bir yol uzanıp gidiyordu; Peder Jordi' nin sözünü ettiği sarı işaretler görünmüştü. Petrus'un gerek olmadığını söylemesine karşın handan bir şişe şarap aldığım için sırt çantam biraz ağırlaşmıştı. Roncesvalles'ten sonra yol boyunca yüzlerce küçük köye rastlayacaktık; pek ender dışarıda yatmak zorunda kalacaktım.

"Petrus, Peder Jordi, İsa'nın İkinci Gelişinden sanki şimdi olan bir şeymiş gibi söz etti."

"İkinci Geliş her zaman olmaktadır. Kılıcının sırrı bu."

"Bir büyücüyle karşılaşacağımı söylemiştin, oysa bir keşiş çıktı karşıma. Büyünün Katolik Kilisesi'yle ne ilgisi var?"

Petrus tek bir sözcük söyledi:

"Her şey."

Zalimlik

Yaşlı adam, kayalara oyulmuş küçük kiliseyi göstererek, "Tam orada," dedi. "Sevgi işte tam orada öldürüldü."

Yalnızca yemek ve uyku molası vererek, beş gün boyunca yürümüştük. Petrus, özel hayatına ilişkin sakınganlığını sürdürmesine karşın, Brezilya ve işim konusunda birçok soru sormuştu. Ülkemi gerçekten çok sevdiğini, çünkü en iyi bildiği imgenin, Corcovado'daki çarmıhta acı çekmek yerine kollarını iki yana açmış İsa Mesih heykeli olduğunu söylüyordu. Her şeyi öğrenmek istiyordu, özellikle de kadınların İspanya'daki kadınlar kadar güzel olup olmadığını. Sıcak dayanılır gibi değildi; mola verdiğimiz tüm kahveler ve köylerde insanlar kuraklıktan yakınıyorlardı. Sıcak yüzünden, İspanyolların siesta alışkanlığına biz de uymuştuk, güneşin yakıp kavurduğu öğleden sonra ikiyle dört arasında yürümeye ara veriyorduk.

O gün öğleden sonra, bir zeytinlikte oturmuş dinlenirken, yaşlı adam yanımıza gelip biraz şarap sunmuştu. Yüzyıllardır süren bir alışkanlıktı, sıcakta bile şarap içiyorlardı.

Baktım yaşlı adamın sohbet etmek ister gibi bir hali var, "Sevgi orada öldürüldü de ne demek?" diye sordum.

"Yüzyıllar önce, Santiago Yolu'nu yürüyen bir prenses, Akitanyalı Felicia, Compostela'dan dönerken her şeyi bırakıp burada yaşamaya karar vermiş. Bu prenses sevginin ta kendisiymiş, tüm servetini bölgenin yoksullarına dağıtmış ve hastalara bakmaya başlamış."

Petrus, o korkunç sigaralarından birini daha sarmıştı, kayıtsız gibi görünmesine karşın yaşlı adamın hikâyesini can kulağıyla dinlediği belliydi.

"Prensesin babası, onu geri getirmesi için ağabeyi Dük Guillermo'yu göndermiş. Felicia eve dönmeyi reddedince öfkeden deliye dönen dük kız kardeşini şu karşıda gördüğünüz küçük kilisede hançerleyerek öldürmüş; prensesin, hastalara bakmak ve Tanrı'ya yakarmak için kendi elleriyle inşa ettiği şu kilisede.

"Dük, aklı başına gelip de ne yaptığını fark edince, papadan kendisini bağışlamasını istemek için Roma'ya gitmiş. Papa da, pişmanlığını göstermesi için Compostela'ya kadar yürümesini buyurmuş. Dük geri dönerken çok tuhaf bir şey olmuş: Buraya vardığında birden kız kardeşiyle aynı duyguya kapılmış ve burada kalmaya karar vermiş; ömrünün sonuna kadar kardeşinin yaptığı bu kilisede yaşamış ve yoksullara bakmış."

Petrus, gülerek, "Karşılığını bulma yasası işlemiş," dedi. Yaşlı adam pek bir şey anlamadı, ama ben Petrus'un ne dediğini anlamıştım. Onun karşılığını bulma yasasından anladığı, *karma*'ya[1] benzer bir şeydi, ne ekersen onu biçersin gibi bir şey.

Yol boyunca, Tanrı'yla insanlar arasındaki ilişki üstüne uzun ilahiyat tartışmalarına girmiştik. Ben, Gelenek'te hep Tanrı'ya bir bağlılık bulunduğunu, ama bunun karmaşık bir bağlılık olduğunu ileri sürmüştüm. Bana göre, Tanrı yolu, büyücü çıkan keşişleri, şeytan çıkan Çingeneleri ve mucizeler gerçekleştiren azizleriyle şu yürümekte olduğumuz Santiago Yolu'ndan çok farklı bir yoldu. Bütün bunlar bana çok ilkel, Hıristiyanlıkla çok fazla bağıntılı geliyordu; Gelenek'in ritüellerinin beni büyüleyişinden, bende uyandırdığı incelik duygusundan, beni vecde getirişinden yoksundular.

---

[1] Hint felsefesinde bir bireyin geçmiş eylemlerinin, gelecek hayatları ya da yeniden doğuşları üzerindeki etkisi. Karma öğretisi, herkesin şimdiki hayatının bir hayatlar zincirinin yalnızca bir halkası olduğu ve önceki hayatlarındaki eylemlerce belirlendiği biçimindeki Hindu inancını yansıtır. (Çevirenin notu.)

Buna karşılık Petrus, Santiago Yolu'ndaki yol gösterici kavramın yalınlık olduğunu ileri sürüyordu. Yol, herkesin yürüyebileceği, en cahil insanın bile önemini anlayabileceği bir yoldu; aslında, ancak böyle bir yol Tanrı'ya varabilirdi. Bu yüzden, Petrus, benim Tanrı'yla ilişkimin gereğinden fazla kavrama, zihne ve akıl yürütmeye dayandığı kanısındaydı; ben de, onun Tanrı'yla ilişkisinin çok basit ve sezgisel olduğunu düşünüyordum.

Petrus, bir keresinde, "Tanrı'nın var olduğuna sen de inanıyorsun, ben de inanıyorum," demişti. "Demek Tanrı ikimiz için de var. Ama biri Tanrı'ya inanmıyorsa, bu Tanrı' nın var olmadığı anlamına gelmez. Gerçi o inanmayanın yanıldığı anlamına da gelmez."

"Yani Tanrı'nın varlığı o kişinin isteğine ve gücüne bağlıdır mı demek istiyorsun?"

"Bir arkadaşım vardı, ayık dolaştığı görülmemişti, ama her gece Meryem Ana'ya üç şükran duası okurdu. Annesi çocukluğundan beri onu öyle alıştırmıştı. Eve zilzurna sarhoş gittiğinde bile, üstelik Tanrı'ya inanmadığı halde, Meryem Ana'ya üç şükran duasını okumayı hiç unutmazdı. Arkadaşım öldükten sonra, Gelenek'in bir ayininde ataların ruhuna arkadaşımın nerede olduğunu sordum. Ruh, arkadaşımın iyi olduğunu ve nur içinde yattığını söyledi. Hayatı boyunca hiç inancı olmamasına karşın, her gün ibadet edercesine üç dua okumuş olması bağışlanmasını sağlamıştı.

"Tanrı, tarihöncesinin mağaraları ve fırtınalarında belirmişti. İnsanlar mağaralarda ve fırtınalarda Tanrı'nın elini görmeye başladıktan sonra, onu hayvanlarda ve ormanın bazı yerlerinde görmeye başladılar. Bazı yıkım zamanlarında, Tanrı yalnızca büyük kentlerin yeraltı mezarlarında var oldu. Ama insanoğlunun yüreğinde sevgi biçiminde yaşamayı her zaman sürdürdü.

"Son zamanlarda bazıları Tanrı'nın bilimsel olarak kanıtlanmamış bir kavramdan başka bir şey olmadığını düşünüyorlardı. Ama bu noktada tarih tersine döndü ya da yeni baştan başlıyor. İnanç ve sevgi yeniden önem kazandı. Peder Jordi, İsa'nın, hazinen her neredeyse yüreğin de orada olacak sözünü aktarırken, sevginin ve iyilik yapmanın öneminden söz ediyordu. Tanrı'nın yüzünü nerede görmek istersen orada görürsün. Ama görmek istemiyorsan da önemli değil, yeter ki iyilik yapıyor ol. Akitanyalı Felicia küçük kilisesini yapıp yoksullara yardım etmeye başladığında Vatikan'ın Tanrı'sını unutmuştu. Daha bilgeleşerek ve daha yalın bir hayat yaşayarak, başka bir deyişle sevgi aracılığıyla Tanrı'nın belirtisi haline gelmişti. İşte bu yüzden, yaşlı adam sevginin öldürüldüğünü söylerken yerden göğe kadar haklıydı.

"Felicia'nın ağabeyi kendini ara verdiği iyilikleri sürdürmek zorunda hissettiğinde karşılığını bulma yasası işliyordu. Her şey hoş görülebilir, ama sevgi göstermeye ara vermek hoş görülemez. Böyle durumlarda, sevgiyi yok etmeye kalkışan sevgiyi yeniden yaratmakla yükümlüdür."

Petrus'a, benim ülkemde, insanların sakatlık ve hastalıklarının önceki hayatlarında işledikleri hataların cezası olarak, karşılığını bulma yasasının bir sonucu olarak görüldüğünü söyledim.

Petrus, "Saçma," dedi. "Tanrı intikam değildir, Tanrı sevgidir. Tanrı'nın tek cezalandırma biçimi, sevgiyi yarım bırakan kişiyi onu sürdürmeye zorlamaktır."

Yaşlı adam geç olduğunu, işinin başına dönmesi gerektiğini söyleyerek yanımızdan ayrıldı. Petrus da kalkıp Yol'a koyulmamızın iyi olacağı kanısındaydı.

Zeytin ağaçları arasında yürürken, "Tanrı'yla ilgili tüm tartışmalarımızı unutalım," dedi. "Tanrı çevremizdeki her şeydedir. Onun hissedilmesi ve yaşanması gerekir. Ben de burada, sen Tanrı'yı anlayabilesin diye onu bir mantık sorununa dönüştürmeye çalışıyorum. Yavaş yürüme egzersizini yapmaya devam et, Tanrı'nın varlığı konusunda gittikçe daha çok şey öğreneceksin."

İki gün sonra, Bağışlama Tepesi denen bir dağa tırmanmamız gerekti. Saatlerce tırmandıktan sonra doruğa vardığımızda, güneşlenip biralarını yudumlamakta olan bir grup turistle karşılaşınca ağzım bir karış açık kaldı. Arabalarının radyosunu sonuna kadar açmışlar, müzik dinliyorlardı. Yakınlardaki bir yolu tırmanarak dağın tepesine ulaşmışlardı.

Petrus, "Ne bekliyordun yani?" dedi. "Magriplilerin yeni bir saldırısını bekleyen El Cid'in[1] savaşçılarından biriyle mi karşılaşmayı umuyordun yoksa?"

Dağdan inerken, Hız Egzersizi'ni son kez uyguladım. Önümüzde yine yer yer kuraklıktan kavrulmuş bitki örtüleriyle kaplı uçsuz bucaksız bir ova uzanıp gidiyordu; mavi dağlarla kuşatılmıştı. Hemen hemen hiç ağaç yoktu, her yer kayalıktı; birkaç kaktüs göze çarpıyordu, o kadar. Egzersizi bitirdiğimde, Petrus işimle ilgili sorular sordu ve ancak o zaman bir süredir işimle ilgili hiçbir şey düşünmediğimi fark ettim. İşim ve yarım bıraktığım şeylerle ilgili kaygılarım yok olup gitmişti. Artık böyle şeyleri yalnızca geceleri düşünüyor ve pek önemsemiyordum. Orada olmaktan, Santiago Yolu'nda yürümekten mutluydum.

Petrus'a neler hissettiğimi anlatınca benimle alay etti: "Şu sıra her an Akitanyalı Felicia'nın yaptığını yapabilirsin." Sonra durdu ve sırt çantamı yere bırakmamı söyledi.

"Çevrene bak ve bir nokta seç, gözlerini oraya dik."

Uzakta gördüğüm kilisenin tepesindeki haçı seçtim.

"Gözlerini oradan ayırmadan yalnızca sana söyleyeceklerime odaklan. Farklı bir şey hissetsen bile zihnin başka yere kaymasın. Sana ne diyorsam onu yap."

Orada durmuş, kendimi koyvermiştim, gözlerimi haçtan ayırmıyordum; Petrus arkama geçip parmağını ensemin dibine bastırdı.

"Yürümekte olduğun Yol, güç Yolu; sana yalnızca güçle ilgili egzersizler öğretilecek. Bundan önce tek istediğin oraya varmak olduğu için işkenceye dönüşen yolculuk artık bir hazza dönüşmeye başlıyor. Aramanın hazzına, serüvenin hazzına. Çok önemli bir şeyi besliyorsun: hayallerini.

"Hayal etmekten asla vazgeçmemelisin. Hayaller ruhun besinidir, tıpkı yemeğin bedeni beslediği gibi. Hayatımızda birçok kez hayallerimizin paramparça olduğuna, isteklerimizin yerine gelmediğine tanık oluruz, ama hayal kurmayı bırakmamamız gerekir. Bırakırsak, ruhumuz ölür,

[1] Kastilyalı komutan ve ulusal kahraman. 11. yüzyılda yaşamıştır. İspanya Arapçası, "seyyid", "seçkin" anlamına gelen es-sid'dir. (Çevirenin notu.)

Agape ona ulaşamaz. Şu gördüğün alanlarda çok kan döküldü; İspanya'nın Magriplileri kovmak için verdiği savaşın en amansız çarpışmaları buralarda meydana geldi. Kim haklıydı, gerçeği kim biliyordu, hiç önemli değil; önemli olan, her iki tarafın da yürekten savaştığını bilmek.

"Yürekten savaş, yüreğimiz istediği için verdiğimiz savaştır. Kahramanlık çağlarında, şövalyelik çağında kolaydı bu. Fethedilecek ülkeler ve yapılacak çok şey vardı. Oysa bugün dünya çok değişti, yürekten savaş artık savaş meydanlarında değil, içimizdeki meydanlarda veriliyor.

"Yürekten savaş, hayallerimiz uğruna verilen savaştır. Gençken ve hayallerimiz yüreğimizde ilk kez tüm güçleriyle patladığında çok cesuruzdur, ama henüz nasıl savaşılacağını öğrenmemişizdir. Büyük bir çaba göstererek nasıl savaşılacağını öğreniriz, ama o zaman da artık savaşa girecek cesareti kendimizde bulamayız. O yüzden, kendimize yönelir ve içimizde savaşırız. Kendimizin en kötü düşmanı olup çıkarız. Hayallerimizin çocukça olduğunu, gerçekleştirilemeyecek kadar zor olduğunu ya da hayatı yeterince tanımamamızdan kaynaklandığını söyleriz. Yürekten savaş vermekten korktuğumuz için hayallerimizi öldürürüz."

Parmağını enseme biraz daha bastırdı. Kilisenin tepesindeki haçın değiştiğini, kanatlı bir varlığa, bir meleğe benzediğini fark ettim. Gözlerimi kırpıştırdım ve haç yeniden haça dönüştü.

Petrus, "Hayallerimizi öldürdüğümüzün ilk belirtisi vakitsizliktir," diye sürdürdü sözlerini. "Hayatımda tanıdığım en işi başından aşkın insanlar, her zaman her şeyi yapmaya vakit bulmuşlardır. Hiçbir şey yapmayanlar ise her zaman yorgundurlar ve yapmaları istenen azıcık işle bile hiç ilgilenmezler. Durmadan günün çok kısa olduğundan yakınırlar. Aslında, yürekten savaş vermekten korkarlar.

"Hayallerimizin ölmesinin ikinci belirtisi sınırlılıklarımızda yatar. Hayatı büyük bir serüven olarak görmek istemediğimiz için, hayattan pek az şey beklemekle bilgece, hakça ve doğru davrandığımızı düşünmeye başlarız. Günlük yaşayışımızı kuşatan duvarların ötesine baktığımızda, kırılan mızrakların sesini işitir, toz ve terin kokusunu duyar, büyük yenilgileri ve savaşçıların gözlerindeki yangını görürüz. Ama savaşa girenlerin yüreklerindeki sevinci, büyük hazzı asla görmeyiz. Onların gözünde, zafer de, yenilgi de önemli değildir; önemli olan, yalnızca yürekten savaşıyor olmalarıdır.

"Ve son olarak, hayallerimizin yok olup gitmesinin üçüncü belirtisi huzurdur. Hayat bir pazar günü öğleden sonrasına döner; büyük şeyler istemez oluruz, vermeye razı olduğumuzdan daha fazlasını istememeye başlarız. Bu durumda, kendimizin olgunlaşmış olduğunu düşünürüz; gençlik düşlemlerimizi bir yana bırakır, kişisel ve profesyonel başarının peşine düşeriz. Yaşıtlarımızın hâlâ hayattan bekledikleri bir şeyler olduğunu söylemeleri karşısında şaşkınlığa uğrarız. Ama aslında, yüreğimizin derinlerinde biliriz ki, hayallerimiz uğruna savaşmaktan vazgeçmiş, yürekten savaş vermekten kaçmışızdır."

Kilisenin kulesi durmadan değişiyordu; kanatlarını açmış bir meleğe benziyordu şimdi de. Gözlerimi kırpıştırdıkça öyle görünmeyi sürdürüyordu. Petrus'a bir şey diyecektim, ama sözünü tamamlamadığını fark ettim.

Çok geçmeden, "Hayallerimizden vazgeçip huzura kavuştuğumuzda, kısa bir dinginlik dönemi yaşarız," dedi. "Ama ölü hayaller içimizde çürümeye ve tüm varlığımızı körletmeye başlar. Çevremizdekilere karşı zalimleşir, sonra da bu zalimliği kendimize yöneltmeye başlarız. İşte o zaman hastalıklar ve ruhsal bozukluklar başgösterir. Savaşta kaçınmaya çalıştığımız düş kırıklığı ve yenilgi, korkaklığımız yüzünden tepemize çöker. Ve bir gün, ölüp gitmiş hayaller soluk almamızı güçleştirir ve ölümü arar oluruz. Bizi sınırlılıklarımızdan, işimizden ve pazar öğleden sonralarının o korkunç huzurundan kurtaran, ölüm olur."

Artık gerçekten bir melek gördüğümden kuşkum kalmamıştı, Petrus'a kulak veremiyordum. Bunu fark etmiş olmalı ki, parmağını ensemden çekip sustu. Melek sureti biraz sonra yok oldu, yerini yeniden kilisenin kulesi aldı.

Birkaç dakika hiç konuşmadık. Petrus kendine bir sigara sarıp yaktı. Sırt çantamdan çıkardığım şarap şişesinden bir yudum aldım. Ilık, ama lezzetliydi.

"Ne gördün?" diye sordu.

Melekten söz ettim. Başlangıçta gözümü kırptığımda suretin kaybolduğunu söyledim.

"Senin de yürekten savaş vermeyi öğrenmen gerekiyor. Hayatın getirdiği serüvenler ve tehlikeleri kabullenmeyi öğrendin, ama olağandışı şeyleri hâlâ yadsımak istiyorsun."

Sırt çantasından çıkardığı küçük bir altın iğneyi bana verdi.

"Bunu bana ninem hediye etmişti. RAM tarikatında, tüm ataların böyle bir objesi vardır. Buna 'Zalimliğin Sivri Ucu' denir. Sen meleğin kilise kulesinde belirdiğini gördüğünde onu yadsımak istedin, çünkü senin alışık olduğun bir şey değildi. Senin dünyaya bakışında, kilise kilisedir; hayaller yalnızca Gelenek'in ayinlerindeki kendinden geçiş sırasında ortaya çıkar."

O hayali herhalde parmağını enseme bastırdığı için gördüğümü söyledim.

"Haklısın, ama bu hiçbir şeyi değiştirmez. Aslolan, senin o hayali reddetmiş olman. Akitanyalı Felicia da benzer bir şey görmüş olmalı, ama o tüm hayatını gördüğü şeye adamıştı. Bu yaptığı da, onun işlerini sevgi işlerine dönüştürmüştü. Büyük olasılıkla ağabeyine de aynı şey oldu. Ve her gün herkese de aynı şey oluyor: İzleyeceğimiz en iyi yolun hangisi olduğunu her zaman biliriz, ama yalnızca alışık olduğumuz yolu izleriz."

Petrus yeniden yürümeye başladı, ben de ardına düştüm. Elimdeki iğne gün ışığında ışıl ışıl parlıyordu.

"Hayallerimizi kurtarabilmenin tek yolu, kendimize karşı elimizi korkak tutmamaktır. Her kendi kendini cezalandırma girişimi, ne kadar incelikli olursa olsun, acımasızca uygulanmalıdır. Kendimize ne zaman acımasızca davrandığımızı anlamamız için, –suç, vicdan azabı, kararsızlık ve korkaklık gibi– ruhsal acıya yol açan her girişimi bedensel acıya dönüştürmemiz gerekir. Ruhsal acıyı bedensel acıya dönüştürerek, bize ne zarar verebileceğini anlayabiliriz."

Petrus daha sonra Zalimlik Egzersizi'ni öğretti bana.

ZALİMLİK EGZERSİZİ

Aklına ne zaman kendini kötü hissettirecek bir düşünce -kıskançlık, kendi kendine acıma, haset, nefret, vb.- gelse, şunları yap:

İşaretparmağının tırnağını, aynı elinin başparmağının tırnağını çevreleyen etlere iyice acı verinceye kadar batır. Acıya odaklan: Ruhunda yaşamakta olduğun acının bedenindeki bir yansımasıdır bu. Baskıyı zalim düşünce geçip gidinceye kadar hafifletme.

Tırnağını başparmağına birçok kez batırman gerekse bile, bunu o düşünceden tümüyle kurtuluncaya kadar tekrarla. Zalim düşüncenin geri dönmesi her seferinde biraz daha gecikecektir; düşünce her aklına geldiğinde egzersizi uygularsan sonunda tümüyle yok olacaktır.

Petrus, "Eski çağlarda bunun için bir altın iğne kullanırlarmış," dedi. "Şimdilerde her şey değişti; Santiago Yolu'nun görünümü bile değişti."

Haklıydı. Bulunduğum yerden bakıldığında, önümde uzanıp giden ova bir dizi dağ gibi görünüyordu.

"Bugün kendine yaptığın bir zalimliği düşün ve egzersizi uygula."

Böyle bir şey aklıma gelmiyordu.

"Hep böyle olur zaten. Sertliği gerektiren durumlarda bile kendimize iyi davranırız."

Birden, turistlerin arabalarıyla çıktıkları Bağışlama Tepesi'ne binbir güçlükle tırmandığım için kendimi budalalıkla suçladığımı anımsadım. Kendime haksızlık ettiğimi, acımasızca davrandığımı biliyordum; turistlerin güneşlenecek bir yer bulmaktan başka bir sorunları yoktu, oysa ben kılıcımı arıyordum. Kendimi öyle hissetsem bile budala değildim. İşaretparmağımın tırnağını başparmağımın etine sapladım. Acısı içime çöktü; zihnimi buna odaklarken, budalalık duygusu yok oldu.

Bunu Petrus'a anlattığımda, bir şey demeden güldü.

O gece, gözümü ayıramadığım kilisenin bulunduğu köyde, rahat bir otelde kaldık. Akşam yemeğinden sonra, sindirimi kolaylaştırmak için köyün sokaklarında yürüyüşe çıktık.

Petrus, öfkeli bir sesle, "Canımızı yakmanın bir sürü yolunu bulmuşuz," dedi, "ama en çok sevgi yoluyla yakıyoruz canımızı. Bazen bizi sevmeyen biri yüzünden, bazen bizi terk eden biri yüzünden, bazen de bizi bir türlü bırakmayan biri yüzünden hep acı çekiyoruz. Yalnızsak, kimse bizi istemediği için yalnızız; evliysek, evliliği köleliğe dönüştürüyoruz. Ne kadar korkunç!"

Bir meydana geldik; bakakaldığım kilise oradaydı. Hiçbir mimari özelliği olmayan küçük bir kiliseydi. Çan kulesi göğe doğru yükseliyordu. Meleği yeniden görmeye çalıştım, ama göremedim.

"Tanrı'nın Oğlu yeryüzüne indiğinde bize sevgiyi getirdi. Ama insanlar sevgiyi yalnızca acı çekmek ve özveri olarak gördüklerinden, Hz. İsa'yı çarmıha germek zorunda olduklarını düşündüler. Bunu yapmasalardı, insanlar her gün kendi sorunları yüzünden acı çekmeye o kadar alışmışlardı ki Hz. İsa'nın getirdiği sevgiye kimse inanmayacaktı."

Kaldırıma oturmuş, kiliseye bakıyorduk. Sessizliği bozan yine Petrus oldu:

"Barabbas ne demek biliyor musun, Paulo? *Bar* oğul demek, *abba* da baba."

Çan kulesinin tepesindeki haça bakıyordu. Gözleri ışıl ışıldı, bir şeyin onu heyecana getirdiğini sezdim; belki de o kadar sözünü ettiği sevgiydi onu duygulandıran, kim bilir.

Sesi boş meydanda yankılandı: "Tanrı'nın amacı çok akıllıcaydı! Pontius Pilatus,[1] seçimi halka bıraktığında, aslında onlara hiçbir seçim hakkı tanımamıştı. Halkın önüne kırbaçlanmış, perişan bir adam ile başını dik tutan, devrimci Barabbas'ı[2] koymuştu. Halkın, sevgisini kanıtlayabilmek için zayıf olanı ölüme göndereceğini Tanrı biliyordu."

Sonra da, "Halkın seçimi ne olursa olsun, çarmıha gerilecek olan Tanrı'nın Oğlu'ydu," diye tamamladı sözlerini.

---

[1] Pontius Pilatus, İmparator Tiberius döneminde Yahuda valisiydi (İS 26-36). Hz. İsa'yı yargılayan mahkemeye başkanlık etmiş ve çarmıha gerilmesi emrini vermiştir. (Çevirenin notu.)

[2] Yeni Ahit'te yer alan Markos İncili'nde, halkı memnun etmek isteyen Yahuda Valisi Pontius Pilatus'un, tutuklulardan Barabbas'ı salıverdiği, İsa'yı da çarmıha gerilmek üzere askerlere teslim ettiği anlatılır. (Çevirenin notu.)

Haberci

"Ve burada Santiago'ya giden tüm Yollar bir oldu."

Puente de la Reina'ya vardığımızda sabahın erken saatleriydi. Köyün adı, bir hacı heykelinin kaidesine kazınmıştı; hacı ortaçağ giysileri içindeydi: üç köşeli şapka, pelerin, denizkabukları, elinde de sukabağı asılı bir çoban değneği – artık nerdeyse unutulmuş olan, Petrus'la benim yeniden yaşadığımız destansı yolculuğun bir anıtı.

Önceki geceyi Yol'daki manastırlardan birinde geçirmiştik. Bizi kapıda karşılayan keşiş, manastır içinde hiç konuşmamamız gerektiğini söylemişti. Genç bir keşiş bizi odalarımıza götürmüştü; odalarda yalnızca en gerekli şeyler vardı: sert bir yatak, eski ama temiz çarşaflar, bir sürahi su ve el yüz yıkamak için bir leğen. Musluk da yoktu, sıcak su da; kapının arkasına yemek saatlerinin yazılı olduğu bir kâğıt iliştirilmişti.

Belirtilen saatte yemek salonuna inmiştik. Keşişler, suskunluk andı içtiklerinden, yalnızca bakışlarıyla anlaşıyorlardı; bana gözleri başka insanların gözlerinden daha ışıltılıymış gibi gelmişti. Akşam yemeği, erken saatte, kahverengilere bürünmüş keşişlerle birlikte oturduğumuz dar masalarda yeniyordu. Petrus oturduğu yerden el eder etmez ne demek istediğini hemen anlamıştım: Bir sigara yakmak için yanıp tutuşuyordu, ama öyle görünüyordu ki bütün gece sigarasız kalacaktı. Ben de aynı durumdaydım, onun için başparmağımın çoktan yara olmuş etine tırnak batırıp duruyordum. Aslına bakılırsa, o an benim için, kendime en küçük bir zalimlik edemeyeceğim kadar güzeldi.

Yemekte sebze çorbası, ekmek, balık ve şarap vardı. Biz de onlarla birlikte dua etmiştik. Daha sonra, yemek yenirken, keşişlerden biri Aziz Paulus'un Mektupları'ndan bölümler okumuştu.

"Ne var ki, Tanrı bilgeleri utandırmak için dünyanın saçma saydıklarını, güçlüleri utandırmak için de dünyanın zayıf saydıklarını seçti," diye okuyordu ince, düz bir sesle. "Biz Mesih uğruna akılsızız. Şu âna dek adeta dünyanın süprüntüsü, her şeyin döküntüsü olduk. Ama Tanrı'nın Egemenliği lafta değil, güçtedir."

Paulus'un Korintoslulara uyarıları, yemek boyunca salonun çıplak duvarlarında yankılanmıştı.

Puente de la Reina'ya girdiğimizde, önceki gece karşılaştığımız keşişlerden söz ediyorduk.

Odamda sigara içtiğimi Petrus'a itiraf ettim; ama birileri kokusunu duyacak diye ödüm kopmuştu. Petrus öyle bir güldü ki, onun da sigara içmiş olduğunu anladım.

"Vaftizci Yahya çöle gitmişti, Hz. İsa ise günahkârların arasına gitmiş, oradan oraya dolaşmıştı," dedi. "Ben de böylesini yeğliyorum."

Gerçekten de Hz. İsa çölde geçirdiği zaman dışında ömrünü insanlar arasında geçirmişti.

"Aslına bakarsan, Hz. İsa'nın ilk mucizesi ne birisinin ruhunu kurtarmaktı, ne bir hastalığı iyileştirmek, ne de şeytan kovmak; bir düğünde ev sahibinin şarabı bitince suyu tadına doyulmaz bir şaraba dönüştürmüştü."

Petrus böyle dedikten sonra birden duruverdi. O kadar apansız durdu ki, korkuya kapılarak ben de durdum. Adını köye veren köprünün üstündeydik. Ama Petrus önümüzdeki yola bakmıyordu. Gözlerini, ırmak kıyısında bir lastik topla oynamakta olan iki oğlana dikmişti. Sekiz-on yaşlarında görünen çocuklar bizi fark etmemiş gibiydiler. Petrus, köprüyü geçip yola devam etmek yerine, ırmak boyuna inip çocuklara yaklaştı. Ben de, her zamanki gibi, hiçbir şey sormadan ardından gittim.

Oğlanlar bizi görmezden gelmeyi sürdürüyorlardı. Petrus oturmuş, oynadıkları oyunu seyrediyordu. Az sonra, oturduğu yere düşen topu kaptığı gibi bana attı.

Topu havada yakalayıp ne olacak diye baktım.

Oğlanlardan biri –büyüğü– bana doğru geldi. İlkin topu ona atmayı geçirdim aklımdan, ama Petrus'un davranışı o kadar olağandışıydı ki olup biteni anlayayım diye bekledim.

"Topu atar mısın, ağabey?" dedi çocuk.

İki metre ötemdeki küçüğe baktım. Onda bildik bir şey olduğunu sezinledim. Çingene'yle karşılaştığımda kapıldığım duygunun aynısıydı.

Çocuk, birkaç kez topu isteyip de karşılık vermediğimi görünce yere eğilip bir taş aldı.

"Topu ver, yoksa taşı atarım," dedi.

Petrus'la öbür oğlan sessizce beni seyrediyorlardı. Çocuğun saldırganlığı beni tedirgin etmişti.

"At da görelim," diye karşılık verdim. "Bana gelirse sopayı yersin."

Petrus'un derin bir nefes aldığını fark ettim. Bu sahneyi daha önce yaşamışım gibi geldi.

Çocuk söylediğimden korkmuştu. Taşı yere bırakıp başka bir yol denedi:

"Burada, Puente de la Reina'da bir kutsal emanet var. Bir zamanlar zengin bir hacınındı. İstiridye kabuklarına ve sırt çantalarınıza bakılırsa siz de hacısınız. Sen bana topumu ver, ben de sana kutsal emaneti vereyim. Irmakta kuma gömülü."

Hiç de inandırıcı olmayan bir sesle, "Topun bende kalmasını istiyorum," dedim. Aslında, kutsal emaneti istiyordum. Çocuk doğru söyler gibiydi. Ama belki de top bir nedenle Petrus'a gerekiyordu da, onu düş kırıklığına uğratmak istemiyordum. Petrus rehberimdi.

Oğlanın gözleri nemlenmişti. "Bak, ağabey, sen bu topu ne yapacaksın ki," dedi. "Güçlüsün, gezip görmüşsün, dünyayı tanıyorsun. Bense şu ırmağın kıyısından başka bir yer görmedim hayatımda, şu top da tek oyuncağım. Lütfen topumu geri ver."

Oğlanın sözleri içime işledi. Ama nedense burası bana çok bildik geldiği ve bu sahneyi daha önce okumuş ya da yaşamış olduğum duygusuna kapıldığım için bir kez daha karşı koydum:

"Olmaz. Bu top bana lazım. Sana para vereyim, başka bir tane al, hem de daha güzelini, ama bu top benim."

Bunu dememle zaman sanki durdu. Çevredeki her şey değişmeye başladı; üstelik Petrus'un parmağı da ensemde değildi. Bir an için, geniş, ürkünç, külrengi bir çölde bulduk kendimizi. Petrus'la öteki çocuk yoktu; yalnızca ben, karşımda da oğlan. Biraz daha büyümüştü; bakışı daha sevecen ve dostçaydı. Ama gözlerinde içime korku salan bir ışık belirmişti.

Hayal, göz açıp kapayıncaya kadar yok oldu. Avrupa'nın dört bir yanından gelen tüm Santiago Yollarının birleştiği Puente de la Reina'daydım yine. Çocuk, karşımda durmuş, tatlı, mahzun bir bakışla topunu geri istiyordu.

Petrus yanıma geldi, topu elimden alıp çocuğa verdi.

"Kutsal emanet nerede?" diye sordu oğlana.

Çocuk, "Ne kutsal emaneti?" dedikten sonra arkadaşının elini yakalayıp geri sıçradı, sonra birden kendini suya attı.

Irmağın kıyısından yukarı tırmandık, köprüyü geçtik. Neler olup bittiğini öğrenmek için sorular sorup duruyor, gördüğüm çöl hayalini anlatıyordum; ama Petrus konuyu değiştirerek, bunu oradan iyice uzaklaştıktan sonra konuşmamız gerektiğini söyledi.

Yarım saat sonra, hâlâ Romalıların izlerini taşıyan Yol'un bir dönemecine vardık. Burada da bir köprü vardı, ama yıkık döküktü; keşişlerin verdiği çavdar ekmeği, yoğurt ve keçi peynirini çıkarıp kahvaltıya oturduk.

Petrus, "Çocuğun topunu neden istedin?" diye sordu.

Aslında topu istemediğimi anlattım ona: Top onun için çok önemliymişçesine bir tuhaf davrandığı için öyle yapmıştım.

"Doğrusunu istersen, önemliydi. İçindeki şeytanı kovmanı sağladı."

İçimdeki şeytan mı? Yolculuğumuz boyunca duyduğum en saçma laftı bu. Pireneler'de altı gün dolanıp durmuş, büyücülük yapmayan büyücü bir rahiple karşılaşmıştım; kuruntuya kapılarak, suçluluk ya da aşağılık duygusuna yenik düşerek ne zaman kendimle ilgili kötü bir şey düşünecek olsam tırnağımı başparmağımın etine batırmış, orayı cılk yara yapmıştım. Ama Petrus bir konuda haklıydı: Olumsuz düşüncelerim büyük ölçüde azalmıştı. Yine de, bu içimdeki şeytan hikâyesi hiç duymadığım bir şeydi; bunu kolay kolay içime sindiremezdim.

"Bugün köprüyü geçmeden, bizi uyarmaya çalışan birinin varlığını güçlü bir biçimde hissettim. Ama uyarı benden çok sanaydı. Pek yakında bir savaş patlak verecek ve senin yürekten savaşman gerekecek.

"İçindeki şeytanı tanımadığın zaman, o kendini en yakındaki insanda gösterir. Çevreme bakınıp da oyun oynayan o çocukları görünce, varlığını hissettiğim kişinin bizi orada uyarabileceğini düşündüm. Ama yalnızca bir sezgiydi bu. Topu geri vermeyi reddettiğinde, onun senin içindeki şeytan olduğundan kuşkum kalmadı."

Bir kez daha, onun öyle istediğini sandığım için topu geri vermediğimi söyledim.

"Benimle ne ilgisi var? Ben bir şey demedim ki."

Hafifçe başımın döndüğünü hissettim. Belki de, yarım saatten fazla aç açına yürüdükten sonra oburcasına tıkındığım için böyle olmuştu. Yine de, çocuğun tanıdık gelmiş olması duygusundan kurtulamıyordum.

"İçindeki şeytan üç klasik yaklaşım denedi: tehdit, vaat ve zayıf yanına saldırı. Kutlarım: Cesurca direndin."

Petrus'un oğlana kutsal emanetin nerede olduğunu sorduğunu hatırlıyordum. O sırada, çocuğun verdiği yanıttan beni aldatmaya çalıştığını sanmıştım. Oysa gerçekten saklı bir kutsal emanet olsa gerekti; bir şeytan asla sahte vaatte bulunmazdı.

"Çocuk kutsal emanetin yerini hatırlayamadığında, senin içindeki şeytan gitmişti."

Sonra, gözlerimin içine bakarak, "Onu geri çağırmanın vaktidir," dedi. "Ona ihtiyacın olacak."

Eski köprünün yıkıntıları üstünde oturuyorduk. Petrus yemeğimizden arta kalanları özenle topladı, keşişlerin verdiği kâğıt torbaya koydu. Önümüzde uzanıp giden tarlalarda rençperler toplanmaya başlamışlardı, ama o kadar uzaktaydılar ki konuşmalarını duyamıyordum. İnişli çıkışlı bir araziydi, işlenmiş alanlar ova boyunca bambaşka görüntüler oluşturmuştu. Aşağıda süzülüp giden kanalın suyu kuraklık yüzünden ip gibi kalmış, sessiz sadasız akıyordu.

Petrus, "Hz. İsa halkın arasına karışmadan önce içindeki şeytanla konuşmak için çöle gitmişti," diye söze başladı. "İnsanlar hakkında öğrenmesi gerekenleri öğrendi, ama oyunun kurallarını şeytanın dayatmasına izin vermedi; Hz. İsa işte böyle üstün geldi.

"Bir zamanlar şairin biri hiçbir insanın bir ada olmadığını söylemişti. Yürekten savaşabilmek için yardıma ihtiyaç duyarız. Dostlara ihtiyacımız vardır, ama yakınımızda dostlar yoksa yalnızlığı ana silahımız kılmak zorundayızdır. Hedefimize doğru gerekli adımları atabilmemiz için çevremizdeki her şeyin yardımına ihtiyacımız vardır. Her şey, yürekten savaşı kazanma konusundaki kararlılığımızın bizdeki yansıması olup çıkmalıdır. Bunu anlayamazsak, her şeye ve herkese ihtiyacımız olduğunu göremez ve kibirli savaşçılara dönüşürüz. Sonunda kibrimiz bizi yerle bir eder, kendimize o kadar güveniriz ki savaş meydanındaki tuzakları göremeyiz."

Petrus'un savaşçılar ve savaşlarla ilgili sözleri aklıma bir kez daha Carlos Castaneda'nın Don Juan'ını getirdi. Kendi kendime, yaşlı büyücü, müridi daha kahvaltısını bile etmeden, sindiremeden, sabahın köründe ders verir miydi acaba, diye sordum. Ama Petrus sözünü bitirmemişti:

"Bizi kuşatan ve bize yardımcı olan fiziksel güçlerin üstünde ve ötesinde, bizden yana temelde iki tinsel güç vardır: bir melek ve bir şeytan. Melek bizi her zaman korur, tanrısal bir armağandır o – ona yakarman gerekmez. Dünyaya algılayan gözlerle bakıyorsan, meleğinin yüzü her zaman görülebilir. Meleğin bu ırmaktır, tarladaki rençperlerdir, şu mavi gökyüzüdür. Irmağı aşmamızı sağlayan şu eski köprüyü adını sanını bilmediğimiz Romalı askerler yapmıştı; bu köprü de senin meleğinin yüzüdür. Atalarımız ona koruyucu melek diyorlardı.

"Şeytan da bir melektir, ama özgür, asi bir güçtür o. Eskiçağda Mercurius[1] ve tanrıların habercisi Hermes Trismegistos[2] tarafından temsil edilirdi. Onun alanı yalnızca maddî düzlemdedir. O Kilise'nin altınındadır, çünkü altın topraktan gelir ve toprak senin şeytanındır. Şeytan bizim işlerimizdedir, parayla gördüğümüz işlerdedir. Onu serbest bıraktığımız zaman kendini dağıtabilir. Onu kovduğumuz zaman, bize öğreteceği iyi şeylerin tümünden yoksun kalırız; dünya ve insanlar hakkında çok şey bilir. Onun gücü karşısında büyülenirsek, bizi ele geçirir ve yürekten savaş vermemizi önler.

"O yüzden, habercimizle geçinmenin tek yolu, öğütlerine kulak vererek ve gerektiğinde yardımını isteyerek, ama oyunun kurallarını onun dayatmasına asla izin vermeksizin onu bir dost olarak kabul etmektir. Habercinin oyunun kurallarını dayatmasını önlemek için de önce kendinin ne istediğini bilmen, sonra da onun yüzünü ve adını bilmen gerekir."

"Bunları nasıl bilebilirim ki?" diye sordum.

O zaman, Petrus bana Haberci Ritüeli'ni öğretti.

"Uygulamak için geceyi bekle," dedi, "daha kolay olur. Bugün ilk karşılaşmanızda sana adını söyleyecek. Bu ad gizlidir, asla başkalarına söylenmemeli, bana bile. Habercinin adını bilen seni yok edebilir."

Petrus kalktı, yürümeye başladık. Çok geçmeden, renç-

---

[1] Roma dininde ticaret tanrısı, ama genellikle Eski Yunan tanrısı Hermes'le özdeşleştirilmiş ve kanatlı sandallarla ya da kanatlı bir başlıkla ve yılan sarılı bir değnek taşırken resmedilmiştir. (Çevirenin notu.)

[2] Eski Yunan tanrısı Hermes'ten, Homeros'un *Odysseia*'sında tanrıların habercisi ve ölüleri Hades'e götüren yol gösterici olarak söz edilir. Haberci olarak Hermes, yolların ve kent kapılarının da koruyucusuydu. "Hermes Trismegistos", "Üç Kez Yüce Hermes" anlamına gelir. (Çevirenin notu.)

perlerin çalıştıkları tarlaya vardık. Onlara "*Buenos dias*" deyip yoldan aşağı vurduk.

"Bir metafor kullanmam gerekseydi, meleğinin zırhın, habercinin de kılıcın olduğunu söylerdim. Zırh adamı her türlü koşulda korur, ama kılıç savaşın ortasında yere düşebilir, bir dostu öldürebilir ya da sahibine karşı kullanılabilir. Kılıç her şey için kullanılabilir..." Sonra da, gülerek, "Üstüne oturmak dışında," diye ekledi.

Öğleyin bir şeyler yemek için bir kasabada mola verdik. Bize bakan genç garson anlaşılan tersinden kalkmıştı. Hiçbir sorumuza yanıt vermediği gibi nerdeyse tabakları kafamıza atacaktı. Sonunda Petrus'un şortuna kahve dökmeyi bile başardı. Rehberimin ansızın değişiverdiğini gördüm: Büyük bir öfkeye kapılarak fırladı, dükkânın sahibini bulup bağıra çağıra garsonu şikâyet etti. Sonra da erkekler tuvaletine gidip şortunu çıkardı; dükkânın sahibi de şortu silip temizledikten sonra kuruması için dışarıya serdi.

Şortun öğlen güneşinde kurumasını beklerken, o sabah konuştuklarımızı düşünüyordum. Petrus'un, ırmağın kıyısındaki çocuk hakkında söylediklerinin çoğu gerçekten de mantıklıydı. Ne de olsa, çölün ve bir yüzün hayalini görmüştüm. Ama "haberci"yle ilgili o hikâye bana biraz ilkel gelmişti. Yirminci yüzyılda azıcık aklı olan biri için cehennem, günah, şeytan gibi kavramların pek bir anlamı yoktu. Öğretilerini Santiago Yolu'nu izlediğimden çok daha uzun bir süredir izlediğim Gelenek'e göre, haberci, yeryüzü güçlerini yöneten bir ruhtu ve her zaman bir dosttu. Ondan büyü işlerinde sık sık yararlanılırdı, ama hiçbir zaman gündelik olaylarda yardımına başvurulacak ya da akıl sorulacak bir danışman olarak görülmezdi. Petrus, habercinin dostluğundan bu dünyadaki işlerimi düzeltip geliştirmekte yararlanabileceğime inanmaya yöneltmişti beni. Oysa bu düşünceyi hem zındıkça, hem de çocukça bulmuştum.

Ama Madam Lourdes'a, rehberime bütünüyle boyun eğeceğime yemin etmiştim. Bir kez daha işaretparmağımın tırnağını başparmağımın çeteleye dönmüş etine batırmak zorunda kaldım.

HABERCİ RİTÜELİ

1. Otur ve tümden gevşeyip rahatla. Bırak zihnin özgürce gezinsin, düşüncelerin serbestçe akıp gitsin. Bir süre sonra, kendi kendine, "Artık gevşeyip rahatladım, uykuların en derinindeyim," demeye başla.
2. Zihninin artık hiçbir şeyle ilgilenmediğini hissettiğinde, sağında kocaman bir ateş hayal et. Alevler canlı ve parlak olsun. Sonra, usulca, "Bilinçaltıma kendini göstermesini emrediyorum. Büyülü sırlarını açmasını ve gözler önüne sermesini emrediyorum," de. Biraz bekledikten sonra zihnini ateşe odaklandır. Bir hayal belirirse, bilinçaltının bir belirtisi olacaktır. Onu canlı tutmaya çalış.
3. Şimdi, ateşi hep sağında tutarak, solunda yeni bir büyük ateş hayal etmeye başla. Alevler canlandığı zaman usulca şu sözleri söyle: "Kendini her şeyde ve herkeste gösteren kuzunun gücü, habercimi çağırdığımda bende de göstersin kendini. (Habercinin adı) şimdi karşımda belirsin."
4. İki ateş arasında belirmesi gereken habercinle konuş. Belirli sorunlarını görüş, akıl danış ve ona gerekli emirleri ver.
5. Konuşmanız bittiğinde, haberciyi şu sözlerle salıver: "Gerçekleştirdiğim mucize için kuzuya teşekkür ederim. (Habercinin adı) çağrıldığı zaman geri dönsün ve uzaktayken de işlerimi sürdürmeme yardımcı olsun."

Not: İlk çağrıda -ya da ritüeli uygulayanın zihnini yoğunlaştırma yeteneğine göre ilk çağrılarda- habercinin adını söyleme. Yalnızca "o" de. Ritüel iyi uygulanırsa, haberci adını hemen telepatik olarak açıklayacaktır. Açıklamazsa, adını öğrenene kadar diret, konuşmaya ancak ondan sonra başla. Ritüel ne kadar çok tekrarlanırsa, habercinin varlığı o kadar güçlü, eylemleri o kadar çabuk olacaktır.

Oradan ayrıldıktan sonra, Petrus garsonu kastederek, "Onu o kadar aşağılamamalıydım," dedi. "Bana kalırsa, o kahveyi benim üstüme değil, nefret ettiği dünyanın üstüne döktü. Kendi düş gücünün çok ötelerine uzanan koskoca bir dünyada yaşadığının farkında. Onun bu dünyaya katılımı ise her sabah erkenden kalkmak, börekçiden börekleri alıp getirmek, gelenlere hizmet etmek ve her gece asla tanımayacağı kadınları hayal ederek kendini tatmin etmekle sınırlı."

Siesta vakti gelmişti, ama Petrus yürümeyi sürdürmekte kararlıydı. Böyle yapmakla hoşgörüsüzlüğünün cezasını çektiğini söylüyordu. Ben de, hiçbir şey yapmadığım halde, kızgın güneşin altında onunla birlikte yürümek zorundaydım. Yürekten savaşı ve tam o sırada dünyanın dört bir yanında yapmak istemedikleri şeyleri yapmakta olan milyonlarca insanı düşünüyordum. Gerçi başparmağım cılk yara olmuştu ama, Zalimlik Egzersizi işime yarıyordu. Aklımın beni hiç istemediğim durumlara düşürerek, hiçbir yararı olmayan duygulara kapılmama yol açarak bana nasıl ihanet ettiğini görmemi sağlamıştı. Birden, umarım Petrus haklıdır, diye geçirdim içimden; umarım, gerçekten bir haberci vardır, onunla önümdeki sorunları konuşabilirim, gündelik sorunlarımla ilgili yardım isteyebilirim, diye düşündüm. Geceyi iple çekiyordum.

Bu arada Petrus garsondan söz etmeyi sürdürüyordu. En sonunda, yine Hıristiyanlıktan kanıtlar göstererek kendini doğru davrandığına inandırmayı başardı.

"Hz. İsa, zina yapan kadını bağışlamış, ondan bir inciri esirgeyen adamı lanetlemişti. Eh, benim de iyilik perisi olacak halim yok."

İşte bu kadar. Sorun onun gözünde çözülmüştü. Petrus'u bir kez daha Kitabı Mukaddes kurtarmıştı.

Estella'ya vardığımızda saat dokuza geliyordu. Yıkanıp yemeğe indim. Yakub yolunun ilk rehberinin yazarı Aymeric Picaud, Estella'dan, "Ekmeği mis gibi, şarabı, eti, balığı harika, bereketli bir yer. Irmağı Ega'nın suyu güzel, tatlı ve temiz," diye söz etmişti. Irmağın suyundan içmedim, ama lokantanın yemeklerine bakılırsa Picaud'nun değerlendirmesi sekiz yüz yıl sonra bile doğruluğunu koruyordu. Enfes bir Rioja şarabı eşliğinde kuzu budu ve enginar göbeği yedik. Sofradan uzun süre kalkmadık, şarabımızı yudumlayarak havadan sudan konuştuk. Ama sonunda Petrus habercimle ilk bağlantımı kurmamın vaktinin geldiğini söyledi.

Kentte gezintiye çıktık. Bazı geçitler -Venedik'te olduğu gibi- doğruca ırmağa çıkıyordu; orada bir yerde biraz oturmaya karar verdim. Petrus artık töreni benim yöneteceğimi bildiği için geride kaldı.

Uzun bir süre ırmağı seyrettim. Suyu ve sesi, beni bu dünyadan almaya, bana derin bir dinginlik vermeye başladı. Gözlerimi kapadım ve ilk büyük ateşi hayal ettim. İlk başta hayal etmek kolay değildi, ama sonunda belirdi.

Ritüelin sözlerini söyledim, bu kez solumda bir başka büyük ateş belirdi. İki ateşin arasında aydınlanan yer bütünüyle boştu. Habercinin kendini göstermesi için, bir şey düşünmemeye çalışarak bir süre öyle baktım oraya. Ama haberci belireceğine çeşitli egzotik sahneler belirmeye başladı - bir piramidin girişi, saf altına bürünmüş bir kadın, bir ateşin çevresinde dans eden siyah adamlar. Hayaller birbiri ardı sıra hızla gelip gidiyor, ben de onların özgürce akışını izliyordum. Petrus'la geçtiğimiz Yol'dan bazı görüntüler de belirdi - patikalar, lokantalar, ormanlar. En sonunda, hiçbir uyarı gelmeden, iki ateşin arasında o sabah gördüğüm kül rengi çöl göründü. Ve orada, o dost görünen adam hain hain bana bakıyordu.

Önce bir kahkaha attı, ardından cezbeye gelişim karşısında gülümsedi. Bana kapalı bir çanta gösterdi, sonra çantayı açıp benim göremeyeceğim bir biçimde içine baktı. Tam o sırada aklıma bir ad düştü: Astrain.[1]

Adı gözlerimin önüne getirmeye ve iki ateşin arasında dans ettirmeye başladığımda haberci başıyla onayladı; adını öğrenmiştim.

Egzersizi sona erdirmenin vakti gelmişti. Ritüelin sözlerini söyleyip önce soldaki, sonra sağdaki ateşi söndürdüm. Gözlerimi açtığımda, Ega Irmağı önümdeydi.

---

[1] Bu gerçek ad değil.

Petrus'a, iki ateş arasında olup bitenleri anlattıktan sonra, "Sandığımdan çok daha kolay oldu," dedim.

"Bu senin ilk bağlantındı; tanışmak ve dostluk kurmak için bir buluşma. Haberciyle konuşmaların, ancak onu her gün çağırıp sorunlarını tartışırsan verimli olur. Ama gerçek yardımla tuzağı birbirinden ayırt etmeyi bilmelisin. Onunla her buluşmanda kılıcını hazır et."

"Ama henüz kılıcım yok ki," diye yanıtladım.

"Doğru, o yüzden sana fazla zarar veremez. Yine de, işini kolaylaştırma."

Ritüel sona erdiğinde Petrus'tan ayrılıp otele döndüm. Yatağımda, bize öğle yemeği veren zavallı genç garsonu düşündüm. Oraya geri dönüp ona Haberci Ritüeli'ni öğretmek, isterse her şeyi değiştirebileceğini söylemek geçti içimden. Ama dünyayı kurtarmaya çalışmak boşunaydı: Daha kendimi bile kurtaramamıştım.[1]

---

[1] Haberci Ritüeli'yle ilgili ilk deneyimimi bütünüyle anlatmış değilim. Aslında, Petrus hayallerin, anıların ve Astrain'in bana gösterdiği çantanın anlamını açıkladı. Ama haberciyle her insanın her buluşması farklı olacağından, başkalarının deneyimini etkilemesin diye kendi deneyimimde diretmek istemiyorum.

Sevgi

Petrus, ertesi gün, "Habercinle konuşmak ruhlar dünyasıyla ilgili sorular sormak değildir," dedi. "Habercinin senin için yerine getirdiği bir tek işlev vardır: Maddî dünyayla ilgili yardımcı olur sana. O da ancak ne istediğini tam olarak biliyorsan."

Bir şeyler içmek için bir kasabaya uğramıştık. Petrus bir bira söylemiş, ben de bir meyve suyu istemiştim. Parmaklarım bardaktaki suda soyut biçimler oluşturuyordu; kaygılıydım.

"Habercinin, bana bir şey söylemek istediği için kendini o oğlanda gösterdiğini söylemiştin."

"İvedi bir şey," diye doğruladı.

Bir süre daha haberciler, melekler ve şeytanlardan söz ettik. Gelenek'in gizemlerinin bu denli pratik bir uygulamasını kabullenmek benim için zordu. Petrus, her zaman bir ödül peşinde koştuğumuzu söyleyince, ben de Hz. İsa'nın zengin adamın Cennet'e giremeyeceğini söylediğini hatırlattım ona.

"Ama Hz. İsa, ustasını daha da usta kılmayı bilen adamı ödüllendirmişti. İnsanlar ona yalnızca olağanüstü bir hatip olduğu için inanmamışlardı: Mucizeler gerçekleştirmek ve izinden yürüyenleri ödüllendirmek zorunda kalmıştı."

Konuşmamızı dinlemekte olan bar sahibi, "Burada kimse Hz. İsa'ya hakaret edemez," diye atıldı.

"Kimsenin Hz. İsa'ya hakaret ettiği yok," diye karşılık verdi Petrus. "Onun adını boş yere andığın zaman günaha girersin asıl. Kasaba meydanında hepiniz öyle yapmıştınız."

Bar sahibi bir an duraksadı. Sonra, "Benim o işten haberim yok," diye yanıtladı. "Ben o zaman çocuktum."

Petrus, "Zaten hep başkaları suçludur," diye homurdandı. Bar sahibi mutfağa girdikten sonra, Petrus'a neden söz ettiğini sordum.

"Düşünsene, yirminci yüzyılda, daha elli yıl önce bu kasabanın meydanında bir Çingene'yi diri diri yaktılar. Onu büyücülükle ve okunmuş ekmeğe sövmekle suçlamışlardı. İspanya İç Savaşı patlak verince olay unutuldu, artık kimse hatırlamıyor. Burada yaşayanlar dışında."

"Peki, sen nereden biliyorsun, Petrus?"

"Biliyorum, çünkü daha önce Santiago Yolu'nu yürüdüm."

Boş barda içkilerimizi yudumlamayı sürdürüyorduk. Güneş iyice kızmıştı, tam siesta vaktiydi. Birkaç dakika sonra bar sahibi yeniden göründü; bu kez kasabanın rahibi de yanındaydı.

"Siz kimsiniz?" diye sordu rahip.

Petrus, sırt çantasına dikili denizkabuklarını gösterdi ona. Barın önündeki Yol'dan bin iki yüz yıldır hacılar geçiyordu; hacıların ne olursa olsun saygıyla karşılanması, gönüllerinin hoş edilmesi gelenektendi. Rahibin ses tonu birden değişti.

Sorgulayıcı bir ses tonuyla, "Nasıl oluyor da Santiago Yolu'na düşmüş hacılar Hz. İsa hakkında kötü konuşuyorlar?" diye sordu.

"Hz. İsa hakkında kötü konuşan yok. Biz Hz. İsa adına işlenmiş suçları kötülüyoruz. Kasabanın meydanında Çingene'nin diri diri yakılmasından söz ediyoruz."

Petrus'un sırt çantasındaki denizkabuklarını görünce bar sahibinin tavrı da değişmişti. Şimdi bizimle biraz daha saygılı konuşuyordu.

Rahibin kınayıcı bakışları arasında, "Çingene'nin laneti hâlâ üstümüzde," dedi.

Petrus olayın nasıl gerçekleştiğini sorunca, rahip bunların köylülerin dilinde dolaşan söylentilerden başka bir şey olmadığını, kilise tarafından da onaylanmadığını söylemekle yetindi. Ama bar sahibinin susacağı yoktu:

"Çingene, ölmeden önce, şeytanlarının köydeki en küçük çocuğa geçeceğini, o çocuk yaşlanıp öldüğünde de bir başka çocuğun içine gireceğini söylemişti. Yüzyıllar boyunca böyle sürüp gidecekti."

Rahip, "Buranın toprağı çevredeki öteki kasabaların toprağından farksızdır," dedi. "Öteki kasabalarda kuraklık oldu mu, burada da olur. Öteki kasabalarda yağmur yağar, hasat iyi olursa, bizim ambarlar da dolar. Komşu kasabalarda olmamış bir şey burada da olmaz. Onun için bu hikâye tümüyle uydurma."

Bar sahibi, "Hiçbir şey olmadı, çünkü laneti sakladık," dedi.

"İyi, o zaman gözümüzle görelim," diye karşılık verdi Petrus. Rahip gülerek böyle konuşmanın doğru olmadığını söyledi, bar sahibi haç çıkardı, ama ikisi de yerinden kımıldamadı.

Petrus, hesabı ödedikten sonra, birinin bizi laneti devralan kişiye götürmesi için diretti. Rahip, önemli bir işi yarım bıraktığını, hemen kilisesine dönmesi gerektiğini söyleyerek izin istedi ve kimse bir şey diyemeden çıktı gitti.

Bar sahibi, Petrus'a korku içinde bakıyordu.

Rehberim, "Korkacak bir şey yok," dedi. "Lanetin yerleştiği evi göster, yeter. Kasabayı lanetten kurtaracağız."

Bar sahibi bizimle birlikte toz toprak içindeki sokağa çıktı. Kızgın güneş her yeri yakıyordu. Kasabanın dışlarına vardığımızda, adam Yol'un kıyısındaki tek evi gösterdi.

"Sürekli yiyecek, giyecek gönderiyoruz, her türlü ihtiyaçlarını karşılıyoruz," diye savunmaya geçti. "Ama rahip bile uğramıyor oraya."

Onunla vedalaşıp eve doğru yürüdük. Bar sahibi, belki de eve uğramadan geçip gideceğimizi umarak, orada durmuş bekliyordu. Ama Petrus doğruca eve yönelip kapıyı vurdu. Dönüp baktığımda bar sahibi ortadan kaybolmuştu.

Kapıda yetmiş yaşlarında bir kadın belirdi. Yanında kocaman siyah bir köpek vardı; kuyruğunu sallıyor, birileri geldiği için mutlu görünüyordu. Kadın ne istediğimizi sordu; çamaşır yıkıyormuş, birkaç tencereyi ateşin üstünde bırakmış. Gelişimize şaşırmamış gibiydi. Bugüne kadar kim bilir kalacak yer arayan kaç hacı kapısını çalmıştır, diye geçirdim aklımdan; lanetten nereden haberleri olacak ki?

Petrus, "Biz Compostela Yolu'na düşmüş hacılarız, biraz sıcak suya ihtiyacımız var," dedi. "Bizi geri çevirmeyeceğinizden eminim."

Kadın, biraz tedirgin, bizi içeri aldı. Temiz, ama yoksul görünen, küçük bir odaya geçtik. Odada yırtık pırtık bir sedir, bir yazı masası ve iki iskemlesiyle formika kaplı bir masa vardı. Masanın üstünde bir Kutsal Yürek[1] tasviri, bazı aziz tasvirleri ve aynalardan yapılmış bir çarmıhta İsa heykelciği göze çarpıyordu. Odadaki iki kapıdan birinden yatak odasını görebiliyordum. Kadın, Petrus'u öteki kapıdan mutfağa aldı.

"Ben de su ısıtıyordum," dedi. "Size bir kap getireyim, sonra yola koyulursunuz."

Ben o koca köpekle birlikte oturma odasında kalmıştım. Uysal ve mutlu, kuyruğunu sallayıp duruyordu. Kadın eski bir teneke kap getirdi, sıcak su doldurup Petrus'a uzattı.

"İşte. Tanrı'nın inayetiyle gidin şimdi."

Ama Petrus oralı olmadı. Sırt çantasından bir çay poşeti çıkarıp kaba attı, gösterdiği konukseverlikten ötürü çayı kendisiyle paylaşmak istediğini söyledi.

Belli ki, kadının keyfi kaçmıştı; iki fincan alıp geldi, Petrus'la birlikte masanın başına oturdu. Konuşmalarını dinlerken gözümü köpekten ayırmıyordum.

Petrus, hiç çekinmeden, "Köyde bu evin lanetli olduğunu söylediler," dedi. Söyleneni anlamışçasına, köpeğin gözleri parlar gibi oldu. Yaşlı kadın hemen ayağa fırladı.

---

[1] Katolik ibadetinde kutsal sayılan Hz. İsa'nın yüreği. Kilise yaşamında yüceltilen Kutsal Yürek imgesi, çoğunlukla çevresinde dikenli bir taç bulunan ve ışık saçan yaralı bir yürek biçiminde betimlenir. (Çevirenin notu.)

"Yalan. Eskiden kalma bir boşinanç. Lütfen çayınızı bitirin, çok işim var."

Köpek, kadının tavrının değişiverdiğini sezmişti. Hiç kımıldamıyordu, ama tetikteydi. Petrus yine oralı olmadı. Çayı ağır ağır fincana döktü, fincanı ağzına götürdü, ama bir yudum bile almadan masaya bıraktı.

"Çok sıcak," dedi. "Sanırım biraz soğumasını beklemem gerekecek."

Kadın yeniden oturmadı. Bizden hoşlanmadığı, kapıyı açtığına pişman olduğu belliydi. Benim gözlerimi köpekten ayırmadığımı fark edince köpeği yanına çağırdı. Köpek kadının buyruğuna uydu, ama yanına gidince dönüp bana baktı.

Petrus, bana bakarak, "İşte bu yüzden öyle yaptı, dostum," dedi. "Habercin dün bu yüzden kendini o çocukta gösterdi."

Birden anladım ki, aslında köpeğe bakmıyordum. İçeri girdiğim anda köpek beni hipnotize etmiş, gözlerimi bağlamıştı. Gözlerini gözlerimden ayırmıyor, bana istediğini yaptırıyordu. Güçsüz düştüğümü hissediyor, odadaki eski sedire uzanıp uyumak istiyordum; dışarısı gerçekten çok sıcaktı, çıkıp yürümek içimden gelmiyordu. Bir yandan da, tüm bu duygular bir tuhaf geliyor, tuzağa düştüğüm izlenimine kapılıyordum. Köpek gözlerini benden ayırmıyor, o baktıkça kendimi daha yorgun hissediyordum.

Petrus yerinden kalkıp, "Gidelim artık," diyerek çay fincanını bana uzattı. "Biraz çay iç, hanımefendi gitmemizi istiyor."

Bir an duraksadımsa da fincanı aldım, sıcak çaydan içince biraz kendime geldim. Bir şey söylemek, köpeğin adını sormak istiyordum, ama sesim çıkmıyordu. İçimde bir şey uyanmıştı, Petrus'un bana öğretmediği bir şey kendini belli etmeye başlamıştı. Anlamını benim de bilmediğim tuhaf sözler söylemek için karşı konulmaz bir istek duyuyordum. Aklıma Petrus'un çayın içine bir şeyler atmış olabileceği geldi. Çevremdeki her şey bulanıklaşmaya başlamıştı; belli belirsiz, kadının Petrus'a bir kez daha gitmemiz gerektiğini söylediğini duydum. Kendimden geçmiştim, aklıma gelen tuhaf sözleri söylemeye karar verdim.

Odada tek görebildiğim, köpekti. O tuhaf sözleri söylemeye başladığımda köpek de hırlamaya başladı. Ne dediğimi anlıyordu. İyice heyecana gelerek sesimi gittikçe yükselttim. Köpek yerinden kalkıp dişlerini gösterdi. Artık geldiğimizdeki o uysal hayvan olmaktan çıkmış, her an üstüme atlayabilecek, korku veren, ürkünç bir yaratığa dönüşmüştü. Sözlerin beni koruduğunu anladığım için sesimi daha da yükselterek tüm gücümü köpeğe odakladım. İçimde farklı bir güç olduğunu, bu gücün hayvanın bana saldırmasını önleyebileceğini seziyordum.

Tam o sırada, her şey yavaşlatılmış bir biçimde gerçekleşmeye başladı. Kadının üstüme geldiğini, avaz avaz haykırarak beni dışarı atmaya çalıştığını görüyordum. Petrus'un kadını durdurduğunu görüyordum. Köpek, onların itişip kakışmasına aldırmaksızın hırlayıp dişlerini gösteriyor, gözlerini benden ayırmıyordu. Konuştuğum tuhaf dili anlamaya çabalıyordum, ama ne zaman biraz düşüneyim diye duracak olsam gücüm azalıyor, köpek üstüme gelmeye başlıyordu: Gittikçe güçleniyordu. Olup biteni anlamaya çalışmaktan vazgeçerek haykırmaya başladım; bu kez kadın da haykırmaya başladı. Köpek havlayarak yüreğime korku salıyordu, ama konuşmayı sürdürdüğüm sürece güvendeydim. Boğuk bir kahkaha duydum, ama kahkaha gerçek miydi, yoksa hayalimde miydi, anlayamadım.

Birden evin içinde sert bir rüzgâr esti ve köpek uluyarak üstüme atladı. Yüzümü korumak için kolumu kaldırdım, bağırarak bir şey söyledim ve etkisinin ne olacağını görmek için bekledim.

Köpek olanca gücüyle üstüme atlamış, beni sedirin üstüne yıkmıştı. Bir an gözlerimiz birbirine kilitlendi, hemen ardından köpek dışarı kaçtı.

Birden boşandım, sarsıla sarsıla ağlıyordum. Aklımdan ailem, karım ve dostlarım geçiyordu. Olağanüstü bir sevgiyi yaşıyor, aynı zamanda da ansızın köpekle ilgili her şeyi anladığım için saçma bir mutluluk duyuyordum.

Petrus beni kolumdan tutup dışarı çıkarırken, kadın da arkamızdan itekliyordu. Çevreme bakındığımda köpeği göremedim. Güneşin altında Petrus'a tutunarak yürürken hâlâ haykırıyordum.

Yolculuğun sonrasını hiç hatırlamıyorum; kendime geldiğimde bir çeşmenin başındaydık, Petrus yüzüme ve enseme su serpiyordu. Su içmek istedim, ama o anda ne içsem kusacağımı söyledi. Biraz midem bulanmakla birlikte kendimi iyi hissediyordum. Varlığımı her şeye ve herkese karşı sonsuz bir sevgi sarmıştı. Çevreme baktım ve Yol'un kıyısındaki ağaçları, mola verdiğimiz küçük çeşmeyi, rüzgârın taşıdığı temiz havayı, ormandan gelen kuş seslerini duyumsadım. Petrus'un dediği gibi, meleğimin yüzünü görüyordum. Kadının evinden ne kadar uzakta olduğumuzu sorduğumda, Petrus on beş dakikadır yürüdüğümüzü söyledi.

"Herhalde neler olup bittiğini merak ediyorsundur," dedi.

Aslında olup biten umurumda değildi. Beni sarıp sarmalayan sevgi duygularıyla mutluydum. Köpek, kadın, barın sahibi, her şey, o anda duyumsadıklarımla en küçük bir ilgileri yokmuşçasına geçmişte kalmıştı. Petrus'a, kendimi çok iyi hissettiğim için yürümeye devam edeceğimi söyledim.

Yerimden kalktım; yeniden Santiago Yolu'na vurduk. Bütün bir öğleden sonra nerdeyse hiç konuşmadım, yüreğimi kaplayan o hoş duygunun tadını çıkardım. Gerçi hâlâ Petrus'un çayıma bir şey atmış olabileceğini düşünüyordum, ama artık hiçbir önemi yoktu.

Akşam sekizde bir otele vardığımızda, biraz azalmış olsa da hâlâ o mutluluk duygusu içindeydim. Otelin sahibi kaydımı yapmak için pasaportumu istedi; çıkarıp verdim.

"Brezilyalısınız, öyle mi? Gitmiştim oraya. Ipanema Sahili'nde bir otelde kalmıştım."

Bu saçma sözler beni gerçek dünyaya döndürdü. Yakub yolunda, yüzlerce yıllık bir kasabada, Ipanema Sahili'ne gitmiş bir otelciyle karşılaşmıştım.

"Artık konuşabilirim," dedim Petrus'a. "Bugün neler olduğunu bilmem gerekiyor."

Mutluluk duygusu geçmiş, yerini mantık almıştı; bir an önce ayaklarımı yere basmam gerekiyordu, bilinmeyenden duyduğum korku geri gelmişti.

Petrus, "Yemeğimizi yiyelim, ondan sonra," dedi.

Otel sahibinden televizyonu açmasını, ama sesini kısık bırakmasını istedi. Anlatacaklarını soru sormadan dinlememin en iyi yolunun bu olduğunu söyledi; bir yandan da televizyon izliyor olacaktım. Olup bitenin ne kadarını hatırladığımı sordu. Çeşmeye doğru yürüdüğümüz bölüm dışında her şeyi hatırlıyordum.

"Orası önemli değil," diye karşılık verdi. Televizyonda kömür madenlerinde geçen bir film başlamıştı. Oyuncular yüzyıl başlarının giysileri içindeydiler.

"Dün, habercindeki telaşı sezdiğimde, Santiago Yolu'nda bir savaşın başlamak üzere olduğunu anlamıştım. Sen kılıcını bulmak ve RAM alıştırmalarını öğrenmek için buradasın. Ama ne zaman bir rehber bir hacıya yol gösterecek olsa, mutlaka ikisinin de denetleyemediği bir durum çıkar. Öğretilmekte olanın bir tür sınanmasıdır bu. Senin durumunda, köpekle karşılaşmanda ortaya çıktı.

"Savaşın ayrıntılarını ve bir hayvanın içinde birçok şeytan bulunabileceğini daha sonra açıklayacağım. Şu anda önemli olan, kadının lanete çoktandır alışkın olduğunu anlaman. Laneti olağan bir şey olarak kabullenmişti, durumdan bir şikâyeti yoktu. Azla yetinmeyi öğrenmişti.

"Sen kadıncağızın şeytanlarını kovunca dünyasını da allak bullak ettin, dengesini bozdun. Geçen gün insanların kendilerine ne kadar zalimce davranabildiklerini konuşmuştuk. Çoğu zaman, hayatın ne kadar güzel ve cömert olduğunu göstermeye kalkıştığımızda, böyleleri bu düşünceyi şeytandan gelmişçesine reddederler. İnsanlar, hayallerinin gerçek olmayacağından korktukları için hayattan çok fazla şey istemeye yanaşmazlar. Ama yürekten savaş vermek istiyorsan, keşfedilmeyi ve ele geçirilmeyi bekleyen muhteşem bir hazine olarak görmelisin dünyayı."

Petrus, bunları söyledikten sonra, Santiago Yolu'nda ne aradığımı bilip bilmediğimi sordu.

"Kılıcımı arıyorum," diye yanıtladım.

"Peki, kılıcını niçin istiyorsun?"

"Bana Gelenek'in gücünü ve bilgeliğini verecek, onun için."

Yanıtımın pek hoşuna gitmediğini sezmiştim ki, "Sen burada bir ödülün peşindesin," diye devam etti. "Bir hayalin peşine düşmeyi göze alıyorsun, o hayalin gerçek olması için elinden gelen her şeyi yapıyorsun. Kılıcınla ne yapacağını daha iyi bilmen gerekir; kılıcını bulmadan onunla ne yapacağını kafanda iyice açıklığa kavuşturmalısın. Ama senden yana bir şey var: Bir ödülün peşindesin. Santiago Yolu'nu, sırf bu çaban karşılığında ödüllendirilmek istediğin için yürüyorsun. Sana öğrettiğim her şeyi uyguladığını gördüm; pratik bir sonuç elde etmek istiyorsun. Bu çok olumlu bir şey.

"Tek eksiğin, RAM alıştırmalarını sezginle birleştirmeyi bilmemen. Kılıcını bulup kullanmanın en iyi yolunu yüreğinin dili söyleyecektir. Bu ikisini bir araya getiremezsen, egzersizler ve RAM alıştırmaları Gelenek'in işe yaramaz bilgeliğinin bir parçası olur çıkar."

Petrus bunu bana farklı bir biçimde daha önce de söylemişti; gerçi ona katılmıyor değildim, ama duymak istediğim bu değildi. Başımdan geçenlerde iki şeyi anlayamamıştım: konuştuğum garip dil ve köpeği kaçırttıktan sonra duyumsadığım sevgi ve mutluluk.

"Mutluluğa boğulmuştun, çünkü yaptığını Agape'yle yapıyordun."

"Agape sözünü ağzından düşürmüyorsun, ama Agape' nin ne olduğunu daha doğru dürüst açıklamadın bana. Sanırım, sevgiden de öte bir şeyden söz ediyoruz."

"Çok doğru. Yakında yoğun sevgiyi -seven insanı yakıp kül eden sevgiyi- yaşayacaksın. Şimdilik, bu sevginin sende özgürce belirdiğini bilmekle yetin."

"Bu duyguyu daha önce de yaşamıştım, ama çok kısa, üstelik biraz farklı bir duyguydu. Hep mesleğimde büyük bir başarı kazandığımda ya da talihimin yaver gittiği anlarda yaşamıştım. Ama bu duygu doğduğunda hep kendimi dizginlerdim; böylesi bir duyguyu çok yoğun yaşamaktan korkardım, mutluluğum başkalarını kıskandıracakmış ya da buna layık değilmişim gibi."

Petrus, gözünü televizyondan ayırmadan, "Hepimiz," dedi, "Agape'nin ne olduğunu öğreninceye kadar böyle davranırız."

Konuştuğum o garip dilin ne olduğunu sordum.

"Beni de çok şaşırttı. Santiago Yolu'ndaki alıştırmalardan biri değil. Tanrı'nın bir lütfu, Roma Yolu'nun RAM alıştırmalarından biri."

Tanrısal lütuflarla ilgili bir şeyler duymuştum, ama yine de Petrus'tan bana açıklamasını istedim.

"Kutsal Ruh'un insanlara sunduğu armağanlardır bunlar. Şifa verme yeteneği, mucizeler yaratma yeteneği, kehanette bulunma yeteneği gibi değişik biçimlerde gösterirler kendilerini. Sen, on iki havarinin Pentekost Günü'nde[1] edindikleri başka dillerde konuşma yeteneğini edindin.

"Başka dillerde konuşma yeteneği, Kutsal Ruh'la doğrudan iletişimle bağıntılıdır. Güçlü hitabette, senin durumunda olduğu gibi şeytan kovmada ve bilgelikte kullanılır. Yol'da geçen günlerin ve RAM alıştırmaları, yalnızca köpeğin karşına çıkardığı tehlikeye yol açmakla kalmadı, aynı zamanda rastlantı sonucu dil yeteneğini ortaya çıkardı. Kılıcını bulmadığın ve Roma Yolu'nu yürümeye karar vermediğin sürece bir daha olmayacak. Yine de hayırlı bir işaretti."

Gözüm sesi kısılmış televizyon ekranındaydı. Kömür madenlerinin öyküsünün yerini birbiri ardına konuşan ve tartışan kadınlar ve erkekler almıştı. İkide bir, bir erkek oyuncuyla bir kadın oyuncu öpüşüyordu.

"Bir şey daha var," dedi Petrus. "O köpekle yeniden karşılaşabilirsin. Bir dahaki sefere, başka dillerde konuşma yeteneğini çağırmaya kalkışma, çünkü geri gelmez. Sezgine güven. Sezgini güçlendirecek bir başka RAM alıştırması öğ-

---

[1] Paskalya'dan elli gün sonraki pazar günü kutlanan büyük Hıristiyan yortusu. Hz. İsa' nın göğe çıkışının ertesinde Kutsal Ruh'un Havarilerin üzerine inişini kutlamayı amaçlar. Kutsal Kitap'ta, Yeni Ahit'in "Resullerin İşleri" bölümünde, Hz. İsa'nın Kudüs'te toplanan on iki havarisinin Pentekost Günü'nde Kutsal Ruh'la doluşu anlatılır. Havariler, Kutsal Ruh'un onları konuşturduğu başka dillerle konuşmaya başlarlar. (Çevirenin notu.)

reteceğim sana. Onunla zihninin gizli dilini öğrenmeye başlayacaksın, o dil ömrün boyunca çok işine yarayacak."

Tam kendimi ekrandaki filme kaptırmak üzereydim ki, Petrus televizyonu kapattı. Bara gidip bir şişe maden suyu istedi. İkimiz de biraz içtik, sonra geri kalanı alıp dışarı çıktı.

İkimiz de bir süre hiç konuşmadan temiz havayı içimize çektik. Gecenin sessizliğinde gökyüzündeki Samanyolu bana bir kez daha amacımın kılıcımı bulmak olduğunu hatırlattı.

Bir süre sonra Petrus bana Su Egzersizi'ni öğretti.

"Yorgunum, ben yatıyorum," dedi. "Ama bu egzersizi şimdi yap. Sezgini, gizli yanını yeniden çağır. Mantığı bir yana bırak, çünkü su akışkan bir maddedir, kolay kolay denetim altına alamazsın. O yavaş yavaş ve yumuşak bir biçimde seninle evren arasında yeni bir ilişki kuracaktır."

Otelin kapısından girmeden, "Köpekten yardım görmek pek sık rastlanan bir şey değildir," diye ekledi.

Gecenin diriliği ve sessizliğinin keyfini sürüyordum. Otel kırlık yerdeydi ve yanımda kimsecikler yoktu. Aklıma, Ipanema'ya gitmiş olan otel sahibi geldi; güneşin her gün amansızca yakıp kavurduğu o kıraç yerde ne aradığımı herhalde anlayamamıştı.

Uyku bastırdığı için egzersizi hemen yapmaya karar verdim. Şişede kalan maden suyunu betonun üstüne döktüm, küçük bir birikinti oluştu. Kafamda herhangi bir görüntü ya da biçim yoktu, aramıyordum da. Parmaklarımı soğuk suyun içinde dolaştırdığımda, ateşin alevlerine bakarken olduğu gibi büyülenip kaldım. Hiçbir şey düşünmüyordum; yalnızca oynuyordum, su birikintisiyle oynuyordum. Suyun kenarında bazı çizgiler oluşturdum, ıslak bir güneşe benzedi; ama çizgiler çabucak yeniden birikintiye karışıp yok oldu. Avcumla su birikintisinin ortasına vurdum; sular etrafa saçıldı, betonun üstünü su damlacıkları kapladı; gri bir zemini siyah yıldızlar kaplamıştı sanki. Bu gülünç, hiçbir amacı olmayan, ama zevkli egzersize kendimi iyice kaptırmıştım. Zihnimin nerdeyse tümden durduğunu hissedi-

SEZGİNİN CANLANDIRILMASI
(Su Egzersizi)

Emici olmayan, düz bir yüzeyde bir su birikintisi oluştur. Bir süre suya bak. Sonra amaçsız bir biçimde, öylesine suyla oyna. Kesinlikle hiçbir anlamı olmayan şekiller yap.

Bu egzersizi her seferinde en az on dakika olmak üzere bir hafta uygula.

Bu egzersizden pratik sonuçlar bekleme; yalnızca sezgini azar azar çağırmaya yarar. Bu sezgi kendini günün başka saatlerinde de göstermeye başladığında ona hep güven.

yordum; daha önce ancak uzun meditasyon ve gevşeme alıştırmalarından sonra ulaştığım bir duyguydu bu. Aynı zamanda, içimden gelen bir ses, derinlerde, zihnimin erişemediği yerlerde bir gücün doğmakta olduğunu ve kendini göstermeye hazırlandığını söylüyordu.

Orada, su birikintisiyle oynayarak uzun süre kaldım; egzersizi bir türlü bırakamadım. Petrus Su Egzersizi'ni yolculuğumuzun başında öğretmiş olsaydı, hiç kuşku yok ki bunu bir zaman kaybı olarak görürdüm. Oysa şimdi, tuhaf diller konuştuktan ve şeytanları kovduktan sonra, bu su birikintisi tepemdeki Samanyolu'yla -kırılgan da olsa- bir bağ kurmuştu. Yıldızları yansıtmış, anlayamadığım şekiller oluşturmuş ve bana zaman kaybettiğim duygusunu değil, dünyayla iletişim kurmanın yeni bir şifresini yarattığım duygusunu vermişti. Ruhun gizli şifresiydi bu; bildiğimiz, ama çok ender duyduğumuz bir dil.

Kendime geldiğimde, çok geç olmuştu. Kapının ışıklarını söndürmüşlerdi; sessizce otele girdim. Odamda bir kez daha Astrain'i çağırdım. Bu kez daha gözle görülür bir biçimde belirdi; ona bir süre kılıcım ve hayattaki amaçlarımdan söz ettim. Hiçbir yanıt vermedi, ama Petrus çağrılar sürdükçe Astrain'in yanı başımda canlı ve güçlü bir varlığa dönüşeceğini söylemişti.

Evlilik

Logroño, Yakub yolunda yürüyen hacıların geçtikleri en büyük kentlerden biridir. Uğradığımız kentler arasında Logroño kadar büyük bir tek Pamplona vardı, ama orada gecelememiştik. Logroño'ya vardığımız öğleden sonra kent büyük bir şenliğe hazırlanıyordu. Petrus hiç değilse bir gece kalmamızı önerdi.

Kırların sessizliği ve özgürlüğüne o kadar alışmıştım ki, Petrus'un önerisi bana pek çekici gelmedi. Köpekle karşılaşmamın üstünden beş gün geçmiş, o günden beri her gece Astrain'i çağırmış ve Su Egzersizi yapmıştım. Kendimi çok sakinleşmiş hissediyordum; Santiago Yolu'nun hayatımda ne kadar önemli olduğunu, hac yolculuğu sona erdikten sonra yapacaklarımın ne kadar büyük bir önem taşıdığını gittikçe daha iyi anlıyordum. Yürümekte olduğumuz yöre çölden farksızdı, yemekler pek iyi sayılmazdı, Yol'da geçen uzun günler insanı bitkin düşürüyordu, ama ben hayalimi yaşıyordum.

Logroño'ya vardığımız gün tüm bu duygular kayboldu. Kırların ılık, temiz havasını ardımızda bırakmış, kendimizi arabalar, gazeteciler ve televizyon kameralarından geçilmeyen bir kentte bulmuştuk. Petrus, karşımıza çıkan ilk bara dalıp neler olup bittiğini sordu.

Barmen, "Haberiniz yok mu?" dedi. "Bugün Albay M.'nin kızının düğünü var. Kent meydanında büyük bir şölen veriliyor, ben de erken kapatacağım."

Otellerde oda bulmak olanaksızdı, sonunda Petrus'un sırt çantasındaki denizkabuklarını fark eden yaşlıca bir karı-koca bize evlerinde oda verdiler. Duş yaptıktan sonra yanıma aldığım tek pantolonu giydim, kent meydanına doğru yola koyulduk.

Siyah giysileri içinde tere batmış garsonlar meydandaki masalarda son düzenlemeleri yapıyorlar, ulusal televizyonun ekipleri de şölen hazırlıklarını filme alıyorlardı. Santiago el Real Kilisesi'nin bulunduğu dar sokağa saptık, tören az sonra başlayacaktı.

En iyi giysilerini giymiş bir yığın insan kiliseye doğru ilerliyordu. Sıcakta kadınların makyajı akıyor, beyazlar içindeki çocuklar huysuzlanıyorlardı. Tepemizde havai fişekler patlarken, kilisenin ana kapısında uzun, siyah bir limuzin durdu. Damat gelmişti. Kilise tıklım tıklımdı; hiç yer kalmadığını görünce meydana dönmeye karar verdik.

Petrus kentte küçük bir gezintiye çıktı, ben de meydandaki sıralardan birine oturup törenin bitmesini, şölenin başlamasını beklemeye koyuldum. Yanı başımda, patlamış mısır satan bir adam iyi satış yaparım umuduyla kiliseden çıkacak kalabalığı bekliyordu.

"Siz de davetlilerden misiniz?" diye sordu.

"Hayır," dedim. "Biz Compostela'ya giden hacılarız."

"Madrid'den oraya bir tren var, cuma günü binerseniz otel bedava."

"Evet, ama biz hac yolundayız."

Satıcı, saygıyla bakarak, "Hacca azizler gider," dedi.

Tartışmaya girmek istemedim. Adam kendi kızının çoktan evlendiğini, ama sonradan kocasından ayrıldığını söyleyerek, "Franco zamanında insanlar daha saygılıydı," dedi. "Bugün kimse umursamıyor aileyi."

Politika konuşmanın hiç de öğütlenmediği tuhaf bir ülkede olduğumu bilmeme karşın, yanıt vermeden edemedim. Franco'nun bir diktatör olduğunu, onun zamanındaki hiçbir şeyin bugünkünden daha iyi olamayacağını söyledim.

Satıcının yüzü kıpkırmızı kesildi.

"Sen kim oluyorsun da böyle konuşuyorsun?"

"Bu ülkenin tarihini biliyorum. Halkın, özgürlüğü uğrunda verdiği savaşı biliyorum. Franco güçlerinin İspanya İç Savaşı sırasında işlediği suçlar hakkında çok şey okudum."

"Evet, o savaşa ben de katıldım. Yakınlarımın kanı döküldüğünde oradaydım. Senin okudukların umurumda değil; beni sadece kendi ailemin başına gelenler ilgilendirir. Ben de Franco'ya karşı savaştım, ama Franco savaşı kazanınca daha iyi bir hayata kavuştum. Dilenmek zorunda kalmadım, şu küçük arabamda patlamış mısır satıyorum. Bunu şimdiki sosyalist hükümete borçlu değilim. Eskiden durumum çok daha iyiydi."

Petrus'un, insanların azla yetinmeleri konusunda söylediklerini hatırladım. Diretmenin bir yararı olmadığını düşünerek kalktım, başka bir sıraya geçtim.

Petrus döndüğünde, patlamış mısır satıcısıyla konuştuklarımı anlattım ona.

"İnsan kendini söylediklerinin doğru olduğuna inandırmak istediğinde birisiyle konuşmak çok işe yarar," dedi. "Ben İtalya Komünist Partisi üyesiyim. Senin faşist bir yanın olduğunu hiç fark etmemiştim."

"Faşistlik de nereden çıktı?" diye sordum öfkeyle.

"Düşünsene, kendisini Franco'nun iyi olduğuna inandırması için patlamış mısır satıcısına yardımcı olmuşsun. Belki nedenini hiç bilmiyordu, ama şimdi biliyor."

"Evet ama, İtalya Komünist Partisi'nin, Kutsal Ruh'un armağanlarına inandığını öğrenmek beni çok şaşırttı doğrusu."

Petrus, gülerek, "Aman kimse duymasın," dedi.

Yeniden havai fişekler atılmaya başlamıştı; müzisyenler kendilerine ayrılan platforma çıkıp çalgılarını akort etmeye koyuldular. Şenlik başlamak üzereydi.

Göğe baktım. Hava kararıyor, yıldızlar belirmeye başlıyordu. Petrus garsonlardan birine gitti, şarap dolu iki plastik bardakla döndü.

Bardaklardan birini bana vererek, "Şenlik başlamadan bir içki içmek uğur getirir," dedi. "Haydi, iç biraz. Patlamış mısır satıcısını unutmanı sağlar."

"Çoktan unuttum bile."

"Evet, unutmalısın. Çünkü onunla yaptığın konuşma tam bir yanlış davranış örneği. Hep insanları kendi inancımıza inandırmaya, dünyayı bizim gördüğümüz gibi görmelerini sağlamaya çalışırız. Bizim inandığımıza ne kadar çok insan inanırsa inandığımızın doğruluğunun o kadar kesinleşeceğini sanırız. Ama işin aslı öyle değil işte.

"Çevrene bak. Büyük bir şölen başlamak üzere. Bir kutlama töreni. Birçok şey birden kutlanıyor: Babanın kızını evlendirme umudunun, kızın evlenme dileğinin, damadın hayallerinin gerçekleşmesini kutluyorlar. Güzel bir şey bu, çünkü hayallerine inanıyorlar ve hayallerinin gerçek olduğunu herkese göstermek istiyorlar. Kimseyi bir şeye inandırmak için düzenlenmiş bir şölen değil, o yüzden çok eğlenceli geçecek. Görebildiğim kadarıyla, sevginin yürekten savaşını vermiş insanlar bunlar."

"Ama Santiago Yolu'nda bana rehberlik yaparak sen de beni bir şeye inandırmaya çalışıyorsun, Petrus."

Petrus, dik dik baktıktan sonra, "Ben sana yalnızca RAM alıştırmalarını öğretiyorum," dedi. "Ama ancak Yol'un, gerçeğin ve hayatın senin yüreğinde olduğunu keşfedersen bulabilirsin kılıcını."

Sonra, yıldızların artık açık seçik görülebildiği gökyüzünü gösterdi.

"Tüm yıldızları bir araya getirebilecek hiçbir din yok; olsaydı, evren koskocaman, bomboş bir alana dönüşür, varlık nedenini yitirirdi. Her yıldızın –ve her insanın– kendi alanı ve kendi özellikleri vardır. Yeşil yıldızlar, sarı yıldızlar, mavi yıldızlar, beyaz yıldızlar vardır, sonra kuyrukluyıldızlar, akanyıldızlar ve göktaşları, bulutsular ve halkalar. Buradan baktığımızda birbirine benzeyen onca cisim görürüz, oysa insan aklının almayacağı bir alana yayılmış, birbirinden farklı milyonlarca şey var orada."

Bir havai fişek daha atıldı; çevresine saçtığı ışıktan

gökyüzü bir an görünmez oldu. Gökten yere yemyeşil ışıltılar yağdı.

"Daha erken saatlerde hava aydınlık olduğu için yalnızca seslerini duyuyorduk," dedi Petrus. "Şimdi ışıklarını da görebiliyoruz. İnsanların fark edebileceği tek değişiklik bu."

Az sonra gelin kiliseden çıktı; çevresindekiler çığlıklar atıyor, avuç avuç pirinç saçıyorlardı. Gelin on altı yaşlarında, incecik bir kızdı; smokinli bir gencin koluna girmişti. Kiliseden çıkan topluluk meydana doğru ilerlemeye başladı.

Çevremizdeki oğlanlar, "İşte, albay orada... Üf, gelinin elbisesine bak. Müthiş güzel," diye aralarında konuşuyorlardı. Konuklar masalara oturdular, garsonlar şarap getirdiler ve orkestra çalmaya başladı. Patlamış mısır satıcısının çevresini çığlık çığlığa oğlanlar almıştı, aldıkları mısırları oracıkta gövdeye indiriyorlar, boşalan kâğıt torbaları yerlere atıyorlardı. En azından o gece dünyanın Logroñoluların umurunda olmadığını düşündüm; ne nükleer savaş tehlikesi, ne işsizlik sorunu, ne insan kıyımları, hiçbir şey umurlarında değildi. O gece şenlik gecesiydi, kasabalılar için meydana sofralar kurulmuştu, herkes kendini önemli hissediyordu.

Petrus, bir televizyon ekibinin bize doğru geldiğini görünce yüzünü öbür tarafa çevirdi. Ama adamlar önümüzden geçip hemen yakınımızda oturan konuklardan birinin yanına gittiler. Konuğu hemen tanıdım: 1986'da Meksika'da düzenlenen Dünya Kupası'nda İspanyol taraftarları coşturan Manolo'ydu. Söyleşi biter bitmez yanına gidip Brezilyalı olduğumu söyledim; hemen, Kupa'nın ilk turunda İspanya'nın bir golünü nasıl saymadıklarını yana yakıla anlatmaya başladı.[1]

Sonra da, beni kucaklayarak, Brezilya'nın yakında yine dünyanın en iyi takımı olacağını söyledi.

"Taraftarları coştururken arkan sahaya dönük oluyor, maçı hiç göremiyorsun," dedim. Dünya Kupası maçlarını seyrederken hep dikkatimi çekmişti.

---

[1] Meksika'daki Dünya Kupası'nda İspanya ile Brezilya arasında oynanan maçta, hakem topun kale çizgisini geçtikten sonra dışarı çıktığını görmediği için İspanya'nın bir golü sayılmamıştı. O maçı Brezilya 1-0 kazanmıştı.

"O kadarı bana yetiyor. Taraftarları zafere inandırmak bana yetiyor."

Sonra, sanki o da Santiago Yolu'nun rehberlerinden biriymiş gibi, "İnançtan yoksun taraftar, takıma kazanacağı maçı kaybettirir," dedi.

Çok geçmeden Manolo kendisiyle söyleşi yapmak isteyen başka televizyonculara yakalandı; bense, orada durmuş, onun söylediklerini düşünüyordum. Santiago Yolu'nu hiç yürümediği halde, yürekten savaş vermenin ne demek olduğunu biliyordu.

Petrus'un ağaçların arkasına saklandığını gördüm, belli ki televizyon kameralarından tedirgin olmuştu. Ancak spot ışıkları kapatıldıktan sonra ağaçların arasından çıktı ve biraz rahatladı. İki bardak şarap daha istedik, kendime bir tabak kanepe aldım, Petrus bazı konuklarla birlikte oturabileceğimiz bir masa buldu.

Yeni evliler kocaman bir düğün pastasını kestiler. Herkes çığlıklar atarak alkışladı.

"Birbirlerini gerçekten seviyorlar herhalde," dedim.

Bizimle oturan siyah giysili bir adam, "Elbette seviyorlar," diye karşılık verdi. "Başka bir nedenle evlenildiğini duydunuz mu?"

Aklıma Petrus'un patlamış mısır satıcısıyla ilgili söyledikleri geldiği için, yanıtı kendime sakladım. Ama rehberim konuyu geçiştirmekten yana değildi.

"Ne tür bir sevgiden söz ediyorsunuz? Eros mu, Philos mu, Agape mi?"

Adamcağız Petrus'a boş boş baktı. Petrus yerinden kalkıp bardağını doldurdu, kendisiyle birlikte yürümemi istedi.

"Yunanca'da sevgi anlamına gelen üç sözcük vardır," diye söze başladı. "Bugün iki insan arasındaki Eros'un, aşkın bir belirtisini görüyorsun."

Gelinle damat fotoğrafçılara gülümsüyorlar, tebrikleri kabul ediyorlardı.

Onlara bakarak, "Görünen o ki, bu ikisi birbirlerini gerçekten seviyorlar," dedi. "Üstelik aşklarının daha da büyüyeceğine inanıyorlar. Ama çok geçmeden baş başa kalacaklar, geçimlerini sağlamaya çabalayacaklar, ev kuracaklar, başlarına gelenleri paylaşacaklar. Aşkı yücelten ve soylu kılan budur. Oğlan askerliğini yapacak. Kız büyük olasılıkla iyi bir aşçıdır ve çok iyi bir ev kadını olacaktır, çünkü çocukluğundan beri bu rol için yetiştirilmiştir. Kocasına iyi bir eş olacaktır. Sonra çocukları olacak, birlikte bir şey yarattıklarını hissedecekler. Yürekten savaş verecekler. Sorunlarla karşılaşsalar da, hiçbir zaman gerçekten mutsuz olmayacaklar.

"Gel gör ki, sana anlattığım bu hikâye farklı bir yola da sapabilir. Oğlan, öteki kadınlara duyduğu tüm Eros'u, tüm aşkı dile getirmekte yeterince özgür olmadığını hissetmeye başlayabilir. Kız da, kocasıyla birlikte olabilmek için parlak bir meslek yaşamından vazgeçmek zorunda kaldığını düşünmeye koyulabilir. Böylece, birlikte bir şey yaratmak yerine, ikisi de aşkı dile getirme olanağından yoksun kılındıklarını hissetmeye başlayabilir. İşte o zaman, Eros, onları birleştiren ruh, yalnızca olumsuz yanını açığa vurmaya başlayacaktır. Ve Tanrı'nın insanlara sunduğu en soylu duygu bir nefret ve yıkım kaynağı olup çıkacaktır."

Çevreme baktım. Eros, oradaki ilişkilerin birçoğunda vardı. Su Egzersizi yüreğimin dilini canlandırmıştı, insanları farklı bir gözle görüyordum. Belki yolda yalnız geçen günler yüzünden, belki RAM alıştırmaları yüzündendi, ama tıpkı Petrus'un anlattığı gibi iyi Eros ile kötü Eros'un varlığını hissedebiliyordum.

"Ne tuhaf," dedi Petrus aynı duyguyla. "İster iyi olsun, ister kötü, Eros'un yüzü iki insan için hiçbir zaman aynı değil. Yarım saat kadar önce sözünü ettiğim yıldızlar gibi. Eros'tan kaçış yoktur. Birçok kez kendimizi dünyadan kopmuş, yapayalnız hissetmemize yol açmasına karşın Eros'un varlığına herkes ihtiyaç duyar."

Orkestra bir vals çalmaya başladı. Konuklar orkestranın bulunduğu platformun önündeki küçük beton alana çıkıp dans etmeye başladılar. Alkol kendini hissettiriyordu, insanlar gittikçe daha çok terliyorlar, gittikçe daha fazla gülümsüyorlardı. Mavi giysili bir genç kız dikkatimi çekti: Sırf vals yapma fırsatını yakalamak için bu düğünü beklemişti sanki; kendisine ilkgençliğinden beri hayal ettiği biçimde sarılacak biriyle dans etmek istiyordu. Gözü, beyaz giysisiyle arkadaşlarının arasında hemen göze çarpan şık bir delikanlıdaydı. Oğlanlar sohbete daldıkları için valsin başladığının farkında bile değillerdi. Birkaç adım ötedeki mavi giysili bir genç kızın içlerinden birine özlemle baktığını da fark etmemişlerdi.

Küçük kasabaları, çocukluklarından beri göz koydukları oğlanlarla evlenen kızları düşündüm.

Mavili kız, kendisini izlediğimi görünce, öteki kızların arkasına saklanmaya çalıştı. O sırada oğlan gözleriyle onu aradı. Orada, öbür kızların yanında olduğunu görünce, yeniden arkadaşlarıyla sohbete daldı.

Petrus'a ikisini gösterdim. Bir süre kaçamak bakışlarını izledi, sonra yeniden şarabını yudumlamaya koyuldu.

"Sanki insanın sevgisini göstermesi ayıp bir şeymiş gibi davranıyorlar," dedi.

Yakınımızdaki kızlardan biri Petrus'a ve bana bakıyordu. Yarı yaşımızda olmalıydı. Petrus şarap bardağını ona doğru kaldırınca genç kız utanarak güldü, neden daha yakına gelmediğini açıklarcasına annesiyle babasını işaret etti.

Petrus, "İşte aşkın güzel yanı," dedi. "Aşkın yürekliliği işte; kendinden yaşlı iki yabancıya, nereden geldikleri bilinmeyen, yarın kalkıp kendisinin de gitmek isteyeceği bir dünyaya gidecek iki yabancıya duyulan aşk."

Şarabın etkisini sesinde fark etmeye başlamıştım.

Rehberim, sesini yükselterek, "Bugün aşktan söz edeceğiz!" dedi. "Gerçek aştan söz edelim, büyüdükçe büyüyen, dünyayı çekip çeviren, insanları bilgeleştiren gerçek aşktan!"

Yakınlarımızda dolaşan şık bir kadın şölenle hiç ilgilenmiyormuş gibiydi. Masa masa dolaşıyor, bardakları, porselen tabakları, gümüş çatal bıçakları düzeltiyordu.

"Şu kadını görüyor musun?" diye sordu Petrus. "Şu her şeyi düzeltip duran kadın. Eros'un birçok yüzü vardır dememiş miydim, bu da onlardan biri işte. Düş kırgını aşk bu, o kendine özgü mutsuzluğuyla. Kadın şimdi gidip gelinle damadı öpecek, ama içinden onlar evlilik bağıyla bağlandılar diyecek. Dünyaya çekidüzen vermeye çalışıyor, çünkü kendisi büyük bir düzensizlik içinde. Ve şurada" -bir başka çifti gösterdi, kadın hem aşırı makyajlıydı, hem de gösterişli bir saç yaptırmıştı- "Eros kabullenilmiş. En küçük bir tutkudan yoksun, toplumsal aşk. Kadın, rolünü kabullenmiş ve dünyayla ya da yürekten savaşla her türlü bağı koparmış."

"Çok acımasızsın, Petrus. Senden kurtarabileceğimiz hiç kimse yok mu burada yani?"

"Var elbette. Demin bizi seyreden kız, sonra dans eden kızlarla oğlanlar - onlar yalnızca iyi Eros'u tanıyorlar. Kendilerinden önceki kuşağa egemen olan sevginin ikiyüzlülüğünden etkilenmemeyi başarırlarsa dünya çok farklı bir yer olur."

Masalardan birinde oturan yaşlıca bir çifti gösterdi.

"Bir de şu ikisi. Öbürleri gibi ikiyüzlülüğün kendilerine bulaşmasına izin vermemişler. Çalışan insanlara benziyorlar. Açlık ve yokluk ikisinin de çalışmasını gerektirmiş. Senin öğrenmekte olduğun alıştırmaları, RAM'ın adını bile duymadan öğrenmişler. Aşkın gücünü yaptıkları işte buluyorlar. Eros en güzel yüzünü burada gösterir, çünkü Philos'un yüzüyle birleşmiştir."

"Philos nedir?"

"Philos, gönül dostluğuna dönüşen sevgidir. Sana ve başka insanlara duyduğum sevgidir. Eros'un ateşi söndü mü, o çifti Philos bir arada tutar."

"Ya Agape?"

"Şimdi Agape'den söz etmenin sırası değil. Agape hem Eros'ta vardır, hem de Philos'ta; ama bu yalnızca bir deyim. Şimdi yakıp kül eden sevgiden söz etmeyi bırakalım da, şölenin keyfini sürelim." Sonra plastik bardağına biraz daha şarap koydu.

Çevremizdeki mutluluk bulaşıcıydı. Petrus'un sarhoşlamaya başladığını görünce biraz şaşırdımsa da, bir akşamüstü söylediklerini hatırladım: RAM alıştırmalarının ancak sıradan insanlar tarafından gerçekleştirilirlerse bir anlamı olabilirdi.

O gece Petrus'un sıradan birinden farkı yoktu. Herkese dostça davranıyor, yakınlık gösteriyor, kendisiyle azıcık ilgilenen herkesle sohbet ediyordu. Çok geçmeden o kadar sarhoş oldu ki, otele kadar taşımak zorunda kaldım.

Yolda, içinde bulunduğum durumu gözden geçirdim. Şimdi rehberimin rehberi olmuştum. Petrus'un yolculuk boyunca hiçbir zaman kendini benden daha akıllı, daha üstün, daha iyi göstermeye çalışmadığını fark ettim. Tek yaptığı, RAM alıştırmalarıyla ilgili deneyimlerini bana aktarmaktı. Bunun ötesinde, sıradan birinden farkı olmadığını, Eros, Philos ve Agape'yi yaşamış olduğunu göstermeye dikkat etmişti.

Bunu fark etmem beni daha güçlü kıldı. Petrus da Santiago Yolu'nda bir hacıydı yalnızca.

Coşku

İnsanların ve meleklerin diliyle konuşsam... peygamberlikte bulunabilsem... dağları yerinden oynatacak kadar büyük imanım olsa... ama sevgim olmasa, bir hiçim.

Petrus, yine Aziz Paulus'un sözlerini aktarıyordu. Rehberim, Havari Paulus'un Hz. İsa'nın mesajının en önemli gizli yorumcusu olduğu inancındaydı. Bütün sabah yürümüş, öğleden sonra da balık tutalım demiştik. Henüz oltaya tek bir balık bile takılmamıştı, ama Petrus'un umurunda değildi. Balık tutmanın, temelde insanoğlunun dünyayla ilişkisinin bir simgesi olduğu kanısındaydı: Neden balık tuttuğumuzu biliriz, diretirsek bir şeyler de tutarız, ama diretip diretmeyeceğimiz Tanrı'nın yardımına bağlıdır.

Petrus, "Hayatında önemli bir karar vermeden önce gevşeyip rahatlamak için bir şey yapmak her zaman iyidir," dedi. "Zen rahipleri kayaların büyümesini dinlerler. Ben balık tutmayı yeğlerim."

Ama o saatte hava o kadar sıcaktı ki, dipteki tombul, tembel balıklar bile oltaya gelmiyorlardı. Yemi dibe de salsak, yüzeye yakın da tutsak, sonuç değişmiyordu. Balık tutmaktan vazgeçip yakındaki ormanda yürümeye karar verdim. Irmağın yakınlarındaki eski, terk edilmiş bir mezarlığa kadar yürüdüm -mezarlığın, büyüklüğüyle hiç de orantılı olmayan bir girişi vardı–, sonra Petrus'un balık tuttuğu yere geri döndüm. Petrus'a mezarlığı sordum.

"Giriş," dedi, "çok eskiden hacılar için yapılmış bir hastaneye aitmiş. Ama sonradan hastane terk edilmiş, daha sonra da birileri hastanenin cephesini koruyarak burayı mezarlık yapmış."

"Sonra mezarlık da terk edilmiş."

"Evet, öyle. Hayatta hiçbir şey uzun ömürlü değil."

Önceki gece şölendeki insanları yargılarken çok katı yürekli davrandığını söylediğimde çok şaşırdı. Konuştuklarımızın kendi hayatımızda yaşadıklarımızdan pek farklı olmadığını söyledi. Hepimiz Eros peşinde koşuyorduk, ama Eros kendini Philos'a dönüştürmek isteyince sevginin değerini yitirdiğini düşünüyorduk. Bizi sevginin en yüce biçimine, Agape'ye vardıranın Philos olduğunu görmüyorduk.

"Agape'yi biraz daha anlatır mısın bana?" dedim.

Petrus, aslında Agape'nin anlatmakla anlaşılamayacağını, yaşanması gerektiğini söyledi. Öğleden sonra, mümkün olursa, Agape'nin yüzlerinden birini göstermek istiyordu bana. Ama tıpkı balık tutarken olduğu gibi, işlerin yolunda gidebilmesi için evrenin yardımcı olması gerekiyordu.

"Haberci sana yardım eder, ama bir şey vardır ki o habercinin denetiminden de, isteklerinden de bağımsızdır, ona sen de bir şey yapamazsın."

"Nedir o?"

"İlâhî kıvılcım. Şans dediğimiz şey."

Güneş batmaya başladığında yeniden yola koyulduk. Yakub yolu günün o saatinde kimselerin olmadığı bağlardan, tarlalardan geçiyordu. Issız anayoldan karşıya geçtik, yeniden ormana vurduk. Uzakta, Kastilya Krallığı'nın en yüksek noktasını, San Lorenzo Tepesi'ni görebiliyordum. Saint-Jean-Pied-de-Port yakınlarında Petrus'la karşılaştığımdan beri çok değişmiştim. Brezilya ve beni çok kaygılandıran o iş anlaşmaları kafamdan silinip gitmişti. Artık benim için tek önemli şey hedefimdi. Bunu, artık bana gittikçe daha açık seçik görünen Astrain'le her gece tartışıyordum. Ne zaman denesem, onu yanımda otururken görebiliyordum. Sağ gözünün sürekli seyirdiğini, anlattıklarını anladığımı gösteren bir şey söylediğimde yüzünde küçümseyici bir gülümseyiş belirdiğini öğrenmiştim artık. Birkaç hafta önce -hac yolculuğunun ilk günlerinde- yolculuğu asla tamamlayamayacağımdan korkuyordum. Roncesvalles'ten geçtiğimizde, yolculukla ilgili tam bir düş kırıklığı içindeydim. Santiago'ya hemen varmak, kılıcımı geri almak ve Petrus'un yürekten savaş[1] dediği savaşa geri dönmek istemiştim. Oysa şimdi uygarlıkla tüm bağlarım kopmuştu; benim için en önemli şey tepemdeki güneş ve Agape'yi yaşayabilme umuduydu.

Küçük bir vadiden aşağı indik, kupkuru ırmak yatağından karşıya geçtik, güçlükle yukarı tırmandık. Bir zamanlar burada zorlu bir ırmak olmalıydı, yeryüzünün derinlikleri ve gizlerini keşfetmek için dipleri tarayan, akıp giden bir ırmak. Artık yatağı kupkuru kalmıştı, yürüyerek karşıya geçilebiliyordu. Ama ırmağın asıl marifeti, yarattığı vadi hâlâ oradaydı ve onu aşmamız hiç de kolay olmamıştı. Petrus, birkaç saat önce, "Hayatta hiçbir şey uzun ömürlü değil," demişti.

"Petrus, hiç âşık oldun mu sen?"

Soru ağzımdan öylesine çıkmıştı, cesaretime ben de şaşırmıştım. O güne değin rehberimin özel hayatını derinliğine öğrenebilmiş değildim.

"Öğrenmek istediğin buysa, çok kadın tanıdım. Hepsini de gerçekten sevdim. Ama Agape'yi yalnızca ikisiyle yaşadım."

Ben de ona, birçok kez âşık olduğumu, ama hep ciddi bir ilişki kuramamanın kaygısını taşıdığımı anlattım. Hayatımı öyle sürdürseydim yaşlılığımda yapayalnız kalırdım, bundan çok korkmuştum.

"Aşkı, huzurlu bir emekliliğin aracı olarak gördüğünü sanmıyorum."

Hava kararmaya başladığında saat dokuza geliyordu. Bağları ardımızda bırakmış, kıraç topraklarda yürüyorduk. Çevreme bakınınca, uzakta, kayaların arasında, yolculuk

[1] Sonradan bu terimin aslında Aziz Paulus tarafından yaratılmış olduğunu öğrendim.

boyunca benzerlerine sık sık rastladığımız küçük bir keşiş kulübesi gördüm. Bir süre yürüdükten sonra, sarı yol işaretlerinin oradan dolanarak kulübeye yöneldik.

İyice yaklaştığımızda, Petrus anlamadığım bir ad seslendi ve durup yanıt bekledi. Yanıt gelmedi. Petrus bir daha seslendi, ama ses seda yoktu.

Petrus, "Boş ver, girelim," dedi. Yürüdük.

Keşiş kulübesi badanalı dört duvardan ibaretti. Kapı açıktı, daha doğrusu kapı diye bir şey yoktu, yarım metre yüksekliğinde küçük bir kapı kanadı aynası tek bir menteşeyle iğreti bir biçimde tutturulmuştu. İçeride bir taş ocak vardı, yerde bir sürü leğen göze çarpıyordu. Leğenlerden ikisi ağzına kadar buğday ve patates doluydu.

Sessizce oturduk. Petrus bir sigara yaktı ve beklememiz gerektiğini söyledi. Bacaklarım ağrıyordu, ama keşiş kulübesi beni sakinleştireceğine heyecanlandırmıştı, hatta Petrus yanımda olmasa belki biraz ürkebilirdim de.

Sırf tedirgin sessizliği bozmak için, "Burada kimin yaşadığını bilmiyorum ama, nerede yattığını merak ettim," dedim.

Petrus, çıplak toprağı göstererek, "Tam orada, oturduğun yerde," dedi. Hemen yerimi değiştirmeye kalktım, ama olduğum yerde kalmamı söyledi. Üşümeye başlamıştım, hava serinliyor olmalıydı.

Bir saat kadar bekledik. Petrus o tuhaf adı birkaç kez daha seslendikten sonra artık diretmedi. Tam kalkıp gideceğimizi sanıyordum ki konuşmaya başladı.

Üçüncü sigarasını sararken, "Burada Agape'nin iki belirtisinden biri var," dedi. "Tek belirtisi değil, ama en saf belirtisi. Agape, tepeden tırnağa aşktır. Onu yaşayanı yakıp kül eden aşktır. Agape'yi bilen ve yaşayan, dünyada sevgiden daha önemli hiçbir şey olmadığını anlar. Hz. İsa'nın insanlığa olan sevgisi böyle bir sevgiydi ve o kadar büyük bir sevgiydi ki yıldızları titretti, tarihin akışını değiştirdi. Onun münzevi hayatı, hükümdarların, orduların, imparatorlukların yapamadığını yapmasını sağladı.

"Hıristiyan uygarlığının bin yılı boyunca birçok insan

bu yakıp kül eden aşka düştü. Verecekleri o kadar çok şey vardı ve dünya onlardan o kadar az şey istiyordu ki, kendilerini çöllere, ıssız yerlere vurdular; yüreklerine düşen aşk o kadar yüceydi ki onları onlardan almıştı. Onlar münzevi birer ermiş olup çıktılar.

"Agape'nin farklı bir biçimini yaşayan bizlere bu hayat korkunç gelebilir. Oysa yakıp kül eden aşk karşısında her şey, ama her şey önemini yitirir. O insanlar yalnızca aşkları onları yakıp kül etsin diye yaşadılar."

Petrus, orada Alfonso adında bir keşişin yaşadığını söyledi. Onunla, Compostela'ya yaptığı ilk hac yolculuğu sırasında, meyve toplarken karşılaşmıştı. Kendisinden çok daha bilgili bir insan olan rehberi, Alfonso'nun dostuydu; üçü birlikte, Agape Ritüeli'ni, Mavi Küre Egzersizi'ni gerçekleştirmişlerdi. Hayatının en önemli deneyimlerinden birini yaşamıştı; bugün bile, ne zaman bu egzersizi yapsa, aklına keşiş kulübesiyle Alfonso geliyordu. Sesi, hiç duymadığım kadar coşkuluydu.

Aşkın bu tuhaf türünü sanki en iyi bu sözler açıklıyormuşçasına, "Agape, yakıp kül eden aşktır," diye tekrarladı. "Martin Luther King, bir keresinde, Hz. İsa'nın insanın düşmanını sevmesinden söz ederken Agape'yi kastettiğini söylemişti. Çünkü, ona göre, 'düşmanlarımızdan, bize acımasızca davrananlardan, her gün çektiğimiz acıları daha da acı kılmaya kalkışanlardan hoşlanmamız olanaksızdı.' Oysa Agape, hoşlanmanın çok ötesinde bir şeydir. İçimizdeki her boşluğu kaplayıp dolduran, saldırganlığımızı un ufak eden bir duygudur.

"Nasıl yeniden doğulacağını, kendine zulmetmeye nasıl son vereceğini, habercinle nasıl iletişim kuracağını öğrendin. Ama bundan böyle yapacağın her şeyin, Santiago Yolu'ndan elde edeceğin her iyi sonucun, ancak yakıp kül eden aşkı yaşamışsan bir anlamı olacak."

Petrus'a, Agape'nin iki biçimi olduğunu söylediğini hatırlattım; münzeviliği seçmediğine göre bu ilk biçimi yaşamamış olmalıydı.

"Haklısın. Sen de, ben de, Santiago Yolu'nu yürüyen,

RAM alıştırmalarını öğrenen hacıların çoğu da Agape'nin öteki biçimini, coşkuyu yaşarlar.

"Eskilerin gözünde coşku, kendinden geçme ya da esrime demekti, Tanrı'yla bağlantı kurmaktı. Coşku, belirli bir düşünceye ya da belirli bir şeye yöneltilmiş Agape'dir. Sevgi ve inanç yüreğimizin en derinlerinden geldiği zaman, kendimizi herkesten daha güçlü hissederiz, inancımızı hiçbir şeyin sarsamayacağına sonuna kadar güvenmekten kaynaklanan bir huzur duyarız. Bu olağanüstü güç hep doğru zamanda doğru kararı vermemizi sağlar ve hedefimize eriştiğimizde güç ve yeteneğimiz karşısında şaşırıp kalırız. Çünkü yürekten savaşa girdiğimizde başka hiçbir şey önemli değildir; coşku bizi hedefimize taşır.

"Coşku çoğunlukla kendini tüm gücüyle hayatımızın ilk yıllarında gösterir. O sıralar tanrısallıkla hâlâ güçlü bağlarımız vardır; oyuncaklarımızla öylesine büyük bir istekle oynamaya dalarız ki, oyuncaklar ete kemiğe bürünüp canlanır, kurşun askerlerimiz gerçekten yürüyüşe geçerler. Hz. İsa Cennet'in çocukların olduğunu söylerken, coşku biçimine bürünmüş Agape'den söz ediyordu. Çocuklar, Hz. İsa'ya, onun mucizelerini, bilgeliğini ya da onun Ferisilerini[1] ve havarilerini anladıkları için yönelmemişlerdi. Ona sevinçle, coşku içinde gelerek koşmuşlardı."

O gün öğleden sonra, Petrus'a, tümden Santiago Yolu'nun hükmü altına girdiğimi fark ettiğimi söyledim. İspanya'da geçen günler ve geceler kılıcımı handiyse unutturmuştu bana; benzersiz bir deneyimdi. Daha birçok şey de önemini yitirmişti.

Petrus, "Öğleden sonra balık tutmaya çalışıyorduk, ama oltaya balık gelmedi," dedi. "Çoğu zaman, varoluşumuzun toplamında hiçbir önem taşımayan böyle dünyevi işlere

---

[1] Ferisiler, İkinci Tapınak döneminin (İÖ 515 - İS 70) sonlarında Filistin'de Yahudiler arasında ortaya çıkan dinsel bir topluluktur. Sözlü geleneğin bağlayıcılığı, Ferisilerin Yahudi ilahiyatına kattığı ve günümüzde de geçerli olan temel ilkelerden biridir. Hayatın hemen her ayrıntısı için açık seçik kurallar getirmeleri, Ferisilerin biçimsel bir kuralcılıkla şeriatın sözünü korurken özünü öldürmekle suçlanmalarına yol açmıştır. Yeni Ahit'te de anlatımını bulan bu suçlamalara karşın, ruhun ölümsüzlüğü, ölümden sonra diriliş, günahların Tanrı katında cezalandırılacağı gibi öğretileri, Ferisiler ile Hıristiyanlar arasında bazı ortak noktaların oluşmasını sağlamıştır. (Çevirenin notu.)

daldığımızda coşkuyu ıskalarız. Yürekten savaş sırasında uğradığımız küçük ve kaçınılmaz yenilgiler yüzünden coşkumuzu yitiririz. Ve coşkunun en büyük zafere ulaşmamızı sağlayabilecek büyük bir güç olduğunu kavrayamadığımız için onu avcumuzdan kaçırırız; üstelik hayatımızın gerçek anlamının kaçıp gittiğinin farkına bile varmadan. Yüreğimizin daralmasından ve yitirdiğimiz her şeyden dünyayı sorumlu tutar, her şeyi temize çıkaran bu büyüleyici gücün eksilmesinden, Agape'nin coşku biçiminde belirememesinden kendimizin sorumlu olduğunu unuturuz."

Irmağın oradaki mezarlığı hatırladım. O tuhaf, olağanüstü büyük kapı, yitirilen şeyin kusursuz bir suretiydi. Kapının ötesinde, yalnızca ölüler kalmıştı.

Petrus, aklımdan geçeni sezmiş gibi, benzer bir şeyden söz açtı.

"Birkaç gün önce şortuma kahve döken zavallı garsona o kadar çok kızmama şaşırmışsındır herhalde; üstelik şortum yolun tozu toprağında yeterince kirlenmişti zaten. Aslında ben, çocuğun gözlerinde coşkusunun kuruyup gittiğini gördüğüm için sinirlenmiştim; insanın bileği kesildiğinde kanı nasıl çekilir, öyle işte. O güçlü ve hayat dolu oğlanın ölmeye başlamış olduğunu gördüm, çünkü içindeki Agape azar azar yok oluyordu. Görmüş geçirmiş biri sayılırım, böyle şeylerle yaşamasını öğrendim, yine de o çocuğun insanlığa onca iyilik sağlayabileceğini düşündüğüm halde öyle davranması beni hem sarstı, hem de üzdü. Ama biliyorum, öfkem onu biraz yaraladı ve içindeki Agape'nin ölmesini engelledi.

"O kadının köpeğini dışarı kaçırdığında, Agape'yi en saf biçimiyle duyumsamıştın. Soylu bir davranıştı seninkisi, senin rehberin olduğum için gurur duymuştum. O yüzden, Yol'a düştüğümüzden beri ilk kez seninle birlikte bir egzersize katılacağım."

Ve Petrus bana Agape Ritüeli'ni, Mavi Küre Egzersizi'ni öğretti.

"Sana ve yaptığın işe saygı duyduğumu göstermek için," dedi, "coşkunu artırmana, tüm gezegeni kuşatan mavi bir küre gibi büyüyecek bir güç yaratmana yardım olacağım."

Petrus, egzersizleri nasıl yaptığım konusunda o güne kadar olumlu ya da olumsuz hiçbir fikir belirtmemişti. Haberciyle ilk bağlantımı yorumlamama yardımcı olmuş, beni Tohum Egzersizi'nin yarattığı esriklikten kurtarmıştı, ama elde ettiğim sonuçlarla hiç ilgilenmemişti. Neler duyumsadığımı neden öğrenmek istemediğini birkaç kez sormama karşın, rehberim olarak tek yükümlülüğünün bana Yol'u göstermek ve RAM alıştırmalarını öğretmek olduğunu söylemekle yetinmişti. Sonuçlardan hoşnut olup olmadığım yalnızca beni ilgilendirirdi.

Egzersizi benimle birlikte yapacağını söyleyince, birden övgüsüne layık olmadığımı düşündüm. Hatalarımın farkındaydım, üstelik Yol boyunca bana rehberlik yapıp yapamayacağı konusunda birçok kez kuşkuya düşmüştüm.

Tam bütün bunları ona söyleyecektim ki, "Kendine karşı o kadar zalim olma," deyiverdi, "yoksa sana daha önce öğrettiklerimden hiçbir şey anlamamış olursun. Sevecen ol. Hak ettiğin övgüyü kabul et."

Gözlerim dolmuştu. Petrus beni dışarı çıkardı. Gece her zamankinden karanlıktı. Petrus'un yanına oturdum ve şarkı söylemeye başladık. Ezgi içimden yükseliyor, Petrus da kendiliğinden bana eşlik ediyordu. Bir öne bir arkaya sallanırken yavaş yavaş ellerimi çırpmaya başladım. El çırpışım giderek şiddetleniyor, müzik içimden akıp geliyordu; göğün karanlığına, yaylanın ıssızlığına ve çevremizdeki cansız taşlara bir övgü ilahisiydi sanki. Çocukken inandığım azizleri görmeye başlamıştım, Agape'mi büyük ölçüde öldürmüş olduğum için hayatın benden uzaklaşmış olduğunu hissedebiliyordum. Ama yakıp kül eden sevgi geri dönmüştü artık, azizler gökyüzünden tıpkı küçükken gördüğüm gibi gülümsüyorlardı ve çocukluğumdaki kadar belirgindiler.

Agape'nin içime akmasını sağlamak için kollarımı iki yana açtım, parlak mavi ışığın gizemli akımı içimi yıkamaya, ruhumu arındırmaya ve günahlarımı bağışlamaya başladı. Işık önce çevremize yayıldı, sonra dünyayı sardı ve ağlama-

MAVİ KÜRE EGZERSİZİ

Rahatça otur ve gevşe. Hiçbir şey düşünmemeye çalış.

1. Yaşıyor olmanın ne kadar güzel bir şey olduğunu düşün. Yüreğini özgür ve sevgi dolu kıl; canını sıkan sorunların ayrıntılarından sıyır yüreğini. Çocukluğunun bir şarkısını mırıldanmaya başla. Yüreğinin büyüdüğünü, yoğun, parlak bir ışıkla odayı -sonra da evini- doldurduğunu hayal et.

2. Bu noktaya eriştiğinde, çocukken inandığın azizlerin (ya da başka varlıkların) varlığını duyumsamaya başla. Var olduklarının, sökün ettiklerinin, gülümseyerek sana inanç ve güven verdiklerinin ayırdına var.

3. Azizlerin sana yaklaştıklarını, ellerini başına koyduklarını ve sana sevgi, huzur ve dünyayla komünyon -azizlerin komünyonu- dilediğini hayal et.

4. Bu duygu güçlendiğinde, mavi ışığın içine girdiğini ve akıp giden parlak bir ırmak gibi çıktığını duyumsa. Mavi ışık evinin içine, yaşadığın yöreye, kente, ülkeye yayılmaya başlıyor, en sonunda dünyayı koskocaman bir mavi kürenin içine alıyor. Gündelik boğuşmaların ötesine geçen yüce sevginin belirtisidir bu; yeni bir güç ve hayat verir, dinç ve huzurlu olmanı sağlar.

5. Bırak, ışık dünyayı olabildiğince uzun bir süre sarıp sarmalasın. Yüreğin açık, sevgi yayıyor. Egzersizin bu evresi en az beş dakika sürmeli.

6. Trans halinden yavaş yavaş çık ve gerçekliğe geri dön. Azizler yakınında kalacaktır. Mavi ışık dünyaya yayılmayı sürdürecektir.

Bu ritüel birden fazla kişiyle yapılabilir ve yapılmalıdır da. Böyle olduğunda, katılanlar egzersizi yaparken el ele tutuşmalıdır.

ya başladım. Ağlıyordum, çünkü çocukluğumun coşkusunu yeniden yaşıyordum; yeniden çocuk olmuştum, bu dünyada hiçbir şey bana zarar veremezdi. Bir varlığın yanıma gelip sağıma oturduğunu hissettim. Onun habercim olduğunu, içime giren ve içimden çıktıktan sonra tüm dünyaya yayılan o güçlü mavi ışığı bir tek onun algılayabileceğini düşledim.

Işık gittikçe güçleniyordu; dünyayı kuşattıkça kapılardan içeri sızdığını, arka sokaklara kadar uzandığını, yaşayan tüm insanlara hiç değilse bir an dokunduğunu hissediyordum.

Ellerimi açıp göğe kaldırdığımı fark ettim. O anda mavi ışığın akışı o kadar hızlandı, o kadar güçlendi ki, bayılacak gibi oldum. Ama ışığı, kısacık bir süre daha, söylemekte olduğum şarkıyı bitirinceye kadar canlı tutmayı başardım.

Bitkin düşmüş, ama rahatlamıştım; kendimi özgür ve mutlu hissediyordum, yaptığım işten memnundum. Ellerimi tutan eller beni serbest bıraktı. Ellerden birinin Petrus' un eli olduğunu gördüm ve öteki elimi tutanın kim olduğunu yüreğimle bildim.

Gözlerimi açtığımda yanımda Keşiş Alfonso vardı. Gülümseyerek, *"Buenos noches,"* dedi. Ben de gülümsedim ve elini tutarak sımsıkı göğsüme dayadım. Alfonso bir an öyle kaldı, sonra elini usulca geri çekti.

Üçümüz de susuyorduk. Az sonra Alfonso yerinden kalkıp kayalık yaylada yola koyuldu. Karanlıkta tümden kayboluncaya kadar izledim onu.

Sessizliği Petrus bozduysa da Alfonso'dan hiç söz etmedi.

"Bu egzersizi her fırsatta yaparsan, çok geçmeden Agape içinde yeniden canlanacaktır. Bir işe kalkışacağın zaman, çıktığın her yolculuğun ilk günlerinde ya da bir şeyden çok etkilendiğinde bu egzersizi yap. Mümkünse, hoşlandığın biriyle birlikte yap. Paylaşılması gereken bir egzersizdir bu."

İşte yine o eski Petrus'tu: akıl hocası, öğretmen ve rehber, o pek az tanıdığım insan. Keşiş kulübesindeki heyecanından eser kalmamıştı. Ama egzersiz sırasında elime dokunduğunda ruhunun yüceliğini hissetmiştim.

Eşyalarımızı bıraktığımız keşiş kulübesine geri döndük. Petrus, yere uzanarak, "Burada yaşayan kişi bugün dönmez, sanırım burada uyuyabiliriz," dedi. Uyku tulumumu açtım, şaraptan bir yudum alıp uzandım. Yakıp kül eden aşk beni bitkin düşürmüştü. Ama huzurlu bir yorgunluktu bu; gözlerimi kapamadan, yanıma oturup iyi geceler diyen zayıf, sakallı keşişi düşündüm. Oralarda bir yerde ilâhî alev onu yakıp kül ediyor olmalıydı. Gece belki de o yüzden böylesine karanlıktı - keşiş dünyanın tüm ışığını kendine almıştı.

Ölüm

Kahvaltımızı getiren yaşlı kadın, "Siz hacı mısınız?" diye sordu. Her birinin ön yüzünde kabartma bir ortaçağ kalkanı bulunan küçük evlerden oluşan Azofra Köyü'ndeydik. Az önce köy çeşmesinden mataralarımızı doldurmuştuk.

Ben hacı olduğumuzu söyleyince, kadının gözleri saygı ve gururla ışıldadı.

"Geç kızlığımda buradan her gün Compostela'ya giden en az bir hacı geçerdi. Savaştan ve Franco'dan sonra, nedendir bilmem, hac yolculuklarının ardı kesildi. Birileri bir otoban falan yaptırmış olmalı. Bu günlerde herkes araba yolculuğunu tercih ediyor."

Petrus hiç konuşmuyordu. Kötü uyanmıştı. Yaşlı kadını kafamı sallayarak onaylıyordum; gözlerimin önüne dağları tırmanan, vadilerden geçen yepyeni, asfalt bir ekspres yol, kaportalarına denizkabukları resmedilmiş otomobiller, manastırların önüne kurulmuş hediyelik eşya tezgâhları geliyordu. Kahvemi ve zeytinyağlı ekmeğimi bitirdim. Aymeric Gidaud'nun yol kitabına bakarak, öğleden sonra Santo Domingo de la Calzada'ya varıp varamayacağımızı kestirmeye çalıştım; geceyi Parador Nacional'de[1] geçirmeyi tasarlıyordum.

[1] Parador Nacional'ler, İspanya hükümetinin sonradan birinci sınıf otellere dönüştürdüğü eski şatolar ve tarihsel yapılardır.

Günde üç öğün yemek yememe karşın, başlangıçta düşündüğümden çok daha az para harcıyordum. Artık biraz lükse kaçmanın, midem gibi bedenimi de rahata kavuşturmanın zamanı gelmişti.

Sabah tuhaf bir duyguyla uyanmıştım, sanki çok acelem vardı ve bir an önce Santo Domingo'da olmak istiyordum. İki gün önce keşiş kulübesine doğru yürürken de aynı duyguya kapılmıştım. Petrus her zamankinden de neşesiz ve sessizdi. İki gün önce Alfonso'yla karşılaşmamızdan sonra mı böyle olmuştu acaba? Bu konuyu tartışabileceğim Astrain'i çağırmak için büyük bir istek duyuyordum. Ama onu sabahın köründe hiç çağırmamıştım, çağırabileceğimden de kuşkuluydum. Sonunda vazgeçtim.

Kahvemizi bitirip yürümeye başladık. Armalı bir ortaçağ evini, çok eskiden hacıların kaldığı bir hanın yıkıntılarını, köyün dışındaki parkı ardımızda bıraktık. Bir kez daha kırlara açılmaya hazırlanırken, sağımda güçlü bir varlık hissettim. Yürümeye devam edeyim dedim, ama Petrus beni durdurdu.

"Kaçmanın hiçbir yararı yok," dedi. "Dur ve bir an önce çöz bu işi."

Petrus'tan uzaklaşmak, yürümeye devam etmek istiyordum. Kötü bir duyguya kapılmıştım, midemin oralarda bir ağrı dolanıyordu sanki. Kendimi bunun zeytinyağlı ekmekten kaynaklandığına inandırmaya çalıştımsa da olmadı, aynı şeyi sabahın erken saatlerinde de hissettiğimi biliyordum, kendimi kandırmam mümkün değildi. Gerginlikti bu – gerginlik ve korku.

"Arkana bak." Petrus'un sesinde bir telaş seziliyordu. "İş işten geçmeden arkana bak!"

Hızla arkama döndüm. Solumda, güneşten sararıp solmuş bitkiler arasında, terk edilmiş bir ev vardı. Bir zeytin ağacının kıvrık dalları göğe uzanıyordu. Ve ağaçla ev arasında, gözlerini bana dikmiş bir köpek duruyordu.

Birkaç gün önce o kadının evinden kovduğum siyah köpeğin aynısıydı.

Petrus'u falan unuttum, köpeğin gözlerinin içine baktım. İçimden bir ses -belki de Astrain'in ya da koruyucu meleğimin sesiydi- gözlerimi kaçırırsam köpeğin üstüme atlayacağını söylüyordu. Bir süre hiç kımıldamadan birbirimize baktık. İşte, diye düşündüm, yakıp kül eden aşkın mucizesini yaşadıktan sonra bir kez daha dünyanın durmadan karşıma çıkardığı o gündelik tehlikelerle yüz yüze geliyorum. Hayvanın onca yol boyunca beni neden izlediğini, benden ne istediğini merak ediyordum. Kılıcını arayan bir hacıydım, o kadar; insanlar ya da hayvanlarla bir sorun yaşamaya ne isteğim vardı, ne de sabrım. Manastırda yalnızca bakışarak konuşan keşişler gibi, bunu ona gözlerimle söylemeye çalıştımsa da köpek oralı olmadı. Gözlerini dikmiş, hain hain bana bakıyordu, en küçük bir şaşkınlık ya da korku belirtisi göstersem üstüme atlayacakmış gibiydi.

Korku! Korkumun geçtiğini hissedebiliyordum. Korkulamayacak kadar aptalca bir durumda olduğumu düşündüm. Mideme sancılar giriyor, kusacak gibi oluyordum, ama korkmuyordum. Korksam gözlerim beni ele verir, köpek de daha önce yaptığı gibi üstüme atlamaya kalkışırdı,0 diye düşündüm. Sağımdaki dar bir yoldan bir karaltının yaklaşmakta olduğunu sezdiğimde bile gözlerimi köpeğin gözlerinden kaçırmamaya çalıştım.

Karaltı, bir an durduktan sonra bize doğru geldi. Ben köpeğe bakarken tam önümden geçti ve kadınsı bir sesle anlayamadığım bir şey söyledi. Görüntüsünde iyilik, dostluk ve olumluluk seziliyordu.

Karaltının önümden geçtiği o kısacık anda midem rahatlayıverdi. Bu saçma, anlamsız çatışmada bana yardım etmeye gelmiş güçlü bir dostun varlığını duyumsadım. Karaltı önümden geçtikten sonra köpek gözlerini indirdi. Sonra fırladı, terk edilmiş evin arkasına doğru koştu, gözden kayboldu.

İşte ancak o zaman yüreğim tepki vermeye başladı. Çarpıntı o kadar güçlüydü ki başım dönüyor, gözüm kararıyordu. Çevremdeki her şey fır fır dönerken, Petrus'la birlikte birkaç dakika önce yürüdüğümüz yola bakınarak bana köpeğin hakkından gelecek gücü veren karaltıyı arandım. Bir rahibeydi. Sırtını dönmüş, Azofra'ya doğru yürüyordu. Yüzünü göremiyordum, ama sesini hatırlıyor ve daha yirmilerinde olduğunu sanıyordum. Gelmiş olduğu yöne baktım: Hiçbir yere çıkmıyormuş gibi görünen dar bir yolda belirmişti.

Başımın dönmesi daha da artarken, "Oydu... bana yardım eden oydu," diye mırıldandım.

Petrus, koluma girerek, "Zaten fazlasıyla akıl sır ermez bir dünyada yaşıyoruz," dedi, "bir de sen hayal görmeye başlarsan yandık. O rahibe Cañas'taki bir manastırdan geliyor, buraya beş-altı kilometre. Buradan görülmez."

Yüreğim hâlâ küt küt atıyordu, besbelli fenalaşıyordum. O kadar kötü olmuştum ki, ne konuşacak halim kalmıştı, ne de Petrus'tan açıklama isteyecek. Yere oturdum; Petrus alnıma ve enseme su serpti. Birden, o kadının evinden ayrıldığımızda da aynı şeyi yaptığını hatırladım; ama o gün sevinçten ağlamıştım. Oysa bu kez tam tersi bir duygulanım içindeydim.

Petrus biraz dinlenmemi söyledi. Su beni biraz kendime getirmiş, bulantım geçmeye başlamıştı. Yavaş yavaş toparlanıyordum. Petrus kendimi daha iyi hissettiğimi görünce biraz yürümemizi önerdi. Ama on beş dakika kadar yürüdükten sonra yine bitkin düştüm. Bir *rollo*'nun, tepesinde haç bulunan bir ortaçağ sütununun dibine oturduk. Bu tür sütunlar Yakub yolunun çeşitli aşamalarını gösteriyordu.

Ben soluklanırken, Petrus, "Korkun, köpekten daha çok canını yakmış senin," dedi.

O tuhaf karşılaşmanın ne anlama geldiğini öğrenmek istedim.

"Santiago Yolu'nda denetimimiz dışında bazı şeyler olur. İlk karşılaştığımızda, Çingene'nin gözlerinde yüz yüze gelmek zorunda kalacağın şeytanın adını okuduğumu söylemiştim. Şeytanın bir köpek olduğunu öğrenince şaşırmıştım, ama o zaman bu konuda hiçbir şey söylememiştim sana. Ancak o kadının evine varmamızdan sonra -sen ilk kez yakıp kül eden sevgiyi gösterdiğinde– görmüştüm senin düşmanını.

"O kadının köpeğini kovaladığında, onu bir yere koymamıştın. Hz. İsa'nın yapmış olduğu gibi, cinleri bir uçurumdan aşağı atılmış domuz sürüsünün arasına fırlatmamıştın. Kovalamıştın, o kadar. Şimdi onun gücü, nereye gideceğini bilmeden, arkandan gelip duruyor. Kılıcını bulmadan önce, o gücün kölesi mi olmak istiyorsun, yoksa onu boyunduruğun altına mı alacaksın, karar vermelisin."

Yorgunluğum geçmeye başlamıştı. Derin bir nefes aldım; yaslandığım *rollo*'nun soğuk taşını sırtımda hissediyordum. Petrus bana biraz daha su verdikten sonra devam etti:

"İnsanlar yeryüzü güçleri üstündeki egemenliklerini yitirdiler mi, güvensizlik baş gösterir. Çingene'nin laneti o kadını korkutmuş, kadının korkusu da ölüm habercisinin içeri sızabileceği bir gedik açmıştı. Gerçi her zaman böyle olmaz, ama çok ender rastlanan bir durum da değildir. Kendine güvenmen ve kendini üstün hissetmen, büyük ölçüde başkalarından gelen tehditlere nasıl tepki gösterdiğine bağlıdır."

Bu kez Kitabı Mukaddes'ten bir bölüm hatırlayan ben oldum. Eyup Kitabı'ndan bir dize: "Çünkü korktuğum, çekindiğim başıma geldi."

"Tehdit, boyun eğilmezse boşa çıkar. Yürekten savaş verirken bunu asla unutmamalısın. Tıpkı saldırının da, kaçmanın da savaşın bir parçası olduğunu asla unutmaman gerektiği gibi. Ama korkudan donakalmak savaşın bir parçası değildir."

Köpek oradayken hiç korkmamam beni çok şaşırtmıştı. Bunu Petrus'a anlattım.

"Korkmadığını görebiliyordum. Korksaydın, köpek üstüne saldıracak ve hiç kuşkusuz savaşı kazanacaktı. Çünkü o da korkmuyordu. Ama en tuhafı, o rahibenin gelmesiydi. Olumlu bir şeyin varlığını hissettiğinde, hayal gücün birinin sana yardıma geldiği sonucuna vardı. İşte seni kurtaran da bu oldu, inancın yani. Tamamen yanlış bir sanıya dayanmış olsa bile."

Petrus haklıydı. O gülünce ben de güldüm. Kalkıp yeniden yola koyulduk. Artık kendimi daha iyi hissediyordum.

Petrus, yolda, "Yine de bilmen gereken bir şey var," dedi. "Köpekle kavgan ikinizden birinin zaferiyle bitebilir ancak. Mutlaka geri dönecek; bir daha sefere dövüşü sonuna kadar götürmelisin. Yoksa köpeğin varlığı ömrün boyunca peşini bırakmaz, huzurunu kaçırır."

Çingene'yle karşılaştığımızda, Petrus şeytanın adını öğrendiğini söylemişti. Şeytanın adını sordum.

"Tümen," diye yanıtladı. "Çünkü o pek çok."

Rençperlerin ekime hazırlandıkları tarlalardan geçtik. Bazı köylüler kıraç toprağa karşı verdikleri savaşta yüzyıllardır kullandıkları tulumbaları çalıştırıyorlardı. Santiago Yolu boyunca, tarlaların arasında üst üste yığılmış taşlar uzayıp giden duvarlar oluşturmuştu. Yüzyıllardır işlenmekte olan o topraklardan nasıl oluyordu da hâlâ sabanın demirini kırabilecek, atın ayağını sakatlayabilecek, köylülerin ellerini parçalayabilecek taşlar çıkabiliyordu? Her yıl yeniden başlayan, hiç bitmeyecek bir savaştı bu.

Petrus her zamankinden daha suskundu, sabahtan beri hemen hiç konuşmadığını fark ettim. Ortaçağ sütununun oradaki konuşmamızdan sonra ağzını açmamış, tek bir sorumu bile yanıtlamamıştı. O "pek çok" dediği şeytanla ilgili daha fazla şey öğrenmek istiyordum, çünkü daha önce her insanın yalnızca bir habercisi olduğunu açıklamıştı bana. Ama baktım Petrus'un bu konuyu konuşmaya gönlü yok, şimdilik üstelememeye karar verdim.

Bir bayırı tırmandıktan sonra tepeden Santo Domingo de la Calzada'daki kilisenin büyük kulesini gördük. Çocuk gibi sevindim; Parador Nacional'de yaşayacağım inanılmaz rahatlığı düşündüm. Okuduklarımdan bildiğim kadarıyla, burayı hacıların kalmaları için Aziz Domingo[1] kendisi inşa etmişti. Assisili Aziz Francesco,[2] Compostela'ya giderken burada kalmıştı. Burası bende büyük bir heyecan uyandırıyordu.

---

[1] Aziz Domingo (1170 - 1221), Dominiken tarikatının kurucusudur. (Çevirenin notu.)

[2] Assisili Aziz Francesco (1181/82 - 1226), Fransisken tarikatının kurucusudur. (Çevirenin notu.)

Akşam yedi sularında Petrus durmamız gerektiğini söyledi. Birden Roncesvalles'te olup bitenleri ve içimi ısıtmak için biraz şarap içmek istediğimde o çıldırtıcı yavaşlıkta yürüyüşümüzü hatırladım. Petrus'un yine öyle bir şey hazırlıyor olmasından korktum.

"Bir haberci, başka birini alt etmen için sana asla yardımcı olmaz. Daha önce de söylediğim gibi, haberciler ne iyidirler, ne de kötü, ama kendi aralarında bir sadakat duyguları vardır. Köpeği yenmek için sakın habercine güvenme."

Bu kez de ben habercilerden söz etmek istemiyordum. Tek isteğim bir an önce Santo Domingo'ya varmaktı.

"Ölmüşlerin habercileri korkuya kapılan birinin bedenini ele geçirebilir. Köpek ortaya çıktığında haberci sayıca çoğalmasının nedeni de bu. O kadının korkusu, habercileri davet etmişti - yalnızca öldürülen Çingene'nin habercisini değil, uzayda dolaşan, yeryüzü güçleriyle bağ kurmanın bir yolunu arayan pek çok habercinin tümünü davet etmişti."

Sonunda sorumu yanıtlıyordu işte, ama sesinde bir yapaylık vardı, sanki asıl söylemek istediği bu değildi. İçgüdülerim temkinli olmamı söylüyordu.

Biraz tedirgin, "Ne istiyorsun, Petrus?" diye sordum.

Rehberim yanıt vermedi. Tarlaya girdi, otuz metre kadar ilerideki nerdeyse tüm yaprakları dökülmüş, asırlık bir ağaca doğru yürüdü. Ortalıkta görünen tek ağaçtı. Ardından gitmem için hiçbir işaret yapmadığından, olduğum yerde kaldım. O anda tuhaf bir şey oldu: Petrus ağacın çevresini üç kez dolandıktan sonra yere bakarak yüksek sesle bir şey söyledi. Sonra da yanına gitmem için bana el etti.

"Otur şuraya," dedi. Sesinde bir farklılık vardı, ama bunun dostluk mu, yoksa tedirginlik mi olduğunu anlayamadım. "Sen burada kal. Yarın Santo Domingo de la Calzada'da görüşürüz."

Ben daha bir şey diyemeden devam etti: "Bu günlerde -ama inan ki bugün değil- Santiago Yolu'nda karşına çıkacak en önemli düşmanla, köpekle karşılaşmak zorunda kalacaksın. O gün geldiğinde yanında olacağımdan, onunla savaşmak için ihtiyaç duyduğun gücü sana vereceğimden kuşkun olmasın. Ama bugün farklı bir düşmanla, seni yok edebilecek ya da en iyi dostun olabilecek hayalî bir düşmanla karşılacaksın: ölümle.

"Doğada yalnızca insanlar öleceklerinin ayırdındadırlar. İnsan soyuna bu nedenle, yalnızca bu nedenle derin bir saygı duyuyorum ve geleceğinin şimdikinden daha iyi olacağına inanıyorum. Günlerinin sayılı olduğunu ve hiç ummadıkları bir anda her şeyin son bulacağını bilmelerine karşın, sonsuza kadar yaşayacaklarmış gibi hayata sarılıyor insanlar. Bazılarının anlamsız bulduğunu –ardında büyük yapıtlar bırakmak, çocuk sahibi olmak, adının unutulmamasını sağlayacak işler yapmak– ben insan onurunun en yüce ifadesi olarak görüyorum.

"Ama yine de, zayıf yaratıklar oldukları için insanlar bir gün mutlaka öleceklerini kendilerinden hep gizlemeye çalışıyorlar. Onları hayatlarındaki en güzel şeyleri yapmaya yönlendirenin ölümün kendisi olduğunu anlamıyorlar. Karanlığa adım atmaktan korkuyorlar, bilinmeyenden korkuyorlar; bu korkunun üstesinden gelmenin biricik yolunun günlerinin sayılı olduğu gerçeğini görmezden gelmek olduğunu sanıyorlar. Ölümün ayırdında oldukları zaman daha gözü pek olabileceklerini, gündelik uğraşlarında çok daha büyük başarılar elde edebileceklerini görmüyorlar, çünkü o zaman kaybedecekleri hiçbir şey olmayacak – çünkü ölüm kaçınılmaz."

Geceyi Santo Domingo'da geçirme olasılığı gittikçe zayıflıyordu. Ama artık Petrus'un söylediklerini ilgiyle dinliyordum. Karşımızdaki ufkun ardında güneş de göçüp gitmekteydi.

"Ölüm bizi hiç yalnız bırakmaz, hayatımıza gerçek anlamını veren ölümdür. Ama ölümün gerçek yüzünü görebilmemiz için, her şeyden önce, onun adının anılmasının bile insanlarda uyandırdığı tüm tedirginlik ve korkuları tanımamız gerekir."

Petrus yanıma gelip ağacın dibine oturdu. Birkaç dakika önce ağacın çevresini dolaştığını, çünkü ağacın Santiago'ya hacı olmaya giderken başından geçenleri hatırlattığını söyledi. Sonra sırt çantasından öğleyin getirdiği iki sandviçi çıkardı.

Sandviçleri bana verirken, "Şu oturduğun yerde hiçbir tehlike yok," dedi. "Zehirli yılan yok; köpek de ancak bu sabahki yenilgiyi unuttuktan sonra saldıracaktır sana. Buralarda haydut, cani falan da bulunmaz. Diyeceğim, tamamen güvenli bir yerdesin; bir tek tehlike var, o da kendi korkunun doğurabileceği tehlike."

Dediğine göre, iki gün önce ölüm kadar güçlü ve şiddetli bir heyecan yaşamıştım, yakıp kül eden sevginin heyecanını. Sarsılmış ve korkmuştum. Petrus'a bakılırsa, evrensel aşk konusunda hiçbir şey bilmediğim için korkmuştum. Ölüm konusunda hepimizin az çok bir fikri vardı, ama ölümün Agape'nin bir başka belirtisi olduğunu göremiyorduk. Büyü eğitiminden geçtiğim onca yıl içinde ölüm korkusunu yendiğimi söyledim. Aslında ölümün kendisinden çok, nasıl öleceğimden korkuyordum.

Petrus, "İyi, bu gece ölümün en korkunç biçimini bir gör bakalım," dedikten sonra Diri Diri Gömülme Egzersizi' ni öğretti.

"Bu egzersizi yalnızca bir kere yapmalısın," dedi. Tiyatroda öğrendiğim çok benzer bir egzersiz gelmişti aklıma. "Egzersizin, ruhunun derinliklerine erişebilmesi için kendine karşı mümkün olduğu kadar samimi olman ve yeterince korkuya kapılman çok önemli; egzersiz, ölümün tatlı yüzünü gizleyen ürkünç maskeyi çekip almalı."

Petrus ayağa kalktı; günbatımının önünde karaltısı belirti. Oturduğum yerden, dev gibi ve çok güçlü görünüyordu.

"Petrus, bir sorum daha var."

"Nedir?"

"Bu sabah suskun ve bir tuhaftın. Köpeğin ortaya çıkacağını benden önce sen sezdin. Nasıl oldu bu?"

"Yakıp kül eden sevgiyi ikimizde yaşadığımızda, Mutlak'ı paylaştık. Mutlak, her birimize gerçekte kim olduğunu

DİRİ DİRİ GÖMÜLME EGZERSİZİ

Yere uzan ve gevşe. Ölü gibi yatarak kollarını göğsünde kavuştur.

Gömülmenin tüm ayrıntılarını yarın olacakmış gibi gözlerinin önüne getir; ama diri diri gömülüyor olacaksın. Olay zihninde canlandıkça kilise, cenaze alayının mezarlığa ilerleyişi, tabutun mezara indirilişi, mezardaki solucanlar tüm kaslarını gittikçe daha çok germeye başlıyor, kurtulmaya çabalıyorsun. Ama boşuna. Dayanamaz duruma gelinceye kadar denemeye devam et, sonra tüm bedeninle yapacağın bir hareketle tabutun sınırlamalarını ortadan kaldır, derin derin nefes al ve kendini özgür kıl. Bu hareketi yaparken bağırırsan etkisi çok daha büyük olur, ama bedeninin derinlerinden bağırmalısın.

gösterir; birinin küçücük bir hareketinin başka birinin hayatını etkilediği dev bir neden-sonuç ağıdır Mutlak. Bu sabah Mutlak'ın ufak bir parçası hâlâ ruhumda capcanlıydı. Yalnız seni değil, dünyada var olan her şeyi görüyordum, hem de zaman ve mekânla sınırlanmamış olarak. Şimdi sonuç çok daha zayıf, ancak yakıp kül eden sevgi egzersizini bir daha yaptığımda tüm gücüyle geri gelecek."

Petrus'un o sabah ne kadar kötü bir durumda olduğunu hatırladım. Dedikleri doğruysa, dünya çok kötü bir evreden geçmekteydi.

Yola çıkmaya hazırlanırken, "Seni Parador'da bekliyor olacağım," dedi. "Adını resepsiyona bırakırım."

Gözden kayboluncaya kadar arkasından baktım. Solumda uzanan tarlalarda kimseler kalmamıştı; köylüler işlerini bitirip evlerinin yolunu tutmuşlardı. Egzersizi karanlık bastırır bastırmaz yapmaya karar verdim.

Keyfim yerindeydi. Santiago Yolu'nu yürümeye başladığımdan bu yana ilk kez tek başına kalıyordum. Yerimden kalkıp çevreyi dolaşmaya koyuldumsa da, havanın hızla kararmakta olduğunu görünce yolumu kaybetmemek için ağacın oraya geri döndüm. Ortalık kapkaranlık olmadan ağaçla yol arasındaki uzaklığı kestirmeye çalıştım. Karanlık bastırsa bile yolu açık seçik görebilecek, yeniayın belli belirsiz ışığında Santo Domingo'ya kadar yürüyebilecektim.

O âna kadar hiç korkmamıştım; korkunç bir biçimde ölmekten korkmak için hayal gücümü epey zorlamam gerektiğini düşünmüştüm. Ama ne kadar yaşamış olursak olalım, gecenin karanlığı çocukluğumuzdan beri ruhumuzda gizlenmiş olan korkuları ortaya çıkarır. Hava karardıkça tedirginliğim artıyordu.

Tarlaların ortasında bir başınaydım; bağırsam, beni duyacak kimse yoktu. O sabah bayılacak gibi olduğumu hatırladım. Yüreğimi hiç bu kadar yoldan çıkmış hissetmemiştim.

Peki, ölsem ne olurdu? Kuşkusuz, hayatım sona ermiş olurdu. Gelenek'te edindiğim deneyimlerle, birçok ruhla iletişim kurmuştum. Ölümden sonra bir hayat olduğundan en küçük bir kuşkum yoktu, ama ölümden sonraki hayata geçişin nasıl olacağını hiç düşünmemiştim. İnsan kendini ne kadar hazırlamış olursa olsun, bir boyuttan başka bir boyuta geçmek korkunç bir şey olsa gerekti. Düşünün, o sabah ölseydim, Santiago Yolu'nun geri kalan bölümünü, işimin ne yönde gelişeceğini, ailemin benim için duyduğu üzüntüyü ya da kemerime gizlediğim paranın ne olduğunu hiç bilemeyecektim. Aklıma Brezilya'daki çalışma masamın üstünde duran bir bitki geldi. Bitki, tıpkı öteki bitkiler gibi, tıpkı tramvaylar gibi, tıpkı sebzelerini çok pahalıya satan köşebaşındaki zerzevatçı gibi, tıpkı defterimde olmayan telefon numaralarını aldığım santraldaki kadın gibi varlığını sürdürecekti. Ama o sabah ölsem benim için yitip gidecek olan bütün bu şeyler gözümde büyük bir önem kazandı. Bana yıldızlar ya da bilgelikten çok bu şeylerin yaşadığımı hissettirdiğini fark ettim.

Ortalık iyice kararmıştı; ta uzaklarda, kentin ışıklarını belli belirsiz görebiliyordum. Yere uzandım, tepemdeki ağacın yapraklarına baktım. Kulağıma türlü sesler geliyordu, tuhaf sesler. Gece iner inmez ava çıkan hayvanların sesleri. Petrus her şeyi bilemezdi; önünde sonunda o da benim gibi bir insandı. Oralarda zehirli yılan bulunmadığını söylemişti, ama bunun doğru olup olmadığını nereden bilebilirdim ki? Peki, kurtlar, o ölümsüz Avrupa kurtları – ya o gece kokumu alarak oraya gelselerdi? Kırılan bir dalın çıtırtısını andıran bir sesle irkildim, yüreğim yeniden küt küt atmaya başladı.

Korkum büyüyordu. En iyisi, egzersizi hemen tamamlayıp otelin yolunu tutmaktı. Bedenimi gevşetmeye başladım, ölü gibi yatıp kollarımı göğsümde kavuşturdum. Havanın epeyce serinlemiş olmasına karşın terlediğimi fark ettim.

Tabutumun kapatıldığını, çivilerin çakıldığını hayal ettim. Kımıldayamıyordum, ama yaşıyordum; aileme her şeyi gördüğümü söylemek istiyordum. Onlara hepsini çok sevdiğimi söylemek istiyordum, ama ağzımdan ses çıkmıyordu. Annemle babam ağlıyordu, karım ve dostlarım çevremde toplanmışlardı, ama ben yapayalnızdım! Tüm sevdiklerim orada oldukları halde, hiçbiri benim hayatta olduğumun farkına varamıyor, bu dünyada yapmak istediklerimin tümünü henüz gerçekleştirmediğimi anlayamıyorlardı. Gözlerimi açmaya, bir işaret vermek için tabutun kapağına vurmaya çabalıyordum, ama boşuna. Bedenimin hiçbir yerini oynatamıyordum.

Tabutun mezara doğru taşındığını hissediyordum. Tabutun tutamaklarının gıcırtısını, gömme törenine katılanların ayak seslerini ve konuşmalarını duyabiliyordum. Biri akşama yemeğe davetli olduğunu, bir başkası da benim vakitsiz öldüğümü söylüyordu. Çevremdeki çiçeklerin kokusundan boğulacak gibi oluyordum.

Cenaze törenine gelen kadınlardan birkaçıyla ilişki kurmaktan reddedilirim korkusuyla nasıl vazgeçtiğimi hatırladım. Yapmak istediğim bazı şeyleri nasıl hep ertelediğimi hatırladım. Yalnızca birazdan diri diri gömüleceğim için değil, yaşamaktan hep korkmuş olduğum için de azap çekiyordum. Hayatın sonuna kadar tadını çıkarmaktan daha önemli bir şey yokken, insan birine hayır demekten ya da bir işi yarım bırakmaktan neden korkar ki? Artık tabuta kapatılmıştım işte, geri dönüp göstermem gereken cesareti göstermem artık olanaksızdı.

Kendi Yahuda'm rolünü üstlendikten, kendime ihanet ettikten sonra buradaydım işte. Herkes kendi hayatını sürdürürken, o gece ne yapacağını konuşurken, bir daha hiç göremeyeceğim heykeller ve yapılardan hayranlıkla söz ederken, ben tek bir kasımı bile kımıldatamıyor, yardım istemek için bağıramıyordum. Başkaları yaşamaya devam ederken gömülmenin ne kadar büyük bir haksızlık olduğunu düşünmeye başlamıştım. Bir felaket meydana gelse de o anda beni taşımakta oldukları boşluğa hep birlikte gitsek, kendimi daha iyi hissedecektim. Yardım edin! Bağırmaya çalışıyordum. Hâlâ yaşıyorum. Ölmedim. Zihnim hâlâ işliyor!

Tabutumu mezarın kenarına bıraktılar. Az sonra gömecekler! Karım beni tümden unutacak; başka biriyle evlenecek ve biriktirmek için onca yıl uğraştığımız paraları harcayacak! Ama kimin umurunda. Ben şimdi onunla birlikte olmak istiyorum, yaşıyorum çünkü!

Karımın hıçkırıklarını duyuyorum ve benim de gözlerimden yaşlar boşanıyor. Arkadaşlarım şu anda tabutumu açsalar, gözyaşlarımı görürler ve beni kurtarırlar. Oysa birden tabutun toprağa indirildiğini fark ediyorum. Birden her şey karanlığa gömülüyor. Az önce tabutun kenarından azıcık da olsa bir ışık sızıyordu, oysa şimdi içerisi kapkaranlık. Mezarcılar kürekleriyle toprak atıyorlar, ama ben yaşıyorum! Diri diri gömülüyorum! Yavaş yavaş havasız kaldığımı hissediyorum; çiçekler berbat kokuyor. Cenaze törenine katılanların ayak sesleri uzaklaşıyor. Dehşete kapılıyorum. Hiçbir şey yapamaz durumdayım; birazdan kimse kalmayacak, çok geçmeden gece olacak, tabutun kapağına ne kadar vursam kimse duymayacak!

Ayak sesleri uzaklaşıyor, çığlıklarımı duyan yok, karanlıkta bir başınayım; hava ağır, çiçeklerin kokusu beni deliye çeviriyor. Birden, bir ses duyuyorum. Beni diri diri yemeye gelen solucanlar. Var gücümle bedenimi oynatmaya çalışıyorum, ama olanaksız. Solucanlar gövdeme tırmanmaya başlıyorlar. Yapışkan ve soğuklar. Yüzümde geziniyor, şortumdan içeri süzülüyorlar. Bir tanesi anüsümden içeri giriyor, biri de burun deliğimden içeri girmeye başlıyor. İmdat! Diri diri yiyorlar beni, sesimi duyan yok, kimsenin bir şey dediği yok. Burun deliğimden giren solucan boğazıma ulaştı. Birinin de kulağıma girdiğini hissediyorum. Çıkmalıyım buradan! Tanrı nerede, neden bana yardım etmiyor? Gırtlağımı yemeye başlıyorlar, yakında bağıramayacağım da! Her yerden içime giriyorlar: kulağımdan, ağzımın kıyısından, kamışımın deliğinden. O iğrenç, yapışkan şeyleri içimde hissediyorum; bağırmalıyım, dışarı çıkmalıyım! Bu soğuk, kapkaranlık mezara bir başına tıkıldım; diri diri yutuluyorum! Hava gittikçe azalıyor ve solucanlar beni yiyorlar! Hareket etmeliyim. Bu tabuttan dışarı çıkmalıyım! Tanrım, sen bana güç ver, buradan çıkıp kurtulmalıyım! ÇIKMALIYIM BURADAN; ÇIKMALIYIM... ÇIKACAĞIM! ÇIKACAĞIM!

VE ÇIKTIM!

Tabutun parçaları dört bir yana fırladı, mezar yok oldu, ciğerlerime Santiago Yolu'nun temiz havası doldu. Tepeden tırnağa titriyordum, kan ter içinde kalmıştım. Hafifçe kımıldadım, içim dışıma çıkmıştı sanki. Ama ne önemi vardı ki: Yaşıyordum.

Titreme devam ediyor ve ben bedenimin titremesini engellemek için hiçbir şey yapmıyordum. Olağanüstü bir dinginlik gelmişti; birden yanı başımda birinin varlığını hissettim. Başımı kaldırıp baktım ve ölümümün yüzünü gördüm. Ama birkaç dakika önce yaşadığım ölüm değildi bu, korkularımla, hayal gücümle yarattığım ölüm değildi; gerçek ölümümdü, bir daha böyle korkakça davranmama izin vermeyecek olan dostum ve danışmanım. O andan başlayarak, Petrus'un yol göstericiliği ve öğütlerinden çok daha fazla yardımcı olacaktı bana. Bugün yaşamam, tadını çıkarmam gereken şeyleri yarına bırakmama izin vermeyecekti. Hayat kavgalarından kaçmama izin vermeyecek, yürekten savaş vermeme yardımcı olacaktı. Bir daha asla, bir şey yapmaya kalkıştığımda kendimi bir garip hissetmeyecektim. Çünkü o orada olacak ve elimden tutup beni başka dünyalara götürdüğünde, günahların en büyüğünü, pişmanlığı ardımda bırakmam gerektiğini söyleyecekti. Onun varlığı ve yüzünün sevecenliğinden kuşku duymuyordum ya, hayat pınarından su içebilecektim artık.

Gece başka gizler ya da korkular getirmedi. Huzur dolu, keyifli bir geceydi. Titremem geçince yerimden kalktım, tarlaların oradaki tulumbalardan birinin başına gittim. Şortumu yıkadıktan sonra sırt çantamdan temiz bir şort çıkarıp giydim. Sonra ağacın altına dönüp Petrus'un bıraktığı iki sandviçi yedim. Hayatımın en lezzetli yemeğini yiyordum sanki, çünkü yaşıyordum ve ölüm artık beni korkutmuyordu.

Oraya uzanıp uyumaya karar verdim. Karanlık hiçbir zaman bu kadar güven verici olmamıştı.

Kişisel Kusurlar

Ufka doğru dümdüz uzanıp giden bir buğday tarlasının ortasındaydık. Hacılara yol göstersin diye dikilmiş, üstünde bir haç bulunan bir ortaçağ sütunundan başka hiçbir şey görünmüyordu ortalıkta. Sütuna doğru ilerliyorduk ki, Petrus durdu, sırt çantasını yere bırakıp diz çöktü. Benim de diz çökmemi istedi.

"Kılıcını bulduktan sonra seni bir hacı olarak alt edebilecek tek şeyle, kişisel kusurlarınla ilgili bir dua okuyacağız. Kılıcı nasıl kullanacağın konusunda Ustandan ne kadar çok şey öğrenirsen öğren, bir elin her zaman gizli düşmanın olacak. Şimdi, kılıcını bulmayı başardığında onu hep yüzünü kara çıkarmayacak elinle kullanman için dua edelim."

Öğleden sonra iki olmuştu; Petrus yüksek sesle dua etmeye başladığında ortalıkta çıt yoktu:

"Yüce Tanrım, bize merhamet et, çünkü biz Compostela yollarına düşmüş hacılarız ve burada bulunmamız bir kusur olabilir. Bilgimizin bize sırt çevirmemesi için, sonsuz merhametinle el ver bize.

"Kendilerine acıyan, kendilerini hayatın haksızlıklarına uğramış iyi insanlar olarak görenlere, başlarına gelenleri hak etmediklerini düşünenlere merhamet et. Böyleleri hiçbir zaman yürekten savaş veremeyecekler. Ve kendilerine karşı acımasız davranıp dünyanın adaletsizliğinden kendilerini sorumlu tutanlara ve yaptıkları işlerde yalnızca kötülük görenlere de merhamet et. Çünkü böylelerinin hepsi de, senin, 'Ama başınızdaki saçlar bile sayılıdır,' diyen yasandan habersiz.

"Uzun iş saatleri boyunca emredenlere ve hizmet edenlere ve bir pazar tatili karşılığında kendilerini feda edip sonunda gidilecek hiçbir yer olmadığını, bütün yolların kapalı olduğunu görenlere merhamet et. Ama aynı zamanda, kendi çabalarını yüceltenlere ve kendi çılgınlıklarının sınırlarını aşabilenlere, ama sonunda kendi kardeşlerince borçlu çıkarılan ya da çarmıha gerilenlere de merhamet et. Çünkü böylelerinin hepsi de, senin, 'Öyleyse yılan kadar akıllı, güvercin kadar zararsız ol,' diyen yasandan habersiz.

"Dünyayı fethedebilen, ama kendi içlerindeki yürekten savaşa asla katılmayanlara merhamet et. Ama aynı zamanda, kendi içlerindeki yürekten savaşı kazanıp da dünyayı fethedemedikleri için kendilerini hayatın sokakları ve barlarında bulanlara da merhamet et. Çünkü böylelerinin hepsi de, senin, 'Kim sözlerime kulak verirse, onu, evini sağlam kaya üstüne kuran akıllı bir adama benzeteceğim,' diyen yasandan habersiz.

"Başka birinin çok daha iyisini yapmış olabileceğinden çekindikleri için ellerine kalem, fırça, çalgı ya da iskarpela almaya korkanlara ve kendilerini sanatın görkemli mekânına girmeye değer bulmayanlara merhamet et. Ama kalemi, fırçayı, çalgıyı ya da iskarpelayı ellerine aldıktan sonra sanatın değerini yerlere düşüren, sonra da kendilerini herkesten üstün görenlere daha fazla merhamet et. Çünkü böylelerinin hepsi de, senin, 'Üstü örtülen hiçbir şey gizli kalmayacak, gizlenen hiçbir şey saklı kalmayacak,' diyen yasandan habersiz.

"Tıkabasa yiyen, kırba gibi içen, ama tokluklarında mutsuz ve yalnız olanlara merhamet et. Ama oruç tutarak ve kendilerine yasaklar koyup gem vurarak kendilerini aziz mertebesinde gören, sokaklarda senin adını vaaz edenlere daha fazla merhamet et. Çünkü böylelerinin hepsi de, senin,

'Eğer kendi kendimin tanığıysam, tanıklığım geçerli değildir,' diyen yasandan habersiz.

"Ölümden korkanlara ve kaç krallıktan geçmiş, kaç kez ölmüş olduklarının farkında olmayanlara ve dünyalarının bir gün son bulacağını sandıkları için mutsuz olanlara merhamet et. Ama kaç kez öldüklerini bilmelerine karşın bugün kendilerini ölümsüz sananlara daha fazla merhamet et. Çünkü böylelerinin hepsi de, senin, 'İnsan yeniden doğmadıkça Tanrı'nın krallığını göremez,' diyen yasandan habersiz.

"Kendilerini sevginin ipek sargılarına sarıp da kendilerini başkalarının efendisi sananlara ve kıskançlıklara kapılıp kendilerini zehirleyenlere ve aşkın ve her şeyin rüzgâr gibi yön değiştirdiğini göremedikleri için kendilerine eza edenlere merhamet et. Ama sevmekten ölümüne korkanlara ve hiç bilmedikleri daha yüce bir sevgi adına sevgiyi neddedenlere daha fazla merhamet et. Çünkü böylelerinin hepsi de, senin, 'Benim verdiğim sudan içenler bir daha hiç susamayacaklar,' diyen yasandan habersiz.

"Kürelerin musikisini hiçbir zaman duyamadıkları için, evreni bir tanıma, Tanrı'yı bir tılsımlı iksire, insanları da temel ihtiyaçları giderilmesi gereken varlıklara indirgeyenlere merhamet et. Ama körü körüne inananlara ve kendi ocaklarında cıvayı altına çevirenlere ve Tarot'un sırlarını ve piramitlerin kudretini anlatan kitaplarla kuşatılmış olanlara daha fazla merhamet et. Böylelerinin hepsi de, senin, 'Tanrı'nın krallığına daha küçük bir çocukken erişemeyen, oraya asla giremeyecek,' diyen yasandan habersiz.

"Gözleri kendilerinden başka kimseyi görmeyenlere ve caddelerden limuzinleriyle geçerlerken insanları birer süprüntü olarak görenlere ve kendilerini çatı katlarındaki klimalı ofislerine kapatıp güçlerinin yalnızlığında sessizce acı çekenlere merhamet et. Ama herkes için her şeyi yapabileceklere ve hayırsever olanlara ve kötülüğü yalnızca sevgiyle alt etmeye çabalayanlara daha fazla merhamet et. Çünkü böylelerinin hepsi de, senin, 'Kılıcı olmayan, giysisini satsın, bir kılıç alsın,' diyen yasandan habersiz.

"Tanrım, vaat ettiğin kılıcı arayan ve eline almaya cesaret eden bizlere, dünyanın dört bir yanına dağılmış mübarek ve günahkâr kullarına merhamet et. Çünkü kendimizi bile tanımıyoruz ve çoğu zaman kendimizi giyinik sanıyoruz, oysa çıplağız; gerçekte birinin hayatını kurtardığımız zaman suç işlediğimize inanıyoruz. Ve merhametinde unutma ki, hepimiz kılıcı bir meleğin eliyle, bir de şeytanın eliyle tutuyoruz ve ikisi de aynı el. Çünkü bizler bu dünyadanız ve bu dünyadan olmaya devam ediyoruz ve sana ihtiyacımız var. Senin, 'Sizi para çantasız, sırt çantasız ve sandaletsiz yolladığımda, hiçbir şeyiniz eksik değildi,' diyen yasana her zaman ihtiyaç duyacağız."

Petrus duasını bitirdi. Sessizliğin ortasında, çevremizi kuşatan buğday tarlasını seyre daldı.

Fetih

Bir öğleden sonra, Tapınak Şövalyeleri tarikatının[1] eski bir şatosunun yıkıntılarına vardık. Biraz soluklanmak için oturduk, Petrus her zamanki gibi sigarasını tüttürürken ben de öğle yemeğinden kalan şaraptan birkaç yudum aldım. Çevremizdeki görünüme göz gezdirdim: birkaç köy evi, şatonun kulesi, ekime hazır engebeli tarlalar. Sağdan bir çoban belirdi, sürüsünün başında şatonun duvarlarının önünden geçerek köyüne gidiyordu. Gök kızıla çalıyordu; hayvanların kaldırdığı toz, düşsel ya da gizemli bir görünüm verdi ortalığa. Çoban el sallayınca bir de ona el salladık.

Koyunlar önümüzden geçip yoldan aşağı vurdular. Petrus birden ayağa fırladı. Bu büyüleyici sahneyi bırakmak istemiyordum, ama Petrus, "Hemen gidelim," dedi. "Acele etmeliyiz."

"Neden?"

---

[1] Tapınak Şövalyeleri ya da Templier tarikatı, Haçlı seferleri döneminde kurulmuş dinsel ve askerî amaçlı şövalye tarikatıdır. Hugues de Payens önderliğindeki Fransız şövalyeler, 1120 başlarında, Hıristiyan hacıları korumak amacıyla dinsel bir topluluk oluşturmuşlardır. Kudüs Kralı II. Baudouin, sarayın eski Kudüs Tapınağı'na bakan bölümünde şövalyelere yer sağlamış, adını tapınaktan (Fransızca temple) alan tarikat, Clairvauxlu Aziz Bernard'ın propaganda yazıları sayesinde hızla güçlenip yandaş toplamıştır. (Çevirenin notu.)

"Ben öyle diyorum da ondan. Santiago Yolu'nda yeterince vakit kaybetmedik mi sence?"

Ne ki, içimden gelen bir ses, Petrus'un acele etmesinin çoban ve koyunlarının oluşturduğu büyülü sahneyle bir ilgisi olduğunu söylüyordu.

İki gün sonra güneydeki dağlara yaklaşmıştık; dağların yüksekliği uçsuz bucaksız buğday tarlalarının tekdüzeliğini kırıyordu. Bulunduğumuz bölge inişli çıkışlıydı, Peder Jordi'nin sözünü ettiği sarı işaretler yolu kolaylaştırıyordu. Tam orada, Petrus hiçbir şey demeden yol işaretlerinden ayrılmaya, gittikçe kuzeye yönelmeye başladı. Nedenini sorduğumda, rehberin kendisi olduğunu, nereden isterse oradan gideceğimizi söyleyerek kestirip attı.

Yarım saat kadar yeni yolumuzda yürürken, bir su çağıltısı geldi kulağıma. Çevremiz güneşin kuruttuğu tarlalarla kaplı olduğu için sesin nereden geldiğini merak ediyordum. Biraz sonra ses daha da yükselince, bir çağlayandan geldiğinden kuşkum kalmadı. Ama yakınlarda ne bir dağ görebiliyordum, ne de bir çağlayan.

Biraz sonra, bir bayırı tırmanırken, doğanın en abartılı işlerinden biriyle karşılaştık: Yaylada içine beş katlı bir yapıyı alacak kadar derin havza açılmıştı ve tepeden oraya bir ırmak dökülüyordu. Çevresi ardımızda bıraktığımız bitki örtüsüne hiç benzemeyen bitkilerle kaplı olan dev çukur ırmağın aşağıya dökülen sularına biçim veriyordu.

Petrus, "Buradan aşağı inelim," dedi.

Aşağı inerken aklıma Jules Verne geldi; dünyanın merkezine iniyorduk sanki. İndiğimiz yer o kadar dikti ki büyük güçlük çekiyor, düşmemek için dikenli dallara ve sivri kayalara tutunmak zorunda kalıyorduk. Aşağıya vardığımda kollarım ve bacaklarım yara bere içindeydi.

Petrus, halimi hiç umursamadan, "Harika, değil mi?" dedi.

Katılmamak elde değildi. Çölde bir vahaydı burası. Havza, bütün o yeşillikleri ve su damlacıklarının oluşturduğu gökkuşağıyla, aşağıdan bakıldığında da olağanüstü güzeldi.

"Doğa tüm gücünü göstermiş," dedi Petrus.

"Doğru," diye yanıtladım.

Rehberim, "Öyleyse biz de gücümüzü gösterelim, çağlayandan yukarı tırmanalım," dedi. "Suların içinden."

Karşımızdaki sahneye bir daha baktım. Bu kez gördüğüm bir vaha değildi, doğanın inanılmaz güzellikteki şımarıklıklarından biri de değildi. Karşımda, üstünden suların kulakları sağır eden bir gürültüyle döküldüğü, on beş metreden yüksek bir duvar duruyordu. Irmak yeraltına indiği anlaşılan bir açıklığa aktığından, çağlayanın oluşturduğu gölcük insan boyundan daha derin değildi. Duvarda tırmanırken işime yarayacak hiçbir çıkıntı olmadığı gibi, gölcük de düşüşü hnafifletecek kadar derin değildi. Oradan tırmanmak kesinlikle olanaksızdı.

Beş yıl önce, şimdi olduğu gibi çok tehlikeli bir tırmanışı gerektiren bir ritüeli hatırladım. Ustam seçimi bana bırakmıştı: Ya devam edecek ya da vazgeçecektim. O zaman hem daha gençtim, hem de Ustamın güçleri ve Gelenek'in mucizeleri büyülüyordu beni, o yüzden devam etmeye karar vermiştim. Cesaretimi ve gözüpekliğimi göstermeye ihtiyacım vardı.

Dağa bir saat kadar tırmandıktan sonra tam en zor yerine yaklaşırken çok sert bir rüzgâr çıkmış, düşmemek için küçük bir kaya çıkıntısına sımsıkı tutunmak zorunda kalmıştım. Çaresizlik içinde gözlerimi kapamış, tırnaklarımı kayaya geçirmiştim. Ama çok geçmeden şaşkınlık içinde birinin bana yardım ettiğini, daha güvenli bir konuma gelmemi, daha sağlam durmamı sağladığını fark etmiştim. Gözlerimi açtığımda Ustamın yanı başımda olduğunu görmüştüm.

Eliyle havada bazı hareketler yapmış ve rüzgâr o anda durmuştu. Akıl almaz bir çeviklikle, sanki havada uçuyormuş gibi dağdan aşağı inmiş ve benim de onun gibi yapmamı söylemişti.

Aşağı indiğimde bacaklarım titriyordu; Ustama öfkeyle rüzgârı neden daha önce durdurmadığını sormuştum.

"Çünkü rüzgâra esmesini ben emrettim," diye karşılık vermişti.

"Beni öldürsün diye mi?"

"Hayır, seni kurtarsın diye," demişti Ustam. "Bu dağa tırmanman olanaksızdı. Tırmanmak isteyip istemediğini sorarken cesaretini sınamıyordum. Bilgeliğini sınıyordum. Sen bunu bir emir olarak kabul ettin, oysa ben sana emir vermedim. Kendini havada durdurabilseydin bir sorun çıkmayacaktı. Akıllı olmak yeterliyken, sen cesaretini göstermeye kalkıştın."

O gün, Ustam bana, aydınlanma süreci sırasında akılları başlarından giden ve ondan sonra kendi güçleriyle müritlerinin güçlerini birbirinden ayırt edemez olan Müneccimleri[1] anlatmıştı. Gelenek'te bazı büyük insanlar tanımıştım. Akıl sır ermez bir biçimde nesnelere egemen olabilen üç büyük Usta tanımıştım; bunların arasında benim Ustam da vardı. Gelecekte olacakların tamı tamına bilinmesi, daha önce bürünülen bedenlerin bilinmesi gibi mucizelere tanık olmuştum. Ustam, Arjantin'in Falkland adalarını istila etmesinden iki ay önce Falkland Savaşı'ndan söz etmişti. Olacakları ayrıntılarıyla anlatmış, çatışmanın nedenlerini yıldızlar aracılığıyla açıklamıştı.

Ama o günden sonra, Usta'nın deyişiyle "aydınlanma sürecinde akılları başlarından giden" Müneccimler olduğunu fark etmeye başlamıştım. Bunlar hemen her bakımdan, güçleri bakımından bile Ustalarının eşitiydiler: Birinin, zihnini o noktada yoğunlaştırarak bir tohumun yirmi dakikada filiz vermesini sağladığını görmüştüm. Ama o ve başkaları daha önce birçok müridi deliliğe ve umarsızlığa sürüklemişler, bu müritlerden bazılarının akıl hastanesine kaldırılması gerekmişti; birinin de intihar ettiği biliniyordu. Bu Ustalar Gelenek'in "kara liste"sine alınmıştı, ama onları denetlemek olanaksızdı; birçoğunun bugün bile etkin olduklarını biliyorum.

İşte, tırmanılması olanaksız görünen çağlayana bakarken bir an bunlar geçti aklımdan. Petrus'la ne kadar zamandır yolculuk yaptığımızı, köpeğin saldırısından hiç zarar

[1] Doğuda görmüş oldukları yıldızın yol göstericiliğinde, yeni doğmuş olan Hz. İsa'yı ziyarete gelen üç Müneccim. Kitabı Mukaddes, Yeni Ahit, Matta, 2: 1-12. (Çevirenin notu.)

görmememi, Petrus'un lokantada bize hizmet eden çocuk karşısında kendini kaybetmesini ve düğünde içki içmesini düşündüm. Yalnızca bu olayları hatırlayabiliyordum.

"Petrus, bu çağlayandan yukarı tırmanamayacağım. Neden dersen çok basit: Olanaksız da ondan."

Bir şey demedi. Çimenlere oturdu, ben de yanına oturdum. On beş dakika kadar hiç konuşmadan oturduk. Petrus'un suskunluğu elimi kolumu bağlamıştı, ilk konuşan ben oldum:

"Petrus, oraya tırmanmak istemiyorum, çünkü tırmanmaya kalkarsam düşeceğim. Ölmeyeceğimi biliyorum, çünkü ölümümün yüzünü gördüğümde öleceğim günü de gördüm. Ama düşüp hayatım boyunca sakat kalabilirim."

"Paulo, Paulo..." Bana bakıp gülümsedi. "Sen tümüyle değiştin. Sesinde biraz da olsa o yakıp kül eden sevgiden var, gözlerin ışıl ışıl."

"Yol'a çıkmadan sana kayıtsız şartsız boyun eğeceğime dair ettiğim yemini bozduğumu mu söyleceksin?"

"Yemini bozmuyorsun. Korkmuyorsun ve tembel değilsin. Ama sana işe yaramaz bir emir verdiğimi de düşünmemelisin. Çağlayandan yukarı tırmanmak istemiyorsun, çünkü Kara Müneccimleri[1] düşünüyorsun. Yemini bozmuş değilsin, çünkü karar verme yeteneğini kullandın. Bir hacının bu yeteneği kullanması hiçbir zaman engellenmez."

Bir kez daha bir çağlayana, bir Petrus'a baktım. Oraya tırmanabilme şansım ne kadardı, tartmaya çalışıyordum, ama pek şansım olmadığını düşünüyordum.

"Dinle beni," diye devam etti Petrus. "Ben senden önce tırmanacağım, hem de hiçbir yeteneğimi kullanmadan. Ve başaracağım. Sırf ayaklarımı nereye basacağımı bilerek tırmanyı başarırsam, sen de tırmanmak zorunda kalacaksın. Karar verme özgürlüğü tanımıyorum sana. Benim tırmandığımı gördükten sonra tırmanmayı reddedersen, işte o zaman yeminini bozmuş olacaksın."

Lastik pabuçlarını çıkarmaya koyuldu. Benden en az

---

[1] Yukarıda da anlatıldığı gibi müritleriyle olan sihirli bağı kaybeden Ustalara Gelenek'te bu ad verilir. Bu deyim, yalnızca dünyevî güçler üstünde egemenlik kurduktan sonra öğrenme sürecini yarıda bırakan Ustalar için de kullanılır.

on yaş büyüktü, o yüzden tırmanmayı başarırsa hiçbir bahanem kalmayacaktı. Çağlayana baktım ve tüylerim ürperdi.

Ama Petrus yerinden kımıldamadı. Lastik pabuçlarını çıkarmasına karşın, oturduğu yerden kalkmadı. Göğe bakıp, "1502 yılında, buradan birkaç kilometre ötede Hz. Meryem bir çobana görünmüştü," dedi. "Bugün onun yortu günü, Yol Meryemi Yortusu; ve ben ona zaferimi sunacağım. Beni dinlersen sen de aynı şeyi yap. Ona bir zafer sun. Ayaklarındaki ağrıyı ya da kayaların ellerinde açtığı yaraları değil. Bu dünyada herkes kefaret olarak yalnızca acılarını sunuyor. Gerçi bunun yanlış bir yanı yok, ama bana sorarsan insanlar acılarından çok sevinçlerini sunsalar Meryem Anamız daha mutlu olurdu."

Konuşacak durumda değildim. Petrus'un duvara tırmanabileceğinden hâlâ kuşkuluydum. Tüm bunların bir oyun olduğunu, söyledikleriyle beni oyuna getireceğini, sonunda da beni gerçekten yapmak istemediğim bir şeyi yapmaya ikna edeceğini düşünüyordum. Böylesi kuşkular içinde bir an gözlerimi kapadım ve Yol Bakiresi'ne dua ettim. Petrus ve ben duvara tırmanmayı başarabilirsek bir gün buraya geri döneceğime söz verdim.

"Bugüne kadar öğrendiklerin ancak gerçek hayata geçerse bir anlam kazanacak. Santiago Yolu'nu sana sıradan insanın yolu olarak tanımladığımı unutma; bir kez söyledim bunu. Santiago Yolu'nda da, hayatta da, bilgeliğin ancak bir engelin üstesinden gelinmesine yardımcı oluyorsa bir anlamı vardır.

"Çakılacak çiviler olmasaydı çekicin bu dünyada hiçbir anlamı kalmazdı. Çiviler olsa bile, çekiç yalnızca, 'Bu çivileri iki vuruşta çakabilirim,' diye düşünmekle yetinseydi hiçbir işe yaramazdı. Çekicin eylemde bulunması gerekir. Kendini marangozun ellerine bırakması ve işlevini yerine getirmesi gerekir."

Ustamın Itatiaia'daki sözlerini hatırladım: "Kılıcın uzun süre kınında kalmasın ki, paslanmasın."

Rehberim, "Bugüne kadar öğrendiklerini uygulamaya dökeceğin yer çağlayan," dedi. "Senden yana bir tek şey var: Öleceğin günü biliyorsun, onun için nerede tutamak bulacağına hızla karar vermek zorunda kaldığında korku gücünü kırmayacak. Ama unutma ki, sudan yararlanacaksın, ihtiyaç duyduğun şeyi suyu kullanarak sağlayacaksın. Unutma ki, kötü bir düşünce ağır bastığında başparmağına tırnağını saplamak zorundasın. Ve en önemlisi, tırmanışın her ânında yakıp kül eden sevgiden destek almak zorundasın, çünkü attığın her adımı yönlendiren ve doğrulayan o sevgidir."

Petrus sustu. Gömleğiyle şortunu çıkarıp çırılçıplak kaldı. Gölcüğün serin sularında tepeden tırnağa ıslandıktan sonra kollarını göğe açtı. Mutlu olduğunu görebiliyordum; suyun serinliğinin ve çevremizi saran sisin yarattığı gökkuşaklarının tadını çıkarıyordu.

Çağlayanın altına girmeden, "Bir şey daha," dedi. "Bu çağlayan sana nasıl Usta olunacağını öğretecek. Şimdi tırmanmaya başlayacağım, ama aramızda bir su perdesi olacak. Ben tırmanırken ellerimle nerelere tutunduğumu, ayaklarımla nerelere bastığımı görmeyeceksin.

"Senin gibi bir mürit, asla rehberinin izinden gidemez. Sen kendi hayatını kendince yaşamalı, sorunlarını kendince çözmeli, engelleri kendince aşmalısın. Öğretmek, olanaklı olanı göstermektir yalnızca. Öğrenmekse onu kendin için olanaklı kılmaktır."

Başka bir şey demeden çağlayanın altına girip tırmanmaya başladı. Buzlu bir camın arkasındaymışçasına yalnızca karaltısı görünüyordu, ama tırmandığını görebiliyordum. Tepeye doğru ağır ağır, güçlükle ilerliyordu. Petrus doruğa yaklaştıkça, sıranın bana geldiğini görerek daha da korkuyordum. Sonunda en korkunç an geldi: Tepeden dökülen suların arasından kenarlara tutunmadan yukarı çıkması gerekiyordu. Suyun basıncıyla kendini aşağıda bulacaktı. Ama Petrus'un başı tepede belirdi; aşağı dökülen suları gümüş rengi bir pelerin gibi sırtına almıştı. Onu bir an görebildim, çünkü gövdesini hızla yukarı çekti ve suların arasından tepedeki düzlüğe atıverdi kendini. Sonra onu bir süre göremedim.

Sonunda, ırmağın kıyısında belirdi. Tepeden tırnağa ıslanmış, gün ışığında pırıl pırıl parlıyor ve gülüyordu.

Ellerini sallayarak, "Haydi," diye bağırdı. "Sıra sende."

Gerçekten sıra bendeydi. Ya başaracaktım ya da kılıcımdan sonsuza kadar vazgeçecektim.

Giysilerimi çıkardım ve Yol Bakiresi'ne bir kez daha yakardım. Sonra da gölcüğe daldım. O kadar soğuktu ki bedenim kaskatı kesildi; ama hemen ardından hoş bir duyguya kapıldım, gerçekten yaşadığımı duyumsadım. Hiç kafama takmadan dosdoğru çağlayana ilerledim.

Suyun başımın üstündeki ağırlığı bana yeniden gerçekliği hissettirdi, gücümüze inanmaya en çok ihtiyaç duyduğumuz anda bizi zayıf düşüren o gerçeklik duygusuna geri döndürdü beni. Çağlayanın sandığımdan çok daha güçlü olduğunu görebiliyordum; su doğrudan tepeme inmeye devam ederse, ayaklarımı gölcüğün dibine sağlamca bassam bile beni alt edecekti. Çağlayanın içinden geçip bedenimin ancak sığdığı bir yerde, suyla kaya arasında durdum; duvara yapışmıştım. Oradan, yapmam gereken işin sandığımdan çok daha kolay olduğunu görebiliyordum.

Burada sular yere çarpmıyordu; dümdüz bir duvar olarak gördüğüm şey aslında oyuklarla dolu bir duvardı. Duvarın düzlüğünden korkarak kılıcımdan vazgeçmek zorunda kalabileceğimi nasıl da düşünebilmiştim; oysa daha önce kim bilir kaç kez tırmanmış olduğum bir kayayla karşı karşıyaydım. Petrus'un, "Ben sana demedim mi? Sorun çözüldü mü, basitliği karşısında şaşakalırsın," dediğini duyar gibiydim.

Yüzüm ıslak kayaya dönük, tırmanmaya başladım. On dakika sonra, doruğa iyice yaklaşmıştım. Bir tek engel kalmıştı: son evre, suların tepeden kıvrılıp gölcüğe yöneldiği yer. Beni açık havadan ayıran son düzlüğü aşamazsam, tırmanırken elde ettiğim zaferin hiçbir değeri kalmayacaktı. Asıl tehlikeli yer de burasıydı ve Petrus'un burayı nasıl aştığını görememiştim. Yol Bakiresi'ne, daha önce hiç duymadığım, ama şimdi tüm inancımı ve tüm umutlarımı bağladığım bu Meryem Ana'ya bir kez daha dua ettim. Tepemden hızla akıp giden sulara önce ürkekçe saçlarımı değdirdim, sonra başımın tümünü daldırdım.

Tümden suların içinde kalınca önümü doğru dürüst göremez oldum. Suyun gücünü hissetmeye başlayınca kayaya sımsıkı tutundum. Nefes alabilmek için başımı öne eğip bir boşluk oluşturdum. Ellerime ve ayaklarıma sonuna kadar güveniyordum. Ne de olsa ellerim eski bir kılıcı kavramış, ayaklarım Santiago Yolu'nda yürümüştü. Onlar benim dostlarımdı, bana yardım ediyorlardı. Ama suyun çağıltısı sağır ediciydi ve nefes almakta güçlük çekmeye başlamıştım. Kafamı tepeden akan suların içinde tutmaya kararlıydım; birkaç saniye her şey karardı. Var gücümle ellerimi ve ayaklarımı tutundukları yerde tutmaya çabaladım, ama suyun çağıltısı beni almış, başka bir yere sürüklüyordu sanki. O anda olup bitenlerin hiç önemli olmadığı gizemli ve bir yere, gücümü toplayabilsem varabileceğim bir yere. Orada, artık ellerim ve ayaklarımla kayaya yapışmam için insanüstü bir çaba göstermem gerekmeyecekti; yalnızca huzur ve sessizlik olacaktı.

Ne ki, ellerim ve ayaklarım, teslim olmaya çağıran bu güdüye boyun eğmedi. Ölümcül bir çağrıya direnmişlerdi. Başım, ırmağın içinden ağır ağır çıkmaya başladı. Bedenime karşı derin bir sevgiyle dolup taştım. Bedenim, kılıcımın peşinde, çağlayandan yukarı tırmanmak için giriştiğim bu çılgınca serüvende bana el veriyordu.

Başım suların arasında tümüyle çıkınca, tepemdeki parlak güneşi gördüm ve derin bir nefes aldım. Yepyeni bir güçle çevreme baktığımda biraz ileride başlangıçta yürüdüğümüz yaylayı gördüm – yolculuğun sonu. Kendimi yukarı atıp bir şeye tutunmak istiyor, ama akan suların arasından tutunacak hiçbir şey göremiyordum. Tutunma isteği çok güçlüydü, ama zafer ânı henüz gelmemişti, kendimi tutmam gerekiyordu. Tırmanışın en zor noktasındaydım; suların göğsüme çarparak yarattığı basınç, beni gerisin geri aşağıya, sırf düşüme erişebilmek için terk etmeyi göze aldığım yere fırlatabilirdi.

Ustaları ya da dostları düşünmenin zamanı değildi; kayarsam Petrus beni tutar mı diye yanıma bakamıyordum. "Burayı şimdiye kadar kim bilir kaç kere tırmanmıştır," diye düşündüm. "Burasının yardıma en çok ihtiyaç duyduğum yer olduğunu çok iyi biliyordur." Ama beni terk etmişti. Belki de terk etmemişti, arkamda bir yerdeydi, ama dengemi kaybetmemek için dönüp bakamıyordum. Her şeyi kendi başıma yapmam gerekiyordu. Zaferimi tek başıma kazanmalıydım.

Ayaklarım ve bir elimle kayaya tutunurken, öbür elimi suyun içinde dolaştırdım. Zaten tüm gücümü kullandığım için daha fazla zorlanmak istemiyordum. Elim, bunu bildiği için, kendini teslim eden, ama nereye gitmek istediğini bilen bir balık oldu. Çocukluğumda gördüğüm bir filmi hatırladım, somon balıklarının hedeflerine varmak için çağlayanlardan aşağı atladıkları bir filmi.

Kolum, suyun gücünden yararlanarak yavaş yavaş yukarı kalktı. Sonunda birden özgür kaldı ve bir tutamak bulup bedenimin geri kalan bölümünün yazgısını belirleme görevini üstlendi. Elim, filmdeki somon balığı gibi, doruğun oradaki sulara daldı, son kez yukarı fırlarken bana destek olacak bir yer arandı.

Yüzyıllardır akan sular kayayı aşındırıp düzletmişti. Ama tutunacak bir yer olmalıydı: Petrus bulduğuna göre ben de bulabilirdim. Büyük bir acı duymaya başlamıştım, çünkü artık başarmama yalnızca bir adım kaldığını biliyordum; böyle anlarda insanın gücü tükenir gibi olur, insan kendine güvenini yitirir. Hayatımda birkaç kez son anda kaybetmiştim - okyanusu geçmiş, kıyıdaki pişmanlık dalgalarında boğulmuştum. Ama bu kez Santiago Yolu'ndaydım ve o eski deneyimler tekrar etmemeliydi - kazanmak zorundaydım.

Serbest elim pürüzsüz taşta kayıyor, basınç gittikçe artıyordu. Ayaklarım ve öteki elimin artık tutunamadığını, kaskatı kesildiklerini hissediyordum. Sular hayalarıma da çarpıyor ve dayanılmaz bir acı veriyordu. Birden, serbest elim kayada bir tutamak buldu. Gerçi büyük değildi, üstelik çıkmak istediğim yerin biraz uzağındaydı, ama sırası geldiğinde öbür elime destek olabilirdi. Yerini kafamda belirledikten sonra serbest elimle arayışımı sürdürdüm. İlk çıkıntının az ötesinde tutunacak bir yer daha buldum.

Burasıydı işte! Santiago'ya varmaya çalışan hacılara yüzyıllar boyunca tutamak olmuş yer burasıydı. Bunu görebiliyordum, olanca gücümle tutundum. Öteki elim serbest kalınca suyun gücüyle geriye itildi, ama göğe doğru bir kavis çizerek uzandı ve tutunacak yeri buldu. Tüm gövdem çabucak kollarımın açtığı yoldan ilerledi ve kendimi yukarı attım.

Son büyük adım atılmıştı. Gövdem suların içinden tümüyle çıkar çıkmaz yabanıl çağlayan güçlükle akan küçük bir suya dönüştü. Emekleyerek kıyıya çıktım ve bitkin bir biçimde serilip kaldım. Gövdem güneşte ısınırken, bir kez daha kazandığımı, aşağıdaki gölcükte dururken olduğu gibi yaşadığımı düşündüm kendi kendime. Suların sesi arasında, Petrus'un yaklaşan adımlarını duydum.

Yerimden kalkıp ne kadar mutlu olduğumu göstermek istedimse de bitkin bedenim el vermedi.

"Gevşe, dinlen biraz," dedi Petrus. "Ağır ağır nefes almaya çalış."

Ağır ağır nefes alırken derin, deliksiz bir uykuya daldım. Uyandığımda güneş karşıya geçmiş, Petrus da giyinmişti; bana giysilerimi uzatıp yola koyulmamız gerektiğini söyledi.

"Çok yorgunum," diye karşılık verdim.

"Merak etme. Çevrendeki her şeyden nasıl güç alacağını göstereceğim sana."

Ve bana RAM Nefes Alma Egzersizi'ni öğretti.

Egzersizi beş dakika yaptıktan sonra kendimi daha iyi hissettim. Kalkıp giyindim, sırt çantamı aldım.

Petrus, "Buraya gel," dedi. Uçurumun kenarına gittim. Çağlayan ayaklarımın dibinden hızla akıp gidiyordu.

"Buradan bakılınca, aşağıdan göründüğünden çok daha kolay görünüyor," dedim.

"Çok doğru. Sana ilk başta buradan gösterseydim seni yanıltmış olacaktım. Önündeki olanakları iyi değerlendirmeyebilirdin."

Kendimi hâlâ güçsüz hissettiğimi fark edince egzersizi bir kez daha yaptım. Çok geçmeden, çevremi kuşatan tüm evren benimle uyum kurdu ve yüreğime doldu. Petrus'a RAM Nefes Alma Egzersizi'ni neden daha önce öğretmediğini sordum; Santiago Yolu'nda yürürken birçok kez kendimi yorgun ve bitkin hissetmiştim.

Gülerek, "Çünkü hiç de bitkin görünmüyordun," dedi. Sonra da, Astorga'da aldığım tereyağlı çöreklerden kalıp kalmadığını sordu.

RAM NEFES ALMA EGZERSİZİ

Ciğerlerindeki tüm havayı elden geldiğince boşalt. Sonra, kollarını olabildiğince yukarıya kaldırırken havayı ağır ağır içine çek. Havayı içine çekerken, zihnini sevgi, huzur ve evrenle uyumun gövdene girmesine yoğunlaştır.

Çektiğin havayı içinde tut, kollarını tutabildiğin kadar yukarıda tut ve iç duyumlarınla dış dünya arasındaki uyumun keyfini sür. Nefesini tutamaz olduğunda, "RAM" sözcüğünü söyleyerek ciğerlerindeki havayı hızla boşalt.

Bu egzersizi her seferinde beş dakika uygula.

Delilik

Üç gündür yürüyüş tempomuzu hızlandırmıştık. Petrus beni gün doğmadan uyandırıyor, günlük yürüyüşümüz akşam dokuzdan önce son bulmuyordu. Rehberim siestaları kaldırdığından, yalnızca çabucak bir şeyler atıştırmak için mola veriyorduk. Petrus'un, benimle paylaşmadığı gizli bir programa uyuyormuş gibi bir hali vardı.

Dahası, davranışı tümüyle değişmişti. Önceleri bunun çağlayanın oradaki duraksamamla ilgili olduğunu sanıyordum, ama sonra onunla hiçbir ilgisi olmadığını anladım. Önüne gelene sinirleniyor, gün boyunca sık sık saatine bakıyordu. Bana zamanın hızını bizim yarattığımızı söyleyenin kendisi olduğunu hatırlattım.

"Her geçen gün biraz daha bilgeleşiyorsun," diye yanıtladı. "Bakalım, bu bilgeliği gerektiğinde kullanabilecek misin?"

Bir öğleden sonra, hızlı hızlı yürümekten o kadar yorgun düştüm ki yerimden kalkamadım. Petrus, tişörtümü çıkarıp omurgamı oradaki bir ağacın gövdesine yaslamamı söyledi. Birkaç dakika öyle kaldıktan sonra kendimi çok daha iyi hissetmeye başladım. Petrus, bitkilerin, özellikle de yaşlı ağaçların uyum saçtıklarını, sinir merkezlerinin bulunduğu yerleri bir ağaç gövdesine dayadığında insanın kendini daha uyumlu hissettiğini anlatmaya koyuldu. Saatlerce bitkilerin fiziksel, güç verici, ruhsal özelliklerini anlattı.

Bütün bunları daha önce bir yerde okumuş olduğum için not almaya gerek duymadım. Ama Petrus'un anlattıkları, bana kızdığını düşünmekten giderek vazgeçmemi sağladı. O günden sonra Petrus'un suskunluğunu daha saygılı karşıladım; o da, belki de benim kaygımı kestirebildiği için, hiç eksik olmayan aksiliği elverdiğince dostça davranmaya çalıştı.

Bir sabah, handiyse kupkuru kalmış bir ırmağın üstünden geçen koskocaman bir köprüye vardık. Bir pazar sabahının ilk saatleriydi; bar ve hanlar henüz açılmamış olduğundan, kahvaltı etmek üzere oracığa oturduk.

Sohbet olsun diye, "İnsanlar ve doğa aynı ölçüde kaprisli," dedim. "Çok güzel köprüler yapıyoruz, sonra Doğa Ana tutuyor, o köprülerin altından geçen ırmakların yataklarını değiştiriyor."

"Kuraklıktan," dedi. "Haydi, sandviçini bitir de yola koyulalım."

Neden bu kadar acele ettiğimizi soracak oldum.

"Ne zamandır Santiago Yolu'ndayız. İtalya'da bir sürü işi yarım bıraktığımı söylemiştim sana, bir an önce geri dönmek zorundayım."

Açıklaması bana pek inandırıcı gelmedi. Dedikleri doğru olabilirdi, ama tek sorun bu değildi. Söylediklerini sorgulamaya başladığımda hemen konuyu değiştirdi.

"Bu köprü hakkında ne biliyorsun?"

"Hiçbir şey," diye yanıtladım. "Ama kuraklık da olsa, köprü çok büyük. Bence ırmak yatağını değiştirmiş."

"Bu konuda bir şey diyemem," dedi. "Ama Santiago Yolu'nda burası 'onur geçidi' diye bilinir. Çevremizdeki bu tarlalarda bir zamanlar Süevlerle Vizigotlar, daha sonra da III. Alfonso'yla Magripliler arasında kanlı çarpışmalar meydana gelmiş. Köprü belki de onca kan akıp gitsin de kent kana boğulmasın diye bu kadar büyük yapılmıştır."

Aklı sıra kara mizah yapmaya çalışıyordu. Gülmediğimi görünce bir an sustu, sonra, "Gelgelelim," dedi, "bu köprü adını Vizigot sürülerinden ya da III. Alfonso'nun zafer naralarından almamış. Bu köprüye adını veren, yine bir aşk ve ölüm öyküsü.

"Santiago Yolu'nun ilk çağlarında hacılar, rahipler, soylular, hattâ krallar azizin yüzü suyu hürmetine Avrupa'nın dört bir yanından buraya gelirlermiş. O yüzden, haydutlar ve soyguncular da akın etmişler buralara. Sayısız hacı kervanı soyguna uğramış, yalnız başlarına yolculuk yapanlar korkunç cinayetlere kurban gitmişler."

Tıpkı bugün olduğu gibi, diye geçirdim aklımdan.

"Bu soygun ve cinayetler yüzünden bazı soylular hacıları korumaya karar vermişler; her soylu Yol'un bir bölümünü korumayı üstlenmiş. Ama ırmaklar nasıl yatak değiştirirse, insanların ülküleri de öyle değişir. Şövalyeler, haydutları ürkütüp kaçırmakla yetinmemişler, bir süre sonra Santiago Yolu'nun en güçlüsü, en en cesuru benim diye birbirleriyle dalaşmaya başlamışlar. Çok geçmeden de birbirleriyle savaşa tutuşmuşlar; meydanı boş bulan soyguncular da Santiago Yolu'nda yeniden at oynatmaya başlamışlar.

"Bu uzun bir zaman böyle sürüp gitmiş; ta ki, 1434 yılında León kentinde yaşayan bir soylu bir kadına âşık oluncaya kadar. Don Suero de Quiñones adındaki bu adam hem çok güçlü, hem de çok zenginmiş; kadının kalbini kazanmak için hiçbir fedakârlıktan kaçınmamış. Ama tarihin adını unuttuğu o kadın, bu büyük aşka kayıtsız kalmış, Quiñones'in isteğini geri çevirmiş."

Karşılıksız bir aşkın şövalyeler arasındaki savaşlarla ne ilgisi olabileceğini öğrenmek için meraktan çatlıyordum. Petrus, ilgilendiğimi görünce, öykünün geri kalan bölümünü ancak sandviçimi bitirip yola koyulursak anlatacağını söyledi.

"Tıpkı annem gibisin," dedim. "Çocukluğumda o da böyle yapardı." Ama yine de sandviçimi çabucak yedim, sırt çantamı aldım ve uyumakta olan kentin içinden geçerek yolumuza devam ettik.

Petrus anlatıyordu: "Gururu kırılan asilzademiz, reddedilen tüm erkekler ne yaparlarsa onu yapmaya karar vermiş: Kişisel bir savaş açmış. Öyle büyük bir zafer elde edecekmiş ki, kadın onun adını bir daha hiç unutamayacakmış. Aylarca, reddedilen aşkını kutsamanın soylu bir yolunu aramış durmuş. Derken, Santiago Yolu'ndaki cinayetler ve savaşları duyunca aklına bir fikir gelmiş.

"Yanına aldığı on arkadaşıyla, şu anda geçmekte olduğumuz bu küçük kentte konuşlanmış. Hacılar aracılığıyla, burada otuz gün kalıp otuz mızrak kırmakta kararlı olduğunu yaymış ortalığa; Santiago Yolu'nun tüm şövalyelerinin en güçlüsü ve en yiğiti olduğunu kanıtlayacakmış. Sancaklarını, bayraklarını dikmiş, içoğlanlarını, uşaklarını çevresine toplamış, kendisine meydan okuyacak şövalyeleri beklemeye başlamış."

Nasıl bir şölen kurulduğunu hayal edebiliyordum: Domuzlar kızartılıyor, şarap su gibi akıyor, çalgılar çalınıyor, masallar anlatılıyor, şövalyeler çarpışıyor. Petrus öykünün devamını anlatırken, sahneler tüm canlılığıyla gözlerimin önüne geliyordu.

"İlk rakiplerin gelmesiyle temmuzun onunda yarışmalar başlamış. Quiñones ve yoldaşları bütün güç çarpışıyorlar, geceleri de görkemli şölenler düzenliyorlarmış. Müsabakalar kimse kaçamasın diye köprünün üstünde yapılıyormuş. Bir ara, meydan okumaya gelenlerin sayısı o kadar artmış ki, çarpışmaların gün ağarana kadar sürebilmesi için köprünün iki yanında ateşler yakılmış. Yenik düşen şövalyelerden, öteki şövalyelerle bir daha asla savaşmayacaklarına ve bundan sonra tek görevlerinin Compostela yollarındaki hacıları korumak olacağına dair yemin etmeleri isteniyormuş.

"Ağustosun dokuzunda karşılaşmalar sona ermiş ve Don Suero de Quiñones Santiago Yolu şövalyelerinin en yüreklisi ve en güçlüsü ilan edilmiş. O günden sonra hiçbir şövalye hiçbir şövalyeye meydan okuyamaz olmuş, soylular hacılara saldıran haydutları tek ortak düşmanları bilmişler. Bu destan sonradan Kılıcın Santiago'sunun Askerî Tarikatı'nın doğmasına neden olmuş."

Küçük kenti geride bırakmıştık. Geri dönüp "onur geçidi"ni, bütün o olayların meydana geldiği köprüyü bir kez daha görmek istedimse de, Petrus yola devam etmemiz gerektiğini söyledi.

"Peki, ya Don Quiñones'e ne olmuş?" diye sordum.

"Santiago de Compostela'ya gidip San Tiago'nun tapınağına altın bir gerdanlık bırakmış; o gerdanlık bugün hâlâ San Tiago'nun büstünün boynunda."

"Ben o kadınla evlenip evlenmediğini sormuştum."

"Doğrusu hiç bilmiyorum," diye yanıtladı Petrus. "O zamanlar tarih yalnızca erkekler tarafından yazılıyordu. Ortalıkta öyle bir savaş alanı varken, bir aşk öyküsüyle kim ilgilenecekti ki?"

Rehberim, Don Suero de Quiñones'in öyküsünü anlattıktan sonra yeniden o her zamanki sessizliğine büründü ve iki gün daha hiç konuşmadan yol aldık. Üçüncü gün Petrus her zamankinden de yavaş yürümeye başladı. Bir hafta boyunca hızlı yürümekten biraz yorulduğunu, o hızı sürdürecek kadar genç olmadığını söylüyordu. Yine doğruyu söylemediğinden emindim; yorgun olmaktan çok, derin düşünceler içinde olduğu belliydi. Sanki pek yakında çok önemli bir şey olacaktı.

Öğleden sonra Foncebadon'a vardık; baştan başa yıkıntı halinde büyük bir köydü burası. Taş evlerin kayağantaştan yapılmış damları zamanın aşındırması ve destek veren ahşabın çürümesiyle yok olmuştu. Köyün bir yanı bir uçuruma bakıyordu; karşımızda, bir tepenin ardında, Santiago Yolu'nun en önemli işaretlerinden biri görülüyordu: Demir Haç. Bu kez sabırsızlanan ben oldum; tepesindeki Demir Haç'ıyla kocaman bir ahşap kaidenin üstünde on metre kadar yükselen bu tuhaf anıta bir an önce ulaşmak istiyordum. Haç oraya Sezar'ın istilası sırasında Merkür onuruna konmuştu. Yakub yolunu yürüyen hacılar pagan geleneğine uyarak başka yerlerden getirdikleri taşları haçın kaidesine bırakmaya başlamışlardı. Terk edilmiş köyde o kadar çok taş vardı ki, bir kayağantaşı almadan edemedim.

Petrus'un daha yavaş yürümekte olduğunu ancak ben

daha hızlı yürümeye başladığımda fark ettim. Yıkık evlere ve devrilmiş ağaç gövdelerine uzun uzun göz gezdirdikten sonra, bir tahta haçın bulunduğu küçük bir meydanın orta yerine oturmaya karar verdi.

"Biraz soluklanalım," dedi.

Vakit öğleyi biraz geçmişti, o yüzden orada bir saat bile otursak Demir Haç'a gece olmadan ulaşabilirdik.

Petrus'un yanına oturup çevremizi saran ıssızlığa baktım. Tıpkı ırmakların yatak değiştirmesi gibi insanlar da yaşadıkları yerleri değiştiriyorlardı. Evler belli ki sağlam yapılmışlardı, yıkıntı haline gelinceye kadar uzun zaman dayanmış olmalıydılar. Uzaktaki dağları, önümüzde uzanıp giden vadisiyle güzel bir yerdi burası. Acaba ne olmuştu da insanlar böyle bir yeri terk etmişlerdi?

Petrus, "Sence Don Suero de Quiñones deli miydi?" diye sordu.

Ben Don Suero'nun kim olduğunu bile hatırlamayınca, "onur geçidi"ni hatırlatmak zorunda kaldı.

"Bence deli değildi," diye karşılık verdim. Ama verdiğim yanıttan pek o kadar emin değildim.

"Bana sorarsan deliydi; tıpkı şu senin de tanıştığın Keşiş Alfonso kadar deliydi. Şu yaptığım planlardan da gördüğün gibi tıpkı benim kadar deliydi. Ya da tıpkı senin kadar; baksana, kılıcının peşinde dolanıp duruyorsun. Hepimizin yüreğinde Agape'den beslenen bir delilik ateşi yanar.

"Deli olmak için ille de Amerika'yı fethetmeye kalkışmak ya da Assisili Aziz Francesco gibi kuşlarla konuşmak gerekmez. Sokağın köşesindeki bir manav bile yaptığı işten hoşlanıyorsa bu delilik ateşini gösterebilir. Agape kafamızdaki sıradan kavramlardan çok daha büyüktür, herkes onun özlemiyle yanıp tutuşur."

Petrus, Agape'nin Mavi Küre Egzersizi yaparak nasıl çağrılacağını bildiğimi söyledi. Ama Agape'nin gelişebilmesi için hayatımı değiştirmekten korkmamalıydım. Yaptığım işten hoşlanıyorsam sorun yoktu. Ama hoşlanmıyorsam, değiştirmem için vakit hiçbir zaman geç değildi. Değişikliğin meydana gelmesine izin verirsem, kendimi verimli bir tarla dönüştürmüş, Yaratıcı Düş Gücü'nün tohumlarını bana ekmesine izin vermiş olacaktım.

"Agape de dahil olmak üzere sana öğrettiğim her şey, ancak kendinden memnunsan anlam kazanır. Kendinden memnun değilsen, o zaman öğrendiğin egzersizler ister istemez seni değişiklik aramaya yöneltecektir. Ve tüm bu egzersizlerin aleyhine dönmesini istemiyorsan, değişikliğin meydana gelmesine izin vermek zorundasın.

"İnsan yürekten savaşı gözleriyle görür, ama değişemez ve savaşa katılamaz; bu, bir insanın hayatındaki en zor andır. Böyle olduğunda bildikleri aleyhine döner."

Terk edilmiş Foncebadon kentine baktım. Belki de burada yaşayan insanlar hep birlikte bir değişiklik ihtiyacı duymuşlardı. Petrus'a, burayı bütün bunları bana söylemek için bile bile seçip seçmediğini sordum.

"Burada neler olup bittiğini bilmiyorum," diye yanıtladı. "İnsanlar çoğu zaman kaderin kendilerine dayattığı değişiklikleri kabullenmek zorunda kalırlar, ama benim sözünü ettiğim bu değil. Ben, insanın gündelik hayatında doyurucu bulmadığı her şeye karşı kendi iradesiyle, bile isteye savaşmasından söz ediyorum.

"Hayat yolunda her zaman çözülmesi zor sorunlarla karşılaşırız; örneğin, bir çağlayanın içinden düşmeden geçmek. O yüzden, bu işi Yaratıcı Düş Gücü'ne bırakman gerekir. Senin durumunda çağlayan bir ölüm kalım sorunuydu, çeşitli seçenekleri düşünecek vakit yoktu; Agape sana biricik yolu gösterdi.

"Ama hayatımızda bir seçim yapmamızı gerektiren sorunlar vardır. İşte bir karar vermek, birlikte olduğumuz birisinden ayrılmak, toplumsal bir yükümlülüğü yerine getirmek gibi her gün karşımıza çıkan sorunlar. Hayatımız boyunca vermek zorunda kaldığımız bütün bu küçük kararlar, hayatla ölüm arasında bir seçim olabilir. Sabah evden çıkıp işe giderken seni sağ salim götürecek bir aracı da seçebilirsin, kaza yapıp tüm yolcuların ölümüne yol açacak bir aracı da. Basit bir kararın bile tüm hayatımızı nasıl etkileyebileceğini gösteren aşırı bir örnek bu tabii."

Petrus anlatırken kendimi düşünüyordum. Kılıcımı bulmak için Santiago Yolu'nu yürümeyi ben seçmiştim. Şu anda benim için en önemli şey kılıçtı, onu bir biçimde bulmam gerekiyordu. Doğru kararı vermek zorundaydım.

Aklımdan geçenleri söylediğimde, Petrus, "Doğru kararı vermenin tek yolu yanlış kararın ne olduğunu bilmektir," dedi. "Korkmadan ve karamsarlığa kapılmadan öteki yolu gözden geçirmeli, ondan sonra karar vermelisin."

Petrus işte o zaman bana Gölge Egzersizi'ni öğretti.

Egzersizin nasıl yapılacağını anlattıktan sonra, "Senin sorunun, kılıcın," dedi.

Haklıydı.

"Öyleyse egzersizi şimdi yap. Ben biraz dolaşacağım. Döndüğümde doğru çözümü bulmuş olacağından eminim."

Birden son birkaç gündür Petrus'un ne kadar acele ettiğini hatırladım, oysa şimdi bu terk edilmiş kentte oturmuş sohbet ediyorduk. Bana öyle geldi ki, o da ne olduğunu bilmediğim bir konuda karar verebilmek için vakit kazanmaya çalışıyordu.

Çevremle uyum kurabilmek için bir süre RAM Nefes Alma Egzersizi'ni yaptım. Sonra saatime bakıp on beş dakikanın ne zaman dolacağını saptadım ve çevremdeki gölgeleri, yıkık evlerin, taşların, ağaçların, ardımdaki haçın gölgelerini incelemeye başladım. Gölgelere bakarken, o nesnelerin tam olarak hangi bölümlerinin gölge yaptığını anlamanın hiç de kolay olmadığını gördüm. Bunu daha önce hiç fark etmemiştim. Bazı evlerin düz kirişlerinden dik açılı gölgeler düşüyordu, çarpık çurpuk bir taşın gölgesi ise yuvarlakçaydı. On dakika gölgeleri izledim. Egzersiz o kadar büyüleyiciydi ki, odaklanmak hiç zor değildi. Çok geçmeden, kılıcı bulma sorununun yanlış çözümlerini düşünmeye koyuldum. Aklıma bir sürü fikir geldi; önce bir otobüse atlayıp Santiago'ya gitmek geçti aklımdan, sonra karıma telefon edip kılıcı nereye bıraktığını öğrenmek için duygusal hilelere başvurmayı düşündüm.

Petrus geri döndüğünde, gülümsüyordum.

GÖLGE EGZERSİZİ

Tepeden tırnağa gevşe.

Beş dakika boyunca, çevrendeki tüm nesneler ve insanların gölgelerini incele. O nesne ya da insanın tam olarak neresinin gölge yaptığını belirlemeye çalış.

İkinci beş dakika boyunca, aynı şeyi yapmaya devam ederken, çözmeye çalıştığın soruna odaklan. Olası tüm yanlış çözümleri araştır.

Son olarak, bir beş dakika daha gölgeleri incele ve geriye hangi doğru çözümlerin kaldığını düşün. Onları birer birer eledikten sonra geriye bir tek doğru çözüm kalsın.

"Ne oldu?" diye sordu.

"Agatha Christie'nin polisiye romanlarını nasıl yazdığını keşfettim," diye espri yaptım. "En yanlış tahmini en doğrusu yapmış. Gölge Egzersizi'ni biliyordu herhalde."

Petrus kılıcımın nerede olduğunu sordu.

"Önce, gölgelere bakarken vardığım en yanlış tahmini söyleyeceğim: Kılıç Santiago Yolu'ndan başka bir yerde."

"Sen bir dâhisin. Bütün bu yolu senin kılıcını bulmak için yürüdüğümüzü düşündün demek. Bunu sana daha Brezilya'dayken söylediklerini sanıyordum."

"Karımın giremediği güvenli bir yerde duruyor," diye devam ettim. "Bütünüyle açıkta bir yerde durduğu, ama bulunduğu çevreye çok iyi uyduğu için görülemediği sonucuna vardım."

Bu sefer Petrus gülümsemedi. Devam ettim:

"Gelgelelim, bir sürü insanın bulunduğu bir yerde olması çok saçma olacağından, tamamen terk edilmiş bir yerde olsa gerek. Ve en önemlisi, kılıcı gören birkaç kişi onunla bir İspanyol kılıcı arasındaki farkı anlayamadığına göre, kimsenin farklı kılıç türlerini birbirinden ayırt edemediği bir yerde olmalı."

"Burada olduğunu mu düşünüyorsun?"

"Hayır, burada değil. En yanlış şey, bu egzersizi kılıcımın bulunduğu yerde yapmak olurdu. Bu tahmini hemen eledim. Buraya benzer bir kentte olmalı, ama terk edilmiş bir kentte olamaz, çünkü terk edilmiş bir kentteki bir kılıç hacıların ve oradan geçenlerin fazlasıyla dikkatini çekerdi. Sonunda bir barın duvarını süslerdi."

"Çok iyi," dedi. Benimle ya da bana öğrettiği egzersizle gurur duyduğunu görebiliyordum.

"Bir şey daha var," dedim.

"Nedir o?"

"Bir Müneccim'in kılıcına yapılabilecek en yanlış şey onu dünyevî bir yere bırakmak olurdu. Kılıç kutsal bir yerde olmalı. Mesela, kimsenin çalmaya cesaret edemeyeceği kilise gibi bir yerde. Demek, Santiago yakınlarındaki küçük bir kentte, herkesin görebildiği, ama çevresine çok iyi uymuş bir kilisede - evet, kılıcım orada. Bundan sonra Yol üstündeki her kiliseye uğrayacağım."

"Böyle bir şeye gerek yok," dedi Petrus. "Vakti geldiğinde anlayacaksın."

Haklıydım!

"Bak, Petrus, neden o kadar uzun bir zaman ardımızdan atlı kovalıyormuş gibi acele ettik de, şimdi bu terk edilmiş kentte bu kadar oyalanıyoruz?"

"En yanlış yanıt ne olurdu?"

Gölgelere baktım. Haklıydı. Orada olmamız nedensiz değildi.

Güneş dağın ardına saklanmıştı, ama akşama daha saatler vardı. Büyük olasılıkla güneş tam o sıra Demir Haç'ı aydınlatıyordu. Haç yalnızca birkaç yüz metre uzağımızdaydı ve ben onu gerçekten görmek istiyordum. Ama burada neden oyalandığımızı da öğrenmek istiyordum. Bütün bir hafta koşar adım yol aldıktan sonra şimdi buraya takılıp kaldığımıza göre, demek bugün, bu saatte burada olmamız gerekiyordu.

Vakit geçsin diye gevezelik etmeye çalışıyordum, ama Petrus gergin görünüyordu, aklı başka yerdeydi sanki. Petrus'u daha önce birçok kez sinirli görmüştüm, ama bu kadar gergin gördüğümü hatırlamıyordum. Sonra birden, onu bir kez böyle gördüğümü hatırlayıverdim. Petrus şimdi adı aklıma gelmeyen o kasabada sabah kahvaltı ederken de böyle olmuştu, onunla karşılaşmamızdan hemen önce...

Soluma döndüm. Köpek oradaydı! Beni sedirin üstüne yıkan vahşi köpek, hemen sonra dışarı kaçan korkak köpek. Petrus onunla bir daha karşılaşırsak yanımda olacağına söz vermişti. Dönüp rehberimi arandım, ortadan kaybolmuştu.

Gözlerimi köpeğin gözlerinden ayırmadan, dehşet içinde ne yapmam gerektiğini bulmaya çalışıyordum. İkimiz de kımıldamıyorduk; bir an, Western filmlerindeki düello sahneleri geldi aklıma. O filmlerde bir köpeğin karşısına bir adamı çıkarmak kimsenin aklının ucundan bile geçmezdi; olacak iş değildi. Oysa ben burada, filmde bile gerçekdışı sayılabilecek bir gerçekle karşı karşıyaydım.

Ve Tümen -hatırlayacaksınız, sayıca çok fazla olduğu için böyle adlandırılmıştı- oradaydı. Yakınımızda terk edilmiş bir ev gördüm. Birden fırlasam evin damına tırmanabilirdim, Tümen oraya çıkamazdı. Bir köpeğin fiziksel varlığı ve varlığının çağrıştırdığı her şey karşısında kendimi kapana kısılmış hissetmem saçma geliyordu.

Gözlerimi ondan ayırmaksızın, kaçma olasılığını hemen silip attım kafamdan. Bu ânın korkusuna Yol boyunca kim bilir kaç kez kapılmıştım ve şimdi o an gelmişti işte. Kılıcımı bulmadan önce Düşman'la karşılaşmam gerekmişti; ya ben onu alt edecektim ya da o beni dize getirecekti. Karşısına dikilmekten başka şansım yoktu. Kaçsam, tuzağa düşmüş olacaktım. Köpek bir daha karşıma çıkmasa bile, Santiago de Compostela'ya giden Yol boyunca hep ecel teri dökecek, durmadan dehşete düşecektim. Daha sonra da, her an ortaya çıkabileceği korkusuyla köpeği bir türlü aklımdan çıkaramayacak, hayatım boyunca onun yılgısıyla yaşayacaktım.

Aklımdan bunları geçirirken, köpek yaklaşmaya başladı. O saat düşünmeyi bırakıp patlak vermek üzere olan savaşa odaklandım. Petrus ortadan kaybolmuştu, tek başımaydım. Korkuyordum. Yüreğim yerinden oynarken, köpek biraz daha yaklaşıp hafifçe hırladı. Yüksek sesle havlasa bu kadar ürkütücü olmazdı; dizlerimin bağı çözülüyordu. Korkumu gözlerimden okuyan köpek üstüme atlayıverdi.

Göğsüme koca bir kaya parçası çarpmıştı sanki. Yere yıkıldığımı görünce beni ısırmaya başladı. Ne zaman öleceğimi ve böyle ölmeyeceğimi bildiğimi belli belirsiz hatırlasam da, korkumun daha da büyümesine engel olamıyordum. Hiç olmazsa yüzümü ve gırtlağımı koruyayım diye boğuşuyordum. Bacağımda şiddetli bir acı duyarak hafifçe doğruldum ve bir et parçasının kopmuş olduğunu gördüm. Ellerimi yüzümden ve gırtlağımdan çekip yaraya uzandım. Köpek, bunu görünce, yüzüme saldırdı. O anda elime iri bir taş parçası geldi. Taşı kaptığım gibi var gücümle köpeğe vurmaya başladım.

Canının yanmasından çok şaşırmış gibiydi; biraz geri çekilince ayağa fırladım. Köpek geri çekilmeyi sürdürüyordu;

kana bulanan taş bana cesaret vermişti. Düşmanımın gücüne gereğinden fazla saygı gösteriyordum ve bu bir tuzaktı. Benden daha güçlü olamazdı. Daha çevik olabilirdi, ama daha güçlü olamazdı, çünkü ben ondan hem daha ağır, hem de daha uzundum. Korkum azalmıştı, ama henüz kendime hâkim olamıyordum; taşı elimden bırakmadan köpeğe bağırmaya başladım. Biraz daha geriledi, sonra birden durdu.

Sanki aklımdan geçenleri okumaya çalışıyordu. Gözüm öyle dönmüştü ki kendimi güçlü hissetmeye başlamıştım; bir köpekle dövüşmenin gülünç olduğu geçti aklımdan. Birden kendimi demir gibi hissettim ve ıssız kentte sıcak bir rüzgâr esti. İşte o zaman bu işten artık sıkıldığımı hissettim; taşı kafasına bir kere daha indirip işi bitireyim istiyordum. Ondan bir an önce kurtulup yaramı sarmak ve bu Santiago Yolu'nda kılıç arama saçmalığına son vermek istiyordum.

Meğer bu da bir başka tuzakmış. Köpek üstüme atladığı gibi beni yeniden yere devirdi. Bu kez taştan da kolayca kurtulmayı başardı; elimi ısırınca taşı bırakmak zorunda kaldım. Ellerimle vurmaya başladımsa da canını yakamadığımın farkındaydım. Isırmasını biraz olsun önleyebiliyordum, o kadar. Güçlü pençeleriyle giysimi yırtmaya, kollarımı parçalamaya başlamıştı; hakkımdan gelmesine ramak kalmıştı.

Ansızın, içimden gelen bir ses duydum. Köpek sırtımı yere getirirse dövüşün biteceğini ve benim kurtulacağımı söylüyordu: Yenik düşecek, ama yaşıyor olacaktım. Bacağım çok acıyor, bacağımdaki yaralardan tüm bedenim zonkluyordu. Ses, teslim olmamda diretiyordu; kimin sesi olduğunu anlamıştım: Habercim Astrain'di benimle konuşan. Köpek, aynı sesi duymuşçasına bir an durdu ve bir kez daha bu işe bir son verme isteğine kapıldım. Daha önceki konuşmalarımızda Astrain birçok insanın hayatlarında kılıcı bulamadığını söylemişti, ama ne fark ederdi ki? Ben eve gitmek, karımla birlikte, çocuklarımın yanında olmak, dilediğim işte çalışmak istiyordum. Bütün bu saçmalıklardan, köpeklerle dövüşmekten, çağlayanlara tırmanmaktan bıkmıştım artık. Daha önce de böyle düşündüğüm olmuştu, ama boyun eğme isteği bu sefer daha güçlüydü ve teslim olacağımdan emindim.

Terk edilmiş kentin sokaklarından gelen bir ses köpeğin dikkatini çekti. Sesin geldiği yöne bakınca, bir çobanın sürüsüyle birlikte kırlardan dönmekte olduğunu gördüm. Bu sahneyi daha önce eski bir şatonun yıkıntıları arasında da görmüştüm. Köpek koyunları fark edince beni bırakıp onlara saldırmaya niyetlendi. Kurtuluyordum.

Çoban bağırmaya başlayınca koyunlar çil yavrusu gibi dağıldı. Hayvanlara zaman kazandırmak için köpeği biraz daha oyalayayım dedim ve bir bacağından yakaladım. Ne tuhaftır ki çobanın yardımıma geleceği umudunu taşıyordum ve bir an için, kılıç ve RAM'ın gücüyle ilgili umutlarım geri döndü.

Köpek elimden kurtulup kaçmaya çabalıyordu. Onun gözünde artık bir düşman değil, bir engeldi. İstediği karşısındaydı artık: koyunlar. Ama köpeğin bacağını bırakmıyor, oralı bile olmayan çobanı bekliyordum, birden koyunların *kaçmayacağı* umuduna kapılmıştım.

Ruhumu kurtaran bu oldu. Yüreğim engin bir güçlülük duygusuyla doldu. Artık insanın savaştan bıkmasına ve teslim olmak istemesine yol açan güç yanılsaması kalmamıştı. Astrain bir kez daha fısıldadı bana, ama bu kez farklı bir şey söylüyordu. Dünyaya her zaman bana karşı kullanılan silahlarla karşı durmam gerektiğini söylüyordu. Bir köpeğe de kendimi köpeğe dönüştürerek karşı koymalıydım.

Bu, Petrus'un o gün sözünü ettiği deliliğin aynısıydı. Kendimi köpekmişim gibi hissetmeye başladım. Dişlerimi gösterdim, hafifçe hırladım, çıkardığım seslerden nefret aktı. Bir kenarda duran çobanın yüzündeki korkuyu gördüm ve koyunların benden köpekten korktukları kadar korktuklarını fark ettim.

Bu halimden Tümen de korkmuştu. O anda üstüne atladım. Dövüşmeye başladığımızdan beri ilk kez böyle bir şey yapıyordum. Dişlerim ve tırnaklarımla saldırdım; o nasıl boğazıma saldırarak beni dehşete düşürdüyse, ben de onun gırtlağına dişlerimi geçirmeye çalıştım. Zafere ulaşmak için büyük bir istek duyuyordum. Başka hiçbir şeyin önemi kalmamıştı. Üstüne atlayıp yere çaldım hayvanı. Pençe atarak altımdan kurtulmaya çabaladı, ama ben de onu ısırıyor, tırmalıyordum. Altımdan kurtulursa kaçabilirdi; böyle bir şeyin bir daha olmasını istemiyordum. Bugün onu yenecektim.

Hayvanın korkusu gözlerinden belli oluyordu. Artık ben köpek olmuştum, o da bir insana dönüşmüştü sanki. Benim korkum şimdi ona geçmişti. Korkusu o kadar güçlüydü ki sonunda altımdan kurtulmayı başardı, ama ben de onu terk edilmiş evlerden birinin bodrumuna iteledim. Evin arduvaz duvarının arkası uçurum olduğu için oradan kaçması olanaksızdı. Tam orada ölümün yüzünü görecekti.

Birden, bir şeylerin yanlış gittiğini fark eder gibi oldum. Zihnim bulanıyor, bir Çingene'nin yüzünü görüyordum, çevresinde dans eden bazı karaltılar vardı. Kendimi Tümen'e dönüştürmüştüm. Gücüm oradan geliyordu. O pek çok şeytan, birazdan kendini derin bir boşlukta bulacak olan, kaçacak delik arayan zavallı köpeği terk etmişti, artık benim içimdeydi. Savunmasız hayvanı yok etmek için karşı konulmaz bir istek duyuyordum. Astrain, "Sen Prens'sin, onlar Tümen," diye fısıldadı. Ama ben Prens olmak istemiyordum; uzaktan Ustamın sesini duydum. Israrla, ele geçirilmesi gereken bir kılıç olduğunu söylüyordu. Biraz daha direnmeliydim. O köpeği öldürmemeliydim.

Dönüp çobana baktım. Bakışı düşündüğümü doğruluyordu. Artık o da köpekten çok benden korkuyordu.

Kendimden geçer gibiydim, çevremdeki her şey fır fır dönüyordu. Bayılmamalıydım. Bayılırsam, Tümen kazanacaktı. Bir çözüm bulmalıydım. Artık bir hayvanla değil, beni ele geçirmiş olan güçle dövüşüyordum. Dizlerimin bağının çözüldüğünü hissettim ve bir duvara yaslanayım dedim, ama yaslanır yaslanmaz duvar yıkılıverdi. Taşlar ve tahta parçaları arasında yüzüstü pisliğe düştüm.

Toprak. Tümen, topraktı ve toprağın meyveleriydi – toprağın iyi ve kötü meyveleri, ama toprağın meyveleri. Evi topraktaydı, orada toprağa hükmediyor ya da toprak ona hükmediyordu. Agape içimde patlayıverdi ve tırnaklarımı toprağa batırdım. Çığlık attım; çığlık, köpekle ilk karşılaştığımda duyduğum çığlıktı. Tümen'in gövdemden geçtiğini ve toprağa indiğini hissettim. Agape içimdeydi ve Tümen yakıp kül eden aşk tarafından yenmek istemiyordu. Bu benim iralemdi, bayılmamak için son gücümle savaşmamı sağlayan iradem; ruhuma yerleşip direnen Agape'nin iradesiydi. Tepeden tırnağa titriyordum.

Tümen toprağa daldı. Kusmaya başladım, ama bunun Agape olduğunu hissediyordum, içimde büyüyor ve tüm gözeneklerimden dışarı çıkıyordu. Bedenim titremeye devam ediyordu; uzun bir süre sonra Tümen'in kendi âlemine döndüğünü anladım.

Son kalıntısının parmaklarımın arasından süzüldüğünü hissettim. Yaralı ve bitkin bir halde yere oturup karşımdaki tuhaf sahneye baktım: kanlar içinde kuyruğunu sallayan bir köpek ve dehşet içinde bana bakan bir çoban.

Gördüklerine inanmak istemeyen çoban, "Yediğin bir şey dokunmuş olmalı," dedi. "Ama çıkardın ya, birazdan bir şeyin kalmaz."

Başımı salladım. "Köpeğimi" zaptettiğim için bana teşekkür etti, koyunlarıyla birlikte yoldan aşağı vurdu.

O sırada Petrus ortaya çıktı ve hiçbir şey söylemeden gömleğinden bir parça koparıp çok kötü kanayan bacağıma sardı. Sonra tüm bedenimi gözden geçirip yoklamamı istediyse de ciddi bir yaram olmadığını söyledim.

Gülümseyerek, "Berbat görünüyorsun," dedi. Aksiliği geçmiş gibiydi. "Bu halinle Demir Haç'ı ziyaret edemeyiz. Muhtemelen turistler vardır, seni böyle görünce korkarlar."

Hiç aldırmadım. Yerimden kalkıp üstümü başımı temizledim. Yürüyebiliyordum. Petrus RAM Nefes Alma Egzersizi'ni yapmamı önerdi ve yerden sırt çantamı aldı. Egzersizi yaptıktan sonra kendimi yeniden dünyayla uyum içinde hissetmeye başladım. Yarım saat sonra Demir Haç'ın orada olacaktım.

Ve Foncebadon bir gün yıkıntılarının arasından yükselecekti. Tümen büyük bir güç boşaltmıştı oraya.

Emir ve İtaat

Demir Haç'ın oraya vardığımızda Petrus'un kollarındaydım; bacağımdaki yara yürümemi engellemişti. Petrus, köpeğin beni ne hale soktuğunu görünce, Santiago Yolu'nda yürümeye ara vermemiz gerektiğini, yaram iyileşinceye kadar dinlenmemin iyi olacağını söyledi. Yakınlarda, hacıların dağları aşmadan hava karardığında sığındıkları bir köy vardı. Petrus bir demircinin evinde iki oda buldu.

Benim odamın küçük bir verandası vardı; Yol'a çıkalı beri ilk kez verandalı bir ev görüyordum. Verandadan bakıldığında, Santiago'ya ulaşabilmek için ergeç aşmamız gereken dağlar görülüyordu. Kendimi hemen yatağa attım ve ertesi güne kadar uyudum; uyandığımda biraz ateşim var gibiydi, ama kendimi daha iyi hissediyordum.

Petrus, köylülerin "dipsiz kuyu" dedikleri çeşmeden biraz su getirip yaralarımı temizledi. Öğleden sonra odama oralarda yaşayan yaşlı bir kadını getirdi. Yaralarıma çeşitli otlar sürdüler ve kadın bana acı bir çay içirdi. Petrus, tümüyle kapanana kadar yaraları yalamamı tembihledi. Kanımın tatlı, madensi tadını hâlâ hatırlıyorum; gerçi midemi bulandırmıştı ama, rehberim tükürüğümün güçlü bir dezenfektan olduğunu söylemişti.

İkinci gün yeniden ateşlendim. Petrus'la yaşlı kadın bana yine çay içirdiler ve yaralarıma otlar sürdüler. Ama ateş çok yüksek olmamakla birlikte devam etti. Köyde sargı bezi ya da yara bandı bulabileceğimiz hiçbir yer yoktu, o yüzden rehberim biraz bandaj almak için yakınlardaki bir askerî üsse gitmeye karar verdi.

Birkaç saat sonra Petrus bandajlarla döndü. Yanında genç bir askerî hekim vardı; adam ısrarla bana saldıran hayvanın nerede olduğunu soruyordu.

"Isırıklar köpeğin kuduz olduğunu gösteriyor," dedi.

"Yok, hayır," dedim. "Onunla oyun oynuyordum, birden kendini kaybetti. Uzun süredir bildiğim bir köpektir."

Askerî hekim pek ikna olmamıştı. Kuduz aşısı olmam için diretiyordu; iğne olmazsam beni üsteki hastaneye götürmesi gerekeceğini söyleyince kabul etmek zorunda kaldım. Kuduz aşısını yaptıktan sonra bir kez daha köpeğin nerede olduğunu sordu.

"Foncebadon'da," diye yanıtladım.

Yalanımı yakalamışçasına, "Foncebadon terk edilmiş bir kent," dedi. "Orada köpek olmaz."

Hemen canım yanıyormuş gibi inlemeye başladım, Petrus da genç subayı dışarı çıkardı. Subay çıkarken gerekli her şeyi bıraktı: temiz sargılar, yara bandı ve yara merhemi.

Petrus'la yaşlı kadın yara merhemini kullanmaya yanaşmadılar. Yaralarıma otlar bastırıp sargı beziyle sardılar. Köpeğin ısırdığı yerleri artık yalamak zorunda kalmayacağım için buna çok sevindim. Sabaha kadar yatağımın yanında diz çöküp ellerini vücudumurn üstüne koydular ve benim için yüksek sesle dua ettiler. Petrus'a ne yaptığını sorduğumda, Tanrı'nın inayeti ve Roma Yolu'yla ilgili belli belirsiz bir şeyler söyledi. Biraz daha açmasını istedim, ama başka hiçbir şey söylemedi.

İki gün sonra tamamen iyileşmiştim. O sabah penceremden baktığımda, bazı askerlerin yakınımızdaki evlerde ve köyün çevresindeki tepelerde arama yaptıklarını gördüm. İçlerinden birine neler olduğunu sordum.

"Buralarda bir yerde kuduz bir köpek varmış," diye karşılık verdi.

Öğleden sonra, evinde kaldığımız demirci odama gelip düzelir düzelmez kasabayı terk etmemi istedi. Başımdan geçenler tüm kasabada duyulmuştu, kasabalılar kuduracağımdan ve hastalığı herkese bulaştıracağımdan korkuyorlardı. Petrus'la yaşlı kadın demirciyle tartışacak oldular, ama adam en küçük bir hoşgörü göstermiyordu. Uyuduğum sırada ağzımın kenarında köpük gördüğünü bile ileri sürüyordu.

Uyurken hepimizin ağzının kenarının biraz ıslandığını söyledikse de ikna edemedik. O gece Petrus'la yaşlı kadın sabaha kadar başımda dua ettiler; ertesi gün, hafif topallayarak da olsa, yeniden Santiago Yolu'ndaydım.

Petrus'a, yatağa düştüğümde kaygılanıp kaygılanmadığını sordum.

"Santiago Yolu'yla ilgili sana daha önce söz etmediğim bir anlayış vardır," dedi. "Hac yolculuğu ancak bir hastalık söz konusu olduğunda yarıda kesilebilir. Yaraların iyileşmeseydi, ateşin düşmeseydi, bunu hac yolculuğunun sona ermesi gerektiği yolunda bir işaret olarak kabul etmek zorunda kalacaktık."

Sonra, biraz da övünerek, dualarının kabul edildiğini ekledi. Anladım ki, sonunda iyileşmiş olmam benim için olduğu kadar onun için de önemliydi.

Artık Santiago Yolu'nda inişe geçmiştik; Petrus iki gün boyunca yokuş ineceğimizi söyledi. Yine eskisi gibi her gün öğleden sonra, güneşin en tepeye çıktığı saatlerde biraz kestiriyorduk. Sargılarım yüzünden sırt çantamı Petrus taşıyordu. Artık acele etmiyorduk: Bir an önce yetişmek için koşturduğumuz buluşma geride kalmıştı.

Moralim gittikçe düzeliyor, kendimle övünç duyuyordum; bir çağlayandan yukarı tırmanmayı başarmış, Yol'un şeytanını bozguna uğratmıştım. Geriye en önemli görev kalmıştı: kılıcımı bulmak.

Bundan Petrus'a söz açacak oldum. Ne ki, "Büyük bir zafer kazandın, ama en önemli noktada başarısızlığa uğradın," deyince başımdan aşağı kaynar sular döküldü.

"Ne demek istiyorsun?"

"Karşılaşmanın doğru ânını bilmekten söz ediyorum. Acele etmemiz gerekiyordu, onun için seni çok hızlı yürümeye zorladım, oysa sen bir an önce kılıcına ulaşmaktan başka bir şey düşünmüyordun. Düşmanınla nerede karşılaşacağını bilmiyorsan kılıç ne işe yarar ki?"

"Kılıç gücümün aracıdır," diye yanıtladım.

"Sen kafanı gücüne takmışsın," dedi. "Çağlayan, RAM alıştırmaları, habercinle konuşmaların, bütün bunlar yok etmen gereken bir düşmanın olduğunu unutturdu sana. Onunla zorlu bir çarpışmaya gireceğin aklından çıktı. Kılıcı eline almadan önce, düşmanının nerede olduğunu ve onu nasıl alt edeceğini bilmelisin. Kılıç yalnızca darbeyi indirir, o kadar; oysa el, daha darbe inmeden, üstün gelir ya da yenik düşer.

"Tümen'i kılıcın olmadan alt ettin. Bu arayışın bir gizi var, henüz öğrenmediğin bir giz. Bu gizi öğrenmezsen, aradığını asla bulamazsın."

Bir şey demedim. Ne zaman hedefime yaklaştığımı hissetmeye başlasam, Petrus sıradan bir hacı olduğumu, aradığımı bulabilmem için hep başka bir şeye daha ihtiyacım olduğunu hatırlatıyordu bana. Konuşmamıza başlamadan birkaç dakika önce duyduğum mutluluktan eser kalmamıştı.

Şimdi yeniden Santiago Yolu'ndaydım ve tüm cesaretimi yitirmiştim. Yürümekte olduğum Yol'dan son on iki yüzyılda milyonlarca insan geçmiş, Santiago de Compostela'ya kadar yürüyüp geri dönmüşlerdi. Gitmek istedikleri yere varmak, onlar için yalnızca bir zaman sorunuydu. Benim durumda ise, Gelenek tarafından kurulan tuzaklar yoluma durmadan yeni engeller, yeni sınavlar çıkarıyordu.

Petrus'a yorulduğumu söyleyince gölgelik bir yere oturduk. Yol kıyısında kocaman tahta haçlar vardı. Petrus, sırt çantalarını yere bırakıp yeniden anlatmaya başladı:

"Düşmanımız her zaman bizim zayıf yanımızı gösterir. Bu fiziksel acıdan korkmak da olabilir, önceden zafere ulaşacağımız duygusuna kapılmak da; ama onca uğraşa değer bulmadığımız için dövüşten vazgeçme isteği de olabilir.

"Düşmanımız sırf bizi yaralayabileceğini, hem de gururumuzun en yenilmez olduğumuzu söylediği yerden yaralayabileceğini bildiği için girer dövüşe. Dövüşürken hep zayıf noktamızı korumaya çalışırız, o yüzden düşman korumasız bıraktığımız yerden, en güvenli olduğunu sandığımız yerden vurur bizi. Ve sonunda, asla izin vermememiz gereken bir şeye izin verdiğimiz için, dövüşün nasıl yapılacağını düşmanın seçmesine izin verdiğimiz için yenik düşeriz."

Köpekle dövüştüğüm sırada, Petrus'un dediklerinin hepsi olmuştu. Yine de, düşmanlarım olduğu ve onlarla savaşmam gerektiği düşüncesini kabullenemeyeceğimi anlattım ona. Petrus'un, yürekten savaştan, insanın hayatındaki başarılar uğruna savaşmasını kastettiğini sandığımı söyledim.

"Doğru," dedi. "Ama yürekten savaşın hepsi bu değil. Savaşmak günah değildir. Bir sevgi eylemidir. Düşman bizi geliştirip güçlendirir, tıpkı köpeğin seni geliştirip güçlendirdiği gibi."

"Tamam, anlıyorum. Ama demin bunu konuşmuyorduk. Neden benim yaptıklarımdan hiç memnun kalmıyorsun? Benim her zaman yanlış yapacağımı düşündüğün izlenimine kapılıyorum. Hem sen bana kılıcımın gizini açıklamayacak mıydın?"

Petrus bunun hac yolculuğuna başlamadan öğrenmiş olmam bir şey olduğunu söyledikten sonra düşmandan söz etmeyi sürdürdü:

"Düşmanımız Agape'nin bir parçasıdır, kılıcı nasıl kavradığımızı, ne kadar istediğimizi, nasıl kullanacağımızı sınamak için oradadır. Hem onun bizim hayatımıza girmiş olmasının, hem de bizim onun hayatına girmiş olmamızın bir amacı vardır. Bu amacın sonuçları göze alınmalıdır. O yüzden, savaştan kaçmak yapılabilecek en kötü şeydir. Savaşı kaybetmekten de kötüdür, çünkü yenilgiden her zaman bir şeyler öğrenebiliriz; ama kaçarsak, düşmanımızın savaşı kazandığını ilan etmekten başka bir şey yapmış olmayız."

Bu anlattıklarına çok şaşırdığımı söyledim; kendini Hz. İsa'ya böylesine yakın hisseder görünen bir insanın şiddetten böyle söz etmesine gerçekten çok şaşırmıştım.

"Hz. İsa'nın Yahuda'ya neden o kadar ihtiyaç duyduğunu düşündün mü?" dedi. "Kendine bir düşman seçmesi gerekiyordu, yoksa yeryüzünde verdiği savaş yücelmeyecekti."

Yol kıyısındaki tahta haçlar bu yüceliğin nasıl elde edildiğinin tanıklarıydı: kanla, ihanetle ve terk edilerek. Yerimden kalktım ve yola devam etmeye hazır olduğumu söyledim.

Yolda, bir savaş patlak verdiği zaman insanın düşmanını yenmesini sağlayacak en büyük güç kaynağının ne olduğunu sordum Petrus'a.

"Şimdiki durumun. Kendimizi en iyi şu anda yaptığımızı yaparak savunuruz, çünkü Agape ve kazanma isteği coşku aracılığıyla buradadır.

"Açıklığa kavuşturmak istediğim bir şey daha var: Düşman pek ender kötülüğü temsil eder. Sıradan bir varlıktır, kılıcımızın kınında paslanmamasını sağlayan odur."

Yazlık evimizi yaptırırken, karımın nasıl birden odalardan birinin yerini değiştirmeye karar verdiğini hatırladım. İnşaatçıya bu kötü haberi vermek bana düşmüştü. Yetmişlik ustayı çağırıp ne istediğimi söylediğimde, evin planına bakıp biraz düşündükten sonra daha da iyi bir çözüm bulmuş, başlamış olduğu bir duvardan yararlanarak bu işi halledeceğini söylemişti. Karım da bu fikre bayılmıştı.

Belki de Petrus'un daha karmaşık bir biçimde anlatmaya çalıştığı buydu: Düşmanı yenmek için şu anda yapmakta olduğumuz şeyin itici gücünü kullanmamız gerektiğini anlatmaya çalışıyordu.

Ona inşaatçıyla ilgili hikâyeyi anlattım.

"Hayat bize her zaman Santiago Yolu'ndan daha çok şey öğretir," diye karşılık verdi. "Ama hayatın bize öğrettiklerine pek inanmayız."

Yakub yolunun bu kesiminde yol boyunca haçlar vardı. O kadar büyük ve ağır bir tahtadan yapılmışlardı ki, onları buraya diken hacının insanüstü bir gücü olsa gerekti. Görebildiğim kadarıyla, otuz metrede bir bir haç dikilmişti. Petrus'a bunların ne anlama geldiğini sordum.

"Çok eski ve modası geçmiş bir işkence âleti," dedi.
"Tamam da, burada ne arıyorlar?"
"Belki bir çeşit adaktırlar. Nereden bileyim?"
Tam o sırada, devrilmiş bir haçın önüne gelmiştik.
"Belki de tahta çürümüştür," dedim.
"Hepsi aynı tahtadan yapılmış. Öbürlerinin hiçbiri çürümemiş."
"O zaman toprağa sağlam çakılmamış olmalı."
Petrus çevresine bakındıktan sonra sırt çantasını yere bırakıp oturdu. Daha birkaç dakika önce mola verip dinlendiğimiz için, ne yaptığını anlayamadım.
Ne düşündüğümü anlayarak, "Köpeği alt ettin," dedi. "Ölülerin hayaletlerinden korkma."
"İyi de, neden durduk?"
Petrus eliyle susmamı işaret etti, ben de bir süre hiçbir şey söylemedim. Köpeğin eski korkusu düştü içime; Petrus'un bir şeyler demesini umarak ayakta öyle bekliyordum.
"Ne duyuyorsun?" diye sordu.
"Hiçbir şey. Sessizliği."
"Sessizliği duyabilecek kadar yetenekli değiliz! Kendi saçmalarımızı bile duymayı beceremeyen insanlarız. Tümen'in gelmek üzere olduğunu nereden anladığımı hiç sormadın. Söyleyeyim: dinleyerek. Sesi günler önce, biz daha Astorga'dayken duymaya başladım. Duyar duymaz daha hızlı yürümeye başladım, çünkü tüm belirtiler onunla Foncebadon'da karşılaşacağımızı gösteriyordu. Aynı sesi sen de duydun, ama dinlemiyordun.
"Her şey seslerdedir – geçmiş, şimdi, gelecek. Dinlemesini bilmeyen insan, hayatın bize her zaman sunduğu öğüdü asla duymaz. Ve ancak o ânın seslerine kulak veren insan doğru kararlara varabilir."
Petrus oturmamı ve köpeği unutmamı istedi. Bana Santiago Yolu'nun en kolay ve en önemli egzersizlerinden birini öğreteceğini söyledi.
Ve Dinleme Egzersizi'ni öğretti.
"Hemen şimdi yap," dedi.

DİNLEME EGZERSİZİ

Gevşe. Gözlerini kapat.

Birkaç dakika, bir orkestranın çalgılarını dinliyormuşsun gibi, çevrende duyduğun tüm seslere odaklanmaya çalış.

Yavaş yavaş sesleri birbirlerinden ayırt etmeye çalış. Her sese, çalmakta olan tek çalgıymış gibi odaklan. Öteki sesleri duymamaya çalış.

Bu egzersizi her gün yaptığında, sesler duymaya başlayacaksın. İlkin bunların hayalî sesler olduğunu sanacaksın. Daha sonra bunların geçmişin, şimdin ve geleceğinden gelen sesler olduklarını, zamanın içinden hatırına geldiklerini keşfedeceksin.

Bu egzersizi ancak habercinin sesini önceden biliyorsan yapmalısın.

Bu egzersizi her seferinde en az on dakika yap.

Egzersizi yapmaya başladığımda, uzaktan rüzgârın sesini ve bir kadın sesi duydum, biraz sonra bir dalın kırıldığını duyar gibi oldum. Hiç de zor bir egzersiz değildi, üstelik basitliği büyülemişti beni. Kulağımı yere dayadım, toprağın boğuk seslerini dinlemeye koyuldum. Çok geçmeden sesleri birbirlerinden ayırt etmeye başladım: yaprakların hışırtısı, uzaklardaki sesin sesi, kuşların kanat sesleri. Bir de baktım, on beş dakika olmuş.

Petrus, neler duyduğumu sormadan, "Bir süre sonra bu egzersizin doğru kararı vermene yardımcı olduğunu göreceksin," dedi. "Agape, Mavi Küre Egzersizi aracılığıyla konuşur seninle, ama görme, dokunma, koku alma duyuların, yüreğin ve işitme duyun aracılığıyla konuşur. En çok bir haftaya kadar sesler duymaya başlayacaksın. Önce çekingen gelecek bu sesler, ama çok geçmeden sana önemli şeyler söylemeye başlayacaklar. Ancak habercin konusunda temkinli ol. Kafanı karıştırmaya kalkışacaktır. Ama onun sesini tanıdığın için sana bir zarar veremez."

Petrus, bir düşmanın coşkulu çağrısını, bir kadın davetini ya da kılıcımın gizini duyup duymadığını sordu.

"Uzaktan bir kadın sesi duydum, o kadar," dedim. "Bir çiftçinin karısı çocuğuna sesleniyordu."

"Güzel, şu haça bak, bakalım düşüncelerinle onu yerden kaldırabilecek misin?"

Böyle bir egzersizin ne anlama geldiğini sordum.

"Düşüncelerine inancın olduğu anlamına gelir," diye yanıtladı.

Yoga pozisyonunda yere oturdum. Köpek ve çağlayanla ilgili onca şeyin üstesinden geldikten sonra bunu da başarabileceğimden emindim. Gözlerimi haça diktim. Bedenimden ayrıldığımı, haçı kavradığımı, astral bedenimi kullanarak onu kaldırdığımı hayal ettim. Daha önce Gelenek yolunda, bu küçük "mucizeler"den birkaçını gerçekleştirmiştim. Bardakları ve porselen heykelcikleri kırmayı, nesneleri masanın üstünde hareket ettirmeyi başarmıştım. Kolay bir sihir hilesiydi ve büyük bir gücü gerektirmese de inançsızları kazanmakta işe yarıyordu. Ne var ki, bu haç kadar büyük ve ağır bir nesnede hiç denememiştim. Ama Petrus yapmamı emrettiğine göre, nasıl yapılacağını bileceğimi hissediyordum.

Yarım saat kadar bildiğim her yolu denedim. Astral yer değiştirme ve telkine başvurdum. Ustamın yerçekimi üstündeki gücünü hatırladım ve böyle durumlarda her zaman söylediği sözleri söylemeyi denedim. Hiçbir şey olmadı. Düşüncemi tümüyle oraya odaklandırıyordum, ama haç yerinden oynamıyordu. Astrain'i çağırdım; alev sütunları arasında belirdi. Ama ona haçtan söz açtığımda, haçlardan tiksindiğini söyledi.

Sonunda Petrus beni sarsarak trans halinden çıkardı.

"Haydi bakalım, kendine gel," dedi, "sinirimi bozuyorsun. Madem düşünerek yapamıyorsun, haçı ellerinle kaldır."

"Ellerimle mi?"

"Haydi, kaldır!"

Şaşkınlık içindeydim. Karşımdaki adam birden berbat biri olmuş çıkmıştı, yaralarımın iyileşmesi için paralanan adama hiç benzemiyordu. Ne diyeceğimi, ne yapacağımı bilemiyordum.

"Haydi, kaldır!" diye tekrarladı. "Emrediyorum!"

Köpeğin saldırısı sonrası ellerim kollarım sargılar içindeydi. Dinleme Egzersizi'nden yeni geçmiş olmama karşın, Petrus'tan işittiklerime inanamıyordum. Bir şey demeden sargılarımı gösterdim. Ama yüzündeki ifadede en küçük bir değişiklik olmadı, bana soğuk soğuk bakmaya devam ediyordu. Kendisine boyun eğmemi bekliyordu. Artık karşımdaki, bunca zamandır bana eşlik eden, RAM alıştırmalarını öğreten, Santiago Yolu'yla ilgili o güzel hikâyeleri anlatan rehberim ve dostum değildi sanki. Sanki o gitmiş, yerine beni bir köle olarak gören, bana aptalca bir şey yapmamı emreden bir adam gelmişti.

"Ne bekliyorsun?" dedi.

Çağlayanın orada yaşadıklarımı hatırladım. O gün Petrus'tan bir ara kuşkulanmıştım, ama sonradan bana yeniden iyi davranmıştı. Bana sevgisini göstermiş, kılıcımı aramaktan vazgeçmeme engel olmuştu. O kadar sevecen bir insanın şimdi birden nasıl bu kadar sertleştiğini anlayamıyordum. Sanki birden insanlığın artık geride bırakmaya çalıştığı bir şeyin, insanın insana zulmünün sureti olup çıkmıştı.

"Petrus, ben..."

"Kaldır, yoksa Santiago Yolu burada biter!"

Bir kez daha korkuya kapıldım. Çağlayanda bu kadar korkmamıştım; onca zaman üstüme gelen köpek bile beni bu kadar korkutamamıştı. Bir yerden bir işaret gelse, Petrus'un bu anlamsız emrini açıklayacak bir şey görsem ya da işitsem diye dua ediyordum. Ama ortalıkta çıt çıkmıyordu. Ya Petrus'a boyun eğecektim ya da kılıcı unutacaktım. Bir kez daha sargılı kollarımı kaldırıp gösterecek oldum, ama yere oturmuş, emirlerini yerine getirmemi bekliyordu.

Boyun eğmekten başka çarem kalmamıştı.

Haçın yanına gittim, ağırlığını kestirebilmek için ayağımla itelemeye çalıştım. Kımıldamadı bile. Ellerim sağlam olsa bile yerinden oynatmam çok zordu, sargılı ellerle kaldırmam belli ki olanaksızdı. Ama itaat edecektim. Gerekirse ölecektim; Hz. İsa'nın aynı yükü taşımak zorunda kaldığında kanlara bulandığı gibi kanlar içinde kalacaktım ben de. Ama ne kadar büyük bir çaba harcadığımı gören Petrus belki de yumuşayacak, beni bu sınavdan kurtaracaktı.

Haç kaidesinden kırılmış, ama kopmamıştı. Yongaları kesip koparacak bıçağım da yoktu. Acımı umursamadan kollarımı haça doladım, ellerimi kullanmadan parçalanmış kaidesinden ayırmaya çalıştım. Tahta sürtünen yaralarım daha da açılınca acıyla haykırdım. Petrus'a baktım, yüzünde en küçük bir tepki belirtisi yoktu. Bir daha bağırmamaya karar verdim. Canım ne kadar yanarsa yansın acımı bastıracaktım.

Yapmam gereken ilk işin haçı yerinden kaldırmak değil, kaidesinden ayırmak olduğunun farkındaydım. Daha sonra bir çukur kazıp haçı çukurun içine itecektim. Sivri uçlu bir taş buldum, acıma aldırmaksızın yongalara vurmaya başladım.

Canım korkunç yanıyor, duyduğum acı her vuruşta biraz daha artıyordu; yongalar birbirlerinden kolay kolay ayrılmıyordu. Baktım yaralarım yeniden açılacak ve hiç iş göremez hale geleceğim, hemen ara verdim. Acıdan mahvolmamak için daha yavaş çalışmaya karar verdim. Taşla vururken elim acımasın diye de gömleğimi çıkarıp elime doladım. Sonuç iyiydi: Yongalar bir bir ayrılmaya başlamıştı. Ancak taşın siviri ucu kırılmak üzere olduğundan başka bir taş arandım. Her duruşumda bir daha başlayamayacağım duygusuna kapılıyordum. Elim çok acımasın diye bir sürü sivri taş topladım ve birbiri ardı sıra hepsini kullandım. Hemen tüm lifler kopmuştu, yalnızca en büyükleri sapasağlam duruyordu. Elimin acısının gittikçe arttığını görünce yavaş çalışmaktan vazgeçip tahtaya deli gibi vurmaya başladım. Birazdan acıdan devam edemeyecek duruma geleceğimin farkındaydım. Pek az bir zamanım kalmıştı ve bu süreyi iyi değerlendirmem gerekiyordu. Artık taşı hem testere, hem de balyoz gibi kullanıyordum; ama derimle sargılar arasındaki yapışkan bir şey çalışmamı daha da zorlaştırıyordu. Herhalde kandır, diye düşündüm, ama hemen silip attım kafamdan. Dişlerimi gıcırdatarak yongaya daha sert vurmaya başladım ve çatırdadığını gördüm. O kadar heyecanlanmıştım ki ayağa kalktım ve bana bütün bu acıları çektiren tahtaya var gücümle bir darbe indirdim.

Haç, kaidesinden koptu, gıcırdayarak yana devrildi.

Gelgelelim, sevincim uzun sürmedi. Elim çok kötü zonkluyordu ve daha işin başındaydım. Petrus'a baktım, uyuyordu. Bir süre durdum, haçı Petrus farkına varmadan nasıl kaldırırım da onu şaşkına çeviririm, diye düşündüm.

Ama Petrus'un istediği de haçı kaldırmam değil miydi? Onu aldatmak söz konusu değildi, çünkü her şey bütünüyle bana bağlıydı.

Yere baktım: Toprak kuru ve sarıydı. Taşlardan başka kullanacağım bir âlet yoktu. Artık acısına dayanamadığım için sağ elimi kullanmam olanaksızdı; hem sargının altındaki yapışkan madde beni korkutuyordu. Elime sardığım gömleğimi sargılardan özenle ayırdım; sargı bezi kanlanmıştı. Üstelik nerdeyse iyileşmiş bir yaraydı bu. Petrus canavarın tekiydi!

Bu sefer daha ağır ve daha sağlam bir taş buldum. Gömleği sol elime sardım, taşı toprağa hızlı hızlı vurarak haçın dibinde bir çukur kazmaya başladım. Önceleri iyi gidiyordum, ama toprak o kadar sert ve kuruydu ki çok geçmeden yavaşlamak zorunda kaldım. Kazmayı sürdürmeme karşın çukur sanki bir türlü derinleşmiyordu. Haçın iki yana sallanmaması için çukurun çok geniş olmaması gerektiğini düşündüm, ama bu da kazdığım toprağı çıkarıp atmamı güçleştiriyordu. Sağ elim eskisi kadar ağrımıyordu, ama kan pıhtıları midemi bulandırıyor ve canımı sıkıyordu. Sol elimi kullanmaya alışık değildim, taş ikide bir kayıyordu elimden.

Durmadan kazıyordum! Taşı her indirişimde, çukurda biriken toprağı elimle her çıkarıp atışımda Petrus'u düşünüyordum. Mışıl mışıl uyuduğunu gördükçe ona karşı daha da büyük bir nefret duyuyordum. Ama belli ki, çıkardığım gürültüden de, nefretimden de rahatsız olmuyordu. Kendi kendime, "Bir bildiği vardır herhalde," diyordum ama, beni bu kadar aşağılayıp küçük düşürmesini de bir türlü anlayamıyordum doğrusu. Yüzünü taşı indirip durduğum toprakta görüyor, duyduğum öfkeyle çukuru daha da derin kazıyordum. Bir kez daha, zamandı belirleyici olan: Önünde sonunda ben kazanacaktım.

Bunları düşünürken, en korktuğum şey başıma geldi, taş sert bir şeye çarpıp geri fırladı. Onca çabadan sonra kazmayı sürdürmemi olanaksız kılan bir kayayla karşılaşmıştım.

Yüzümdeki teri silip arpacıkumrusu gibi düşünmeye başladım. Haçı başka bir yere taşıyacak gücüm kalmamıştı. Her şeye yeni baştan da başlayamazdım, çünkü sol elim artık işlemiyordu. Bu acıdan da kötüydü ve beni gerçekten korkutuyordu. Gerçi parmaklarımı kımıldatabiliyordum, ama sol elimi daha fazla cezalandırmamam gerektiğini sezinliyordum.

Çukura baktım. Haçı dikebileceğim kadar derin değildi.

"Yanlış yanıt doğrusuna götürür." Gölge Egzersizi'ni ve o sırada Petrus'un söylediklerini hatırladım. RAM alıştırmalarının ancak onları günlük hayatıma uygulayabilirsem bir anlam kazanacağını söylemişti. Şu andaki kadar saçma bir durumda bile RAM alıştırmaları işe yarayabilirdi.

"Yanlış yanıt doğrusuna götürür." En olmayacak çözüm haçı başka bir yere taşımaya kalkışmaktı; artık bunu yapacak gücüm kalmamıştı. Çukuru biraz daha derinleştirmeye çalışmak da mümkün değildi.

O zaman, en olmayacak yanıt toprağı daha derin kazmaksa, doğru yanıt toprağı yükseltmekti. Ama nasıl?

İşte o anda Petrus'a duyduğum nefret yok oldu. Haklıydı. Toprağı yükseltebilirdim!

Yakınımdaki tüm taşları topladım, kazıp çıkardığım toprakla karıştırarak çukurun çevresine yığmaya başladım. Büyük bir çabayla haçın altını biraz kaldırdım, altına taşlarla destek yaparak yerden biraz daha kalkmasını sağladım. Yarım saat sonra toprak yükselmiş, çukur yeterince derinleşmişti.

İş haçı çukura sokmaya kalmıştı. Bu son hamleyi başarmak zorundaydım. Bir elim hissini kaybetmişti, öbür elim çok acıyordu. Kollarım sargılar içindeydi. Ama sırtım sağlamdı; birkaç sıyrık vardı, o kadar. Yere yatıp haçın altına girer, yavaş yavaş kaldırabilirsem, çukurun içine kaydırabilirdim.

Yere uzandım, tozu toprağı burnumda, gözlerimde hissediyordum. Hissiz elimle haçı azıcık kaldırıp altına girdim. Sırtımı tam gövdesine yasladım. Kaldıramayacağım kadar ağır olduğunun farkındaydım, ama olanaksız da değildi. Aklımdan Tohum Egzersizi'ni geçirdim; yavaş yavaş cenin pozisyonuna geçerek haçı sırtımda dengeledim. Birkaç kez yıkılacağını sandım, ama çok yavaş hareket ediyordum; dönebileceği yönü seziyor, vücudumu ona göre ayarlıyordum. Sonunda dizlerimi karnıma çekerek istediğim pozisyonu aldım ve haçı dengede tutmayı başardım. Haçın ayağı bir an taş yığınının üstünde sallanır gibi oldu, ama yerinden çıkmadı.

Haçın ve temsil ettiği her şeyin ağırlığı altında ezilerek, "Neyse ki dünyayı kurtarmak zorunda değilim," diye düşündüm. Birden içimi ilâhî bir duygu kapladı. Bir başka insanın haçı sırtında taşımış olduğunu, paramparça ellerini oradan kurtaramadığını, çektiği acıyı benim gibi dindiremediğini hatırladım. Bu ilâhî duygu acı yüklüydü, ama haç yeniden sallanmaya başlayınca unutuverdim.

Sonra, gövdemi yavaş yavaş kaldırarak yeniden doğmaya başladım. Arkama bakamıyordum, yönümü yalnızca sesle çıkarabiliyordum. Ama kısa bir süre önce dünyayı nasıl dinleyeceğimi öğrenmiştim; Petrus bu bilgiye ihtiyacım olacağını tahmin etmişti sanki. Haçın ağırlığını hissediyor, taşların yerlerine oturduğunu seziyordum. Haç, bu sınavda bana yardımcı olmak istiyormuşçasına, ağır ağır dikiliyordu. Santiago Yolu'nun bu kesimindeki yerini yeniden almak istiyordu sanki.

Son bir kez itsem her şey tamamlanmış olacaktı. Doğrulup oturabilsem, haçın gövdesi sırtımdan kayıp çukura girecekti. Birkaç taş yerinden oynamıştı, ama alt kısmı duvarı yaptığım yerde kaldığı için haç bana yardımcı oluyordu. Sonunda, sırtımdaki ağırlıktan kaidenin serbest kaldığını anladım. Tıpkı çağlayanın orada akıntının içinden geçmeye çabalarken olduğu gibi, son ânı yaşıyordum: Bu en zor andır, çünkü tam o anda başaramama korkusuna kapılıp vazgeçmeye kalkarız. Bir kez daha yaptığım işin ne kadar saçma olduğunu düşündüm; kılıcımı bulmaktan başka bir şey istemezken bir haçı yerinden kaldırıp dikmeye çalışmaktan daha saçma bir şey olabilir miydi? Ne ki, aklımdan geçenlerin hiçbiri önemli değildi. Ani bir hamleyle sırtımı kaldırınca haç yerine oturdu. O anda, yaptığım işi kaderin çekip çevirdiğini bir kez daha anladım.

Orada durmuş, haçın öbür tarafa devrilip yerleştirdiğim taşları dağıtmasını bekliyordum. Sonra, yeterince güçlü itemediğim için haçın benim üstüme devrilebileceğini düşündüm. Ama bir şeyin boğuk bir ses çıkararak çukurun dibine çarptığını duydum.

Usulca döndüm. Haç dimdik duruyor, çarpmanın etkisiyle hafif hafif sallanıyordu. Taşların bazıları aşağı yuvarlansalar da, haç devrileceğe benzemiyordu. Taşları çabucak yerlerine koydum ve sallanmasını durdurmak için haça sarıldım. Kendimi dipdiri ve güçlü hissediyordum, tüm bu uğraş boyunca haçın dostum olduğundan emindim. Ayaklarımla taşları sağlamlaştırarak usul usul geri çekildim.

Orada durmuş, eserimi hayranlıkla seyrediyordum ki yaralarımın acıdığını fark ettim. Petrus hâlâ uyuyordu. Yanına gidip ayağımla dürttüm.

Sıçrayarak uyandı ve haça baktı.

"Çok iyi," demekle yetindi. "Ponferrada'ya varalım, sargılarını değiştiririz."

Gelenek

"Bir ağacı kaldırsaydım daha iyiydi. O haç sırtıma bindiğinde, bilgeliği ararken ölüp gideceğim sandım."

Çevreme baktığımda, sözlerimin pek o kadar inandırıcı olmadığını fark ettim. Haç olayı çoktan geride kalmıştı, sanki önceki gün değil de çok uzun bir zaman önce olmuştu. Siyah mermer banyo, sıcak su doldurduğum küvet ve Rioja şarabını yudumlamakta olduğum kristal kadehin önceki gün yaşadığım olayla uzaktan yakından bir ilgisi yoktu. Birinci sınıf bir otelin lüks süitine yerleşmiştik; Petrus kendi yatak odasındaydı.

"Neden haç?" diye direttim.

Odasından, "Resepsiyondaki adamı senin dilenci olmadığına inandırmak hiç de kolay olmadı," diye bağırdı.

Konuyu değiştirmeye çalışıyordu; benzer durumları daha önce de yaşadığımız için diretmenin bir işe yaramayacağını biliyordum. Kalkıp pantolonumu giydim, sırtıma temiz bir gömlek geçirdim ve sargılarımı değiştirdim. Yaralar hâlâ açıktır diye üstümdekileri çok dikkatli çıkarmıştım, ama kabukların yeni döküldüğünü ve yaraların üstünde azıcık kan kaldığını görmüştüm. Yaralarım yeniden kabuk bağlamaktaydı; kendimi iyileşmiş ve mutlu hissediyordum.

Akşam yemeğini otelin lokantasında yedik. Petrus ikimiz için de lokantanın spesyalitesi olan Valencia *paella*'sından istedi. Yemeğimizi sessizce yedikten sonra, yürüyüşe çıkmamızı önerdi.

Otelden çıkıp tren istasyonuna doğru yürüdük. Yeniden her zamanki suskunluğuna bürünmüştü, yol boyunca hiç konuşmadı. Çöplüğe dönmüş, yağ kokusundan geçilmeyen bir vagon parkına geldiğimizde, kocaman bir lokomotifin basamaklarına oturdu.

"Burada mola verelim," dedi.

Pantolonumun yağ lekesi olmasını istemediğim için oturmadım. Ponferrada'nın ana meydanına yürümek isteyip istemediğini sordum.

"Santiago Yolu'nun sonuna varmak üzereyiz," dedi rehberim. "Bizim gerçekliğimiz yolculuk boyunca karşımıza çıkan kırsal sığınaklardan çok, bu yağ kokan vagonlara benzediği için bugünkü konuşmamızı burada yapsak daha iyi olacak."

Lastik pabuçlarımla gömleğimi çıkarmamı söyledikten sonra kollarımdaki sargıları gevşeterek daha rahat hareket ettirmemi sağladı. Ellerimdeki sargılara ise dokunmadı.

"Merak etme," dedi. "Ellerini kullanman gerekmeyecek, en azından bir şey tutmayacaksın."

Her zamankinden daha ciddi görünüyor, şaşırtıcı bir ses tonuyla konuşuyordu. Belli ki, önemli bir şey olacaktı.

Yeniden lokomotifin basamaklarına oturup uzun uzun bana baktıktan sonra, "Dünkü olayla ilgili bir şey söylemeyeceğim," dedi. "Ne anlama geldiğini ancak bir gün Roma Yolu'nu, Lütuflar ve Mucizeler Yolu'nu yürümeye karar verirsen kendin keşfedeceksin. Ben sana yalnızca bir tek şey söylemek istiyorum: Kendilerini akıllı sanan insanlar çoğu zaman emir vermek gerektiğinde kararsızlık gösterir, itaat etmeleri istendiğinde de isyan ederler. Emir vermekten utanır, emir almayı da onursuzluk sayarlar. Hiçbir zaman böyle olma.

"Odadayken, bilgelik yolunun insanı özveriye götürdüğünü söyledin. Yanlış. Öğrenme dönemin dün sona ermedi: Daha kılıcını bulman ve onun gizini öğrenmen gerekiyor.

RAM alıştırmaları yürekten savaşa girmemizi sağlar ve hayatta galip gelme konusunda daha şanslı kılar bizi. Dün yaşadığın, Yol'daki sınavlardan biriydi yalnızca; Roma Yolu'na hazırlanmanın bir parçasıydı. Bir ara ölebileceğini düşünmen beni üzdü."

Gerçekten üzgün görünüyordu. Ta başından beri bana öğretmekte olduğu şeylerden hep kuşku duyduğumu fark ettim. Don Juan'dan çok şey öğrenen o güçlü, alçakgönüllü Castaneda olamamıştım; basit RAM alıştırmalarını yaparken bile kibirli ve aksi adamın teki olmuştum. Bunu Petrus'a söylemek istedim, ama geç kalmıştım.

"Gözlerini kapa," dedi. "RAM Nefes Alma Egzersizi'ni yap ve kendini bu demir yığınıyla, bu makinelerle, bu yağ kokusuyla uyumlu kılmaya çalış. Bu bizim dünyamız. Sana bir egzersizi öğretmeyi bitirmeden sakın gözlerini açma."

Gözlerimi kapadım, RAM Nefes Alma Egzersizi'ne odaklandım ve bedenimin gevşemeye başladığını hissettim. Kentten gelen gürültüleri, uzaklardaki köpek havlamalarını, yakınlarda bir yerde tartışan insanların seslerini duyabiliyordum. Birden Petrus'un sesini duydum, İtalyanca bir şarkı söylüyordu; gençliğimde Pepino Di Capri'nin söylediği çok ünlü bir şarkıydı bu. Gerçi sözlerini anlamıyordum, ama melodi mutlu anıları bana taşıdı ve sakinleşmemi sağladı.

Petrus, şarkıyı bitirdikten sonra, "Bundan bir süre önce," dedi, "Milano Belediyesi'ne sunacağım bir proje üstünde çalışırken, Ustamdan bir mesaj aldım. Birisi Gelenek yolunun sonuna kadar gelmiş, ama kılıcını alamamıştı. Ona Santiago Yolu'nda rehberlik yapmam gerekiyordu.

"Hiç şaşırmadım: Henüz borcumu ödemediğim için böyle bir çağrıyı her an bekliyordum. Samanyolu[1] boyunca bir hacıya yol gösterecektim, tıpkı daha önce bana yol gösterildiği gibi. Ama bunu ilk ve son kez yapacağım ve nasıl yapacağımı da bilmediğim için tedirgindim."

Petrus'un anlattıklarına çok şaşırmıştım. Daha önce birçok kez rehberlik yaptığını sanıyordum.

---

[1] Samanyolu'na Hacılaryolu da denir. (Çevirenin notu.)

"Sonra sen geldin ve sana rehberlik yaptım," diye devam etti. "İlk başlarda bana çok zor geldiğini itiraf etmeliyim, çünkü Yol'un, sıradan insanların Yol'unun gerçek anlamından çok, öğretilerin düşünsel göndermeleriyle ilgileniyordun. Alfonso'yla karşılaşmamızdan sonra daha güçlü, daha yoğun bir ilişki kuruldu aramızda; o zaman, kılıcının gizini sana öğretebileceğime inanmaya başladım. Ama öyle olmadı işte, artık kalan kısa sürede bunu kendi başına öğrenmek zorundasın."

Bu konuşma sinirimi bozuyor, RAM Nefes Alma Egzersizi'ne istediğim gibi odaklanamıyordum. Bunu Petrus da fark etmiş olacak ki, yeniden o şarkıyı söylemeye başladı ve ben yeniden gevşemeden de susmadı.

"Gizi keşfedip kılıcını bulursan RAM'ın yüzünü de keşfetmiş olacak ve gücü elde edeceksin. Ama hepsi bu değil: Tam bilgeliğe varabilmek için öteki üç Yol'u da yürümen gerekecek ve bu üç Yol arasında gizli yol da var ve gizli Yol sana açıklanmayacak, o yolu yürümüş biri tarafından bile açıklanmayacak. Bunu sana söylüyorum, çünkü birbirimizi yalnızca bir kez daha göreceğiz."

Kalbim duracak gibiydi, elimde olmadan gözlerimi açtım. Petrus, daha önce yalnızca Ustamın çevresinde gördüğüm bir parlaklıkla ışıl ışıl yanıyordu.

"Kapa gözlerini!" diye bağırdı ve hemen uydum emrine. Ama altüst olmuştum, artık konsantre olamıyordum. Ancak rehberim o İtalyanca şarkıyı yeniden söylemeye başladıktan bir süre sonra rahatlayabildim.

"Yarın nerede olduğumu bildiren bir not alacaksın. Toplu bir törende olacağım, Gelenek'in bir onur töreninde. Yüzyıllar boyunca bilgeliğin, yürekten savaşın ve Agape'nin alevinin canlı tutulmasına yardımcı olmuş tüm kadınlar ve erkeklerin onuruna düzenlenen bir tören. Benimle konuşamayacaksın. Toplanacağımız yer gizli. Gelenek yolunda yürümüş ve keskin kılıçlarıyla bile karanlığı aydınlatamamış insanların kanlarıyla yıkanmış bir yer. Ama onların özverisi boşa gitmedi; bunun kanıtı da, yüzyıllar sonra, farklı yolları yürümüş insanların onlara orada övgülerini sunacak olmaları. Bu önemli ve sen bunu hiçbir zaman unutmamalısın: Usta olduğun zaman bile, bilmelisin ki senin yolun Tanrı'ya giden birçok yoldan yalnızca biridir. Hz. İsa bir keresinde, 'Baba'mın evinin odaları çoktur,' demişti."

Petrus, bir kez daha, ertesi günden sonra kendisini bir daha görmeyeceğimi söyledi.

"Bir gün benden, birisine Santiago Yolu'nda rehberlik yapmanı isteyen bir mesaj alacaksın, tıpkı benim sana yol gösterdiğim gibi. İşte o zaman yolculuğun büyük sırrını yaşayabileceksin. Bu sırrı sana birazdan açıklayacağım, ama yalnızca sözcüklerle. Ancak yaşanarak anlaşılabilecek bir sır bu."

Uzun bir sessizlik oldu. Petrus'un fikrini değiştirdiğini ya da vagon parkından ayrıldığını düşünmeye başladım. Gözlerimi açıp ne olduğunu görmek için dayanılmaz bir istek duyuyordum, ama kendimi RAM Nefes Alma Egzersizi'ne odaklanmaya zorladım.

"Sır şu," dedi Petrus. "Ancak öğreterek öğrenebilirsin. Santiago Yolu'nu birlikte yürüdük, ama sen alıştırmaları öğrenirken ben de onların anlamını öğrendim. Sana öğretirken ben de gerçekten öğrendim. Sana yol gösterirken, kendi doğru yolumu buldum.

"Kılıcını bulmayı başarırsan, Yol'u bir başkasına öğretmen gerekecek. Ve ancak o zaman –Ustalık rolünü kabullendiğin zaman– yüreğindeki tüm yanıtları öğreneceksin. Yanıtları, birisi bize söylemeden de biliyoruzdur. Hayat bize her dakika bir şeyler öğretir; işin sırrı, Hz. Süleyman kadar bilge, Büyük İskender kadar güçlü olduğumuzu ancak günlük hayatımızda gösterebileceğimizi kabul etmektir. Ama bunun farkına ancak başkalarına öğretmek ve şu yaşadığımız serüven kadar görkemli serüvenlere katılmak zorunda kaldığımız zaman varırız."

Hayatımın en beklenmedik vedalaşmasıydı bu. Hayatımın en güçlü bağını kurduğum insan, yolculuğun orta yerinde, hem de yağ kokusundan geçilmeyen bir vagon parkında, gözlerimi kapattırdıktan sonra vedalaşıyordu benimle.

"Vedalaşmaktan hoşlanmam," diye devam etti Petrus.

"İtalyanım ve çok duygusalım. Ama Gelenek yasasına göre, kılıcını kendi başına bulmak zorundasın. Kendi gücüne inanmanın tek yolu bu. Aktarabileceğim her şeyi aktardım sana. Geriye bir tek Dans Egzersizi kaldı, onu da şimdi öğreteceğim; yarınki törende yapman gerekiyor."

Bir süre sustuktan sonra devam etti:

"Kendini yücelteni Tanrı da Cennet'ine alsın. Gözlerini açabilirsin."

Hâlâ lokomotifin basamaklarında oturmaktaydı. Bir şey demekten kaçındım, çünkü ben de Brezilyalıydım ve çok duygusaldım. Bulunduğumuz yeri aydınlatan cıva buharlı lambanın ışığı titremeye başladı, uzaklarda bir sonraki istasyona yaklaşan bir trenin düdüğü öttü.

İşte o zaman Petrus bana Dans Egzersizi'ni öğretti.

Gözlerimin içine bakarak, "Bir şey daha," dedi. "Hac yolculuğumu tamamladıktan sonra, burada tüm başımdan geçenleri betimleyen çok güzel, kocaman bir resim yapmıştım. Burası sıradan insanların Yol'udur; istersen sen de aynı şeyi yapabilirsin. Resim yapmayı bilmiyorsan, bir şeyler yaz ya da bir bale yarat. Öyle ki, insanlar nerede olurlarsa olsunlar Yakub yolunu, Samanyolu'nu, Santiago Yolu'nu yürüyebilsinler."

Az önce düdüğünü duyduğumuz tren istasyona giriyordu. Petrus el salladı ve oraya çekilmiş vagonların arasında gözden kayboldu. Orada durmuş, trenin fren gıcırtıları arasında, gökyüzündeki Samanyolu'nun, bana buralara kadar yol göstermiş ve tüm insanların yalnızlığını ve yazgısını oradan sessizce izlemiş olan o yıldızların gizemini çözmeye çalışıyordum.

Ertesi odamda bir not buldum: Akşam saat 7'de, Tapınak Şövalyeleri'nin şatosunda.

Bütün bir öğleden sonra sokaklarda amaçsızca dolaştım durdum. Küçük Ponferrada kentinin sokaklarında bir aşağı bir yukarı dolaşırken, bir yandan da gitmem emredilen karşı tepedeki şatodan gözümü ayıramıyordum. Tapınak Şövalyeleri düş gücümü her zaman harekete geçirmişti; Ponferrada'daki şato, Yakub yolu üstünde tarikattan ka-

DANS EGZERSİZİ

Gevşe. Gözlerini kapa.

Çocukluğunda duyduğun ilk şarkıları hatırla. O şarkıları içinden söylemeye başla. Yavaş yavaş, bedeninin bir bölümünü -ayaklarını, karnını, ellerini, başını, vb.- ama yalnızca bir bölümünü söylemekte olduğun melodi eşliğinde dans ettir.

Beş dakika sonra şarkı söylemeyi bırak ve çevrendeki sesleri dinle. İçinden o seslere dayalı bir melodi bestele ve o melodi eşliğinde tüm bedeninle dans et. Belirli hiçbir şey düşünme, ama kendiliğinden beliren görüntüleri belleğine kazımaya çalış.

Bu dans, Sonsuz Akıl'la handiyse kusursuz bir iletişim kurmanı sağlayacaktır.

Bu egzersiz on beş dakika yapılmalıdır.

lan tek iz değildi. Tarikat, Haçlı Seferleri'nden geri dönmemeye karar veren dokuz şövalye tarafından kurulmuştu. Avrupa'nın dört bir yanında hızla güçlenen Tapınak Şövalyeleri, ikinci binyıl başlarının değerlerinde devrim yaratmışlardı. Zamanın soylularının büyük bir çoğunluğu toprak kölelerinin sırtından zenginleşmekten başka bir şey düşünmezken, Tapınak Şövalyeleri hayatlarını, servetlerini ve kılıçlarını tek bir davaya, Kudüs Yolu'nu yürüyen hacıları korumaya adamışlardı. Hacılar, bilgeliği ararken, Şövalyelerin bu davranışını örnek almışlardı kendilerine.

1118 yılında Hugues de Payens ve sekiz şövalye eski, terk edilmiş bir şatonun bahçesinde toplanıp tüm insanlığı seveceklerine ant içmişlerdi. İki yüz yıl sonra, bilinen dünyanın dört yanında tarikatın beş binden fazla üyesi bulunuyordu; Tapınak Şövalyeleri o güne kadar uzlaşmaz sayılan iki şeyi, askerî hayatla dinsel hayatı uzlaştırmışlardı. Tapınak Şövalyeleri tarikatı, üyelerinden ve değerbilir hacılardan gelen bağışlarla büyük servet sahibi olmuştu. Bu servet birkaç kez Müslümanlarca kaçırılan önemli Hıristiyanların fidyelerinin ödenmesinde de kullanılmıştı. Şövalyelerin dürüstlüğü öylesine nam salmıştı ki, krallar ve soylular tüm değerli varlıklarını Tapınak Şövalyeleri'ne emanet ediyorlar, ellerinde yalnızca varlıklarını onaylayan bir senetle yolculuğa çıkıyorlardı. Bu senet, Tapınak Şövalyeleri tarikatının herhangi bir şatosunda eşit değerde paraya çevrilebiliyordu. Bugün kullanılan kredi mektubu da bu uygulamadan doğmuştu.

Ruhlarını böylesine adamaları, Tapınak Şövalyeleri'nin, Petrus'un önceki gece aktardığı büyük gerçeği anlamalarını sağlamıştı: Tanrı'nın evinin odaları çoktur. Şövalyeler, dinsel çatışmalara son vermenin, dönemin bellibaşlı tektanrılı dinlerini birleştirmenin yollarını aramışlardı. Şapellerini yaparken, Hz. Süleyman'ın Yahudi tapınaklarının yuvarlak kubbelerini, Arap camilerinin sekizgen duvarlarını ve Hıristiyan kiliselerinin orta neflerini örnek almışlardı.

Ama böyle durumlarda hep olduğu gibi, Tapınak Şövalyeleri de pek çok düşman edinmişlerdi. Büyük krallar ekonomik gücü ellerinde tutmaya çalışıyorlar, dinsel serbestlik Kilise için bir tehlike olarak görülüyordu. 13 Ekim 1307 Cuma günü, Vatikan ve Avrupa'nın büyük devletleri ortaçağın en büyük tutuklama harekâtlarından birini başlatmışlar, o gece Tapınak Şövalyeleri'nin belli başlı önderleri şatolarında ele geçirilerek hapse atılmışlardı. Gizli törenler düzenlemekle, şeytana tapınmakla, Hz. İsa'ya küfretmekle, topluca cinsel ilişkiye girilen ayinler yapmakla, çıraklarıyla eşcinsel ilişkilerde bulunmakla suçlanıyorlardı. Üyeleri ağır işkencelerden geçirildikten, Kilise'den kovulduktan ve heretiklikle suçlandıktan sonra, Tapınak Şövalyeleri tarikatı ortaçağ tarihinin haritasından silinmişti. Tarikatın bütün mülklerine el konulmuş, üyeler dünyanın dört yanına dağılmışlardı. Tarikatın son büyük önderi Jacques de Molay, tarikattan bir şövalyeyle birlikte Paris'in göbeğinde yakılarak idam edilmiş; son isteği, "Notre Dame Katedrali'nin kulelerine bakarak ölmek" olmuştu.

O sıralar Iber Yarımadası'nı yeniden ele geçirmeye çalışan İspanya, Avrupa'nın çeşitli ülkelerinden kaçan Şövalyeleri bağrına basmış; İspanya kralları, Magriplilere karşı verdikleri savaşlarda Şövalyelerin yardımına başvurmuşlardı. Bu Şövalyelerin katıldıkları İspanyol tarikatlarından biri de, Yol'daki hacıları korumakla yükümlü Santiago Şövalyeleri'ydi.

Akşam saat tam yedide Gelenek'le karşılaşmak üzere davet edildiğim Tapınak Şövalyeleri'nin Ponferrada'daki eski şatosunun ana kapısından girerken, bütün bir tarih gözümün önünden geçiyordu.

Ortalıkta kimseler yoktu. Yarım saat kadar bekledikten sonra korkuya kapıldım: Yoksa tören sabah yedide miydi? Tam oradan ayrılmak üzereydim ki, karşıma Hollanda bayrağı taşıyan iki oğlan çıktı; giysilerine Santiago Yolu'nun simgesi olan denizkabuklarından dikilmişti. Biraz konuşunca orada aynı amaçla bulunduğumuz anlaşıldı. Demek odama bırakılan notta bir yanlışlık yoktu.

On beş dakikada bir birisi geliyordu. Bir Avustralyalı, beş İspanyol ve bir başka Hollandalı vardı. Birbirimize, neler yapılacağı konusunda birkaç soru sorduk, o kadar; bu konuda herkesin kafası karışıktı. Herkes şatonun eski çağlarda ambar olarak kullanılmış yıkık avlusunda toplanmıştı. Bir şey oluncaya kadar, gerekirse bir gün bir gece daha beklemeye karar verdik.

Bekleyiş sürüp gidiyordu, bu arada orada bulunmamızın nedenleri üstüne sohbete dalmıştık. Santiago Yolu'nun, çoğu Gelenek'e birçok farklı tarikat tarafından kullanıldığını o sırada öğrendim. Benim çok önce Brezilya'da geçmiş olduğum sınavlar ve erginleme törenlerinden oradakiler de geçmişlerdi. Ama yalnızca Avustralyalıyla ben birinci Yol'un en yüksek derecesine yükseltilmeyi bekliyorduk. Ayrıntıları bilmediğim halde, Avustralyalının RAM alıştırmalarından tamamen farklı süreçten geçmiş olduğunu anlayabiliyordum.

8:45 sularında tam özel hayatlarımıza giriyorduk ki bir gong sesi duyuldu. Sesi izleyerek şatonun eski şapeline vardık.

Orada çarpıcı bir sahneyle karşılaştık. Şapel ya da şapelden geriye kalan, çünkü büyük bölümü yıkıntı halindeydi, yalnızca meşalelerle aydınlatılmıştı. Bir zamanlar mihrabın bulunduğu yerde, Tapınak Şövalyeleri'nin tarikat giysilerine -bir kukuleta ve çelik tolga, örme zırh, bir kılıç ve bir kalkan- bürünmüş yedi kişi duruyordu. Nefesim kesilmişti: Çok eski zamanlardan bir sahneydi bu. Olup bitenin gerçek görünmesini sağlayan, bizim takım elbiselerimiz, blucinlerimiz ve denizkabuğu amblemli gömleklerimizdi.

Meşalelerin loş ışığında bile Şövalyelerden birinin Petrus olduğunu görebiliyordum.

En yaşlı görünen Şövalye, "Üstatlarınıza yaklaşın," dedi. "Ustanızın gözlerinin içine bakın. Sırtınızdaki giysileri çıkarın ve tören giysilerinizi alın."

Petrus'a yaklaşıp gözlerinin içine baktım. Kendinden geçmiş gibi bir hali vardı, beni tanımamış görünüyordu. Ama gözlerinde bir hüzün okunuyordu; önceki gece sesinde sezilen hüznün aynısı. Üstümde ne varsa çıkardım; Petrus bedenime bol gelen, hoş kokulu bir harmani uzattı bana.

Ustalardan birinin birden fazla müridi olması gerekiyordu, ama gözlerimi Petrus'un gözlerinden ayırmamam istendiği için hangisi olduğunu göremiyordum.

Başrahip bizi şapelin ortasına götürdü; İki Şövalye, çevremizde çember çizerek güzel sesle okumaya başladılar: "Trinitas, Sother, Messias, Emmanuel, Sabahot, Adonai, Athanatos, Jesus..."[1]

Çember içindekiler için gerekli korumayı sağlamak amacıyla çiziliyordu. Dördümüzün, tam saflık andını simgeleyen beyaz cüppeler içinde olduğunu fark ettim.

Başrahip, tekdüze bir makamla, "Amides, Throdonias, Anitor!" diye okudu. "Tanrım, meleklerin inayetiyle, kurtuluş giysisini sırtıma geçiriyorum; ey krallığı sonsuz olan kutsal Adonai, tekmil dileklerim senin sayende gerçek olsun diye dua ediyorum. Amin!"

Başrahip, örme zırhının üzerine, ortasında kırmızı çevrimli Tapınak Şövalyeleri Haçı bulunan beyaz bir önlük geçirdi. Öteki Şövalyeler de onu izlediler.

Saat tam dokuzdu, haberci Merkür'ün saati. Ve ben bir kez daha orada, Gelenek'in çemberi içindeydim. Şapelin içinde nane, fesleğen ve aselbent karışımı bir tütsü yanıyordu; çok geçmeden Şövalyelerin büyük duası başladı:

"Ey, Ulu Tanrı EL'in[2] gücüyle tüm ruhlara, ama özellikle de Doğu Ülkesinin Cehennem Düzeni'ne hükmeden yüce ve şanlı Kral, sana yakarıyorum... senin işlerine uygun olduğu sürece, gökyüzünde, havada, yeryüzünde ve cehennem ülkesinde var olan her şeyi yaratmış ve vermiş olan tanrımız EL'in gücüyle, ne dilersem gerçekleşsin diye."

Derin bir sessizlik oldu, dua edilen varlığın orada olduğunu görmediğimiz halde hissettik. Bu, ayinin kutsamasıydı, büyü işlerimize devam edebileceğimizi gösteren bir işa-

---

[1] Bu çok uzun bir ritüel olduğu ve ancak Gelenek yolunu bilenler tarafından anlaşılabileceği için, kullanılan büyü sözlerini özetlemeyi yeğledim. Ama bu ritüel yalnızca atalarla yeniden bir araya gelmek ve onlara saygı göstermek için gerçekleştirildiğinden, özetlemiş olmam anlatıyı hiç etkilemedi. Santiago Yolu'nun bu bölümündeki önemli öğe -Dans Egzersizi- burada bütünüyle anlatılmıştır.

[2] El, Sami dilinde "Tanrı" anlamına. Batı Samilerinin en önemli tanrısıdır. Eski Ahit'te El, hem Tanrı anlamında genel bir terim, hem de Yehova ile eşanlamlı olarak kullanılır. (Çevirenin notu.)

retti. Daha önce buna benzer yüzlerce ayine katılmıştım, bunlardan bazılarında çok daha şaşırtıcı çıkmıştı ortaya. Ama Tapınak Şövalyeleri Şatosu hayal gücümü biraz canlandırmış olmalıydı, çünkü şapelin bir köşesinde daha önce hiç görmediğim parlak bir kuş döneniyormuş gibi geldi.

Başrahip, çemberin içine girmeden, üstümüze su serpti. Sonra, kutsal mürekkeple toprağa Tanrı'nın Gelenek'te bilinen yetmiş iki adını yazdı.

Hepimiz hacılar ve Şövalyeler kutsal adları okumaya başladık. Meşalelerin alevleri çatırdadı; çağrılan ruhun geldiğini gösteren bir işaretti bu.

Dans ânı gelmişti. Petrus önceki gün öğrettiği için dansa nasıl katılacağımı biliyordum; benzer ayinlerin bu aşamasında hep yaptığımız danstan farklı bir danstı.

Hiçbir kural belirtilmediği halde hepimiz ne yapılması gerektiğini biliyorduk: Hiçbir aday çemberin dışına çıkmamalıydı, çünkü Şövalyelerin örme zırhlarının sağladığı korumadan yoksunduk. Çemberin büyüklüğünü gözümde canladırdım ve Petrus ne öğrettiyse onu yaptım.

Zihnimde çocukluğuma gittim. İçimde bir ses, çok uzaklardan gelen bir kadın sesi basit bir melodi söylemeye başladı. Yere diz çöküp kendimi tohum pozisyonuna soktum ve göğsümün –yalnızca göğsümün– dans etmeye başladığını hissettim. Gelenek'in ayinine hiç zorlanmadan tümüyle girebildiğimi sezdim. İçimdeki müzik değişmeye başladı; hareketlerim daha belirginleşti ve vecde geldim. Çevremdeki her şey karardı; gövdem, o karanlığın ortasında, tüm ağırlığını yitirdi sanki. Aghata'nın çiçekli çayırlarında yürüdüğümü gördüm, büyükanneme ve çocukluğumda çok saydığım amcalarımdan birine rastlıyordum. Zamanın titreşiminde tüm yolların birleşip birbirine karıştıklarını, birbirlerinden çok farklı olmalarına karşın tek bir yola dönüştüklerini duyumsadım. Avustralyalının yanımda birden parladığını gördüm: Bedeni kızıl bir ışıltıya büründü.

Ardından bir tas ve çanak görüntüsü belirdi ve bu görüntü sanki benim için çok önemliymişçesine uzun süre kaybolmadı. Önemini anlamaya çalıştımsa da, kılıcımla bir bağıntısı olduğunu sezmem dışında bir şey düşünemedim. Tas ve çanak görüntüsü kaybolduktan sonra, karanlığın içinden bana doğru gelen RAM'ın yüzünü gördüm. Ama iyice yaklaştığında, çağrılmış olan ruhun, iyi tanıdığım N.'nin yüzü olduğunu fark ettim. Aramızda belirli bir şey olmadı ve N.'nin yüzü çevremde titreşen karanlığın içinde eridi gitti.

Dans ne kadar sürdü, farkında değilim. Ama birden bir ses duydum:

"YAHVE, TETRAGRAMMATON..."[1] Trans halinden çıkmak istemiyordum, ama ses diretiyordu:

"YAHVE, TETRAGRAMMATON..." Başrahibin sesini tanımıştım, herkesi trans halinden çıkmaya çağırıyordu. Gelenek'te kök salmıştım ve oradan geri gelmek istemiyordum. Ama Usta geri gelmemi buyuruyordu:

"YAHVE, TETRAGRAMMATON..."

Trans halini sürdüremedim. İster istemez yeryüzüne geri döndüm. Kendimi yeniden Tapınak Şövalyeleri Şatosu'nun insanı eskilere götüren ortamında, sihirli çemberin içinde buldum.

Hacılar birbirimize bakıyorduk. Trans halinin bıçak gibi kesilmesi kimsenin hoşuna gitmemişti. Avustralyalıya, vecit durumundayken kendisini gördüğümü söylemek için karşı konulmaz bir istek duyuyordum. Ama dönüp ona bakınca buna gerek olmadığını gördüm: O da beni görmüştü.

Şövalyeler yanımıza gelip çevremizi aldılar. Elleriyle kalkanlarına vurarak kulakları sağır eden bir gürültü çıkarmaya başladılar. O zaman başrahip sözü aldı:

"Ey N.'nin Ruhu, isteklerime tam bir ciddiyet ve vakarla karşılık verdiğin için, insana ya da hayvana zarar vermeden gitmene izin veriyorum. Sana gitmeni emrediyorum, ama Gelenek'in kutsal ayinleri seni cinlerinden kurtardığında geri gelmeye hazır ol. Huzur ve sükûn içinde gitmeni istiyorum, Tanrı'nın selameti sonsuza kadar üstümüze olsun. Amin."

---

[1] Yahve ya da Yehova olarak da bilinen YHVH, Yahudilikte Tanrı'nın Hz. Musa'ya vahyettiği özel adıdır. Tanrı'nın adının açıkça yazılıp söylenmesi yasak olduğu için, bu adı oluşturan dört ünsüzle belirtilmesine özen gösterilir. İbrani alfabesindeki yazımıyla Yahve biçiminde okunan sözcük tetragrammaton (dört harfli) olarak da anılır. (Çevirenin notu.)

Çember kalktı, diz çöküp başımızı öne eğdik. Şövalyelerden biri bizimle birlikte yedi Pater Noster,[1] yedi Ave Maria[2] okudu. Başrahip, Medjugorgjeli Meryem Anamızın –1982'den beri Yugoslavya'da birkaç kez göründüğü söyleniyordu– böyle istediğini söyleyerek Tanrı Babamıza İnanıyorum'u yedi kez üst üste okudu. Ardından, bir başka Hıristiyan ayinine geçtik.

Başrahip, "Andrew, kalk ve karşıma gel," dedi. Avustralyalı, yedi Şövalye'nin durduğu mihraba yaklaştı.

Şövalyelerden biri –Avustralyalının rehberi olsa gerekti– dedi ki:

"Biraderim, Ev'e girmek istiyor musun?"

"Evet," diye yanıtladı Avustralyalı. İşte o zaman hangi Hıristiyan ayinine tanık olduğumuzu anladım: bir Tapınak Şövalyesi'nin inisyasyonu.

"Ev'in büyük şiddetlerini ve merhametli emirlerini biliyor musun?"

Avustralyalı, "Tanrı adına, hepsine katlanmaya hazırım," diye yanıtladı. "Hayatımın sonuna kadar Ev'in hizmetkârı ve kölesi olmak için yanıp tutuşuyorum."

Ardından, birtakım törensel sorular geldi; bazıları bugünün dünyasında bir anlam taşımıyordu, bazılarıysa sadakat ve sevgiyle ilgiliydi. Andrew, başı önünde, hepsini yanıtladı.

"Muhterem biraderim, benden çok büyük bir şey istiyorsun. Ama dinimizin yalnızca dışı yüzünü, o güzelim atları, şu zarif kıyafetleri görüyorsun," dedi rehberi. "Burada, içeride yerine getirilmesi ne kadar zor isteklerden bulunulduğunu bilmiyorsun: Kendi kendinin efendisi olan sana, başkalarına hizmet etmek zor gelecek; çoğu zaman dilediğin gibi davranamayacaksın. Burada olmak istediğin zaman denizler ötesine gönderileceksin; Akkâ'da olmak istediğin zaman Trablusgarp'a, Antakya'ya ya da Ermenistan'a yollanacaksın. Uyumak istediğin zaman nöbet tutman buyurula-

---

[1] Rabbin Duası. Hz. İsa'nın Havarilerine öğrettiği ve bütün Hıristiyanların toplu ibadette okudukları başlıca dua. (Çevirenin notu.)

[2] Latince'de "Selam Sana Meryem". Katolik Kilisesi'nin başlıca dualarından biri. (Çevirenin notu.)

cak, nöbet tutmak istediğin zaman döşeğinde uyuman buyurulacak."

Avustralyalı, "Ev'e girmek için yanıp tutuşuyorum," diye karşılık verdi. Şatoda eski çağlardan beri yaşamış tüm Tapınak Şövalyeleri erginleme törenini mutluluk içinde izliyorlarmış gibi geldi bana; meşalelerin çıtırtıları duyuluyordu.

Daha sonra daha birçok öğütte, uyarıda bulunuldu; Avustralyalı bunların hepsine Ev'e girmek istediğini söyleyerek karşılık verdi. Sonunda rehberi, başrahibe dönerek Avustralyalının vermiş olduğu tüm yanıtları tekrarladı. Başrahip törensel bir ağırbaşlılıkla bir kez daha Ev'in tüm kurallarını kabullenmeye hazır olup olmadığını sordu.

"Evet, Ustam, Tanrı isterse Tanrı'nın, senin ve biraderlerimin huzurundayım; Tanrı'nın ve Meryem Anamızın huzurunda, beni ruhen ve cismen, bundan böyle hayatı boyunca Ev'in hizmetkârı ve kölesi olmak için yanıp tutuşan biri olarak kabul etmen ve Ev'in himayesine alman için dizlerine kapanıp yalvarıyorum."

Başrahip, "Seni Tanrı sevgisiyle Ev'e kabul ediyorum," dedi.

Bunun üzerine tüm Şövalyeler kılıçlar kınlarından çıkarıp göğe doğrulttular. Sonra kılıçlarını indirerek Andrew'nun başının çevresinde çelikten bir taç oluşturdular. Alevler, o ânı kutsayarak, kılıçlara altın rengi yansılarını indirdiler.

Usta ağır ağır Andrew'ya yaklaştı ve ona kılıcını verdi.

Birisi çan çalmaya başlamıştı; çan sesleri sonsuzca yinelenerek eski şatonun duvarlarında yankılanıyordu. Hepimiz başımızı önümüze eğdik ve Şövalyeler gözden kayboldular. Başımızı kaldırdığımızda on kişi kalmıştık; Avustralyalı da tören şölenine katılmak üzere Şövalyelerle birlikte gitmişti.

Gündelik giysilerimizi giydikten sonra resmiyeti bir yana bırakıp birbirimizle vedalaştık. Gün ağarıyordu, dans epey uzun sürmüş olmalıydı. Ruhumu engin bir yalnızlık kapladı.

Kılıcını ele geçirip arayışını sona erdirmiş olan Avustralyalıyı kıskanmıştım. Artık yalnız başımaydım, bana yol gösterecek kimsem de yoktu; Gelenek Güney Amerika'da uzak bir ülkede dönüş yolunu göstermeden dışlamıştı beni. Artık sonuna yaklaştığım Santiago Yolu'na, kılıcımın sırrını ve onu nasıl bulacağımı bilmeden devam etmek zorundaydım.

Çan hâlâ çalıyordu. Gündoğumuyla birlikte şatodan ayrılırken, çalmakta olan çanın yakınlardaki bir kilisenin inananları günün ilk ibadetine çağıran çanı olduğunu fark ettim. Kent halkı birazdan uyanıp yeniden işlerine, ödenmemiş faturalarına, aşk ilişkilerine ve hayallerine dalacaktı. Ama bir gece önce, eskilerden kalma bir ayinin bir kez daha gerçekleştirildiğinden, yüzyıllar önce yitip gittiği sanılan bir şeyin bir kez daha kutlandığından ve insanın yüreğine ürküntü salan gücünü devam ettirdiğinden habersizdiler.

El Cebrero

Küçük kız, "Sen hacı mısın?" diye sordu. Villafranca del Bierzo'nun bu kavurucu öğleden sonrasında ortalıkta ondan başka kimse yoktu.

Kıza baktım, ama yanıt vermedim. Sekiz yaşında var yoktu, üstü başı dökülüyordu. Soluklanmak için oturduğum çeşmenin başına koşmuştu.

Bir an önce Santiago de Compostela'ya varmaktan, bu çılgın serüvene son vermekten başka bir şey düşünmüyordum. Vagon parkının orada Petrus'un sesindeki hüznü de, ayin sırasında göz göze geldiğimizdeki bakışını da unutamamıştım. Bana yardım etmek için gösterdiği onca çaba boşa gitmiş gibiydi. Avustralyalı mimbere çağrıldığında, Petrus'un içinden benim çağrılmış olmamı geçirdiğinden emindim. Kılıcım, eski söylenceler ve bilgeliklerle dolu o şatoda gizlenmiş olabilirdi. Tüm beklentilerime uygun düşen bir yerdi: Tapınak Şövalyeleri tarikatının anılarına saygı duyan birkaç hacıdan başka kimsenin uğramadığı, kutsal topraklarda yer alan, terk edilmiş bir şato.

Ama mihraba bir tek Avustralyalı çağrılmıştı. Petrus, bir rehber olarak bana kılıcımın yolunu gösteremediği için öbürlerinin önünde kendini aşağılanmış hissetmiş olmalıydı.

Öte yandan, Gelenek'in ayini, Santiago Yolu'nda, sıradan insanların Yol'unda yürürken büyük ölçüde aklımdan çıkmış olan okült[1] bilgeliğe duyduğum hayranlığı yeniden canlandırmıştı. Toplu yakarılar, cismanî olanın mutlak denetim altına alınması, başka dünyalarla bağ kurulması, bütün bunlar bana RAM alıştırmalarından çok daha ilginç geliyordu. Ama belki de alıştırmaların benim hayatıma daha nesnel uyarlanabilen bir yanı vardı; Santiago Yolu'nda yürümeye başladığımdan bu yana hiç kuşkusuz çok değişmiştim. Petrus'un sayesinde çağlayanların içinden geçebileceğimi, düşmanlarımı alt edebileceğimi ve habercimle pratik sorunları konuşabileceğimi öğrenmiştim. Ölümümün yüzünü ve tüm dünyayı yakıp kül eden ve kaplayan aşkın mavi küresini görmüştüm. Yürekten savaşı vermeye ve hayatımı zaferler elde ederek yaşamaya hazırdım.

Ne var ki, gizli bir yanım hâlâ sihirli çemberlere, doğaüstü formüllere, tütsülere, kutsal mürekkebe özlem duyuyordu. Petrus'un "atalara saygı" diye nitelediği tören, benim için eski, unutulmuş derslerle yoğun, sağlıklı bir karşılaşma olmuştu. Ve bu dünyaya bir daha hiç giremeyebileceğimi düşünmek, devam etme konusundaki cesaretimi kırıyordu.

Gelenek'in ayininden sonra otelime döndüğümde, resepsiyondaki anahtar kutumda bir *Hacı Rehberi* buldum. Petrus'un, sarı yol işaretlerinin bulunmadığı yerlerde yararlandığı bir kitaptı bu; kentler arasındaki mesafeleri hesaplamak için ona bakıyorduk. Ponferrada'dan hiç uyumadan o sabah ayrıldım, Yol'a koyuldum. Akşamüstü haritanın ölçekli olmadığını anladım, ama artık çok geçti; geceyi dışarıda, bir kaya oyuğunda geçirmek zorundaydım.

Orada, Madam Lourdes'la tanıştığımdan günden bu yana başımdan geçenleri düşünürken, Petrus'un bana büyük bir çabayla kavratmaya çalıştığı şey geldi aklıma: Bize hep öğretilenin tersine, önemli olan *sonuçtu*. İnsanın çaba göstermesi yararlı, hatta zorunluydu, ama bir sonuç elde etmi-

---

[1] Batınî bilgiye, özellikle ruhlar dünyasıyla ve evrenin bilinmeyen güçleriyle ilgili bilgi savlarına dayalı çeşitli kuramlar, uygulamalar ve ayinlere genel olarak okültizm ya da gizlicilik denir. Okültizme bağlı olanlar, genellikle yüksek zihinsel yetilerini geliştirerek bilinmeyenler dünyasını anlamaya ve incelemeye çalışırlar. (Çevirenin notu.)

yorsan bir işe yaramıyordu. Ve şimdi varmak istediğim tek sonuç, şu başıma gelenlerden sonra almak istediğim tek ödül, kılıcımı bulmaktı. Santiago'ya birkaç günlük yol kalmış olmasına karşın kılıcımı hâlâ bulamamıştım.

Küçük kız, Villafranca del Bierzo'daki çeşmenin başında, "Hacıysan seni Bağışlama Kapıları'na götürebilirim," diye diretti. "O kapılardan geçenin Santiago'ya kadar gitmesi gerekmez."

Beni rahat bıraksın diye birkaç peseta uzattım. Bu kez çeşmeden üstüme su sıçratmaya başladı; sırt çantam da, şortum da sırılsıklam oldu.

Küçük kız, "Haydi, haydi," diye dayatıyordu. Aklımdan, Petrus'un sık sık aktardığı sözlerden biri geçiyordu: "Saban süren, umutla sürmeli sabanı. Umutla harman döven, umudunu paylaşmalı." Havari Paulus'un mektuplarından birindendi.

Biraz daha dayanmalıydım, yenik düşmekten korkmadan sonuna kadar aramaya devam etmeliydim, kılıcımı bulma ve sırrını öğrenme umudumu canlı tutmalıydım.

Yoksa bu küçük kız anlamamakta direttiğim bir şey mi söylemek istiyordu bana? Bir kilisenin parçası olan Bağışlama Kapıları madem ruhsal bakımdan Santiago'ya varmakla aynı sonucu yaratıyordu, neden kılıcım orada olmasındı?

"Haydi, gidelim," dedim çocuğa. Az önce indiğim dağa baktım; bir bölümünü yeniden tırmanacaktım. Santiago'ya ulaşmaktan başka bir şey düşünmediğimden, Bağışlama Kapıları'nın önünden geçerken içeri girmek için en küçük bir istek bile duymamıştım. Şimdi bu küçük kız, bu sıcakta burada karşıma çıkan tek insan, geri dönmem ve görmek istemediğim bir şeyi görmem için başımın etini yiyordu. Para vermeye kalktığımda neden parayı alıp çekip gitmemişti ki? Yoksa düş kırıklığı ve telaş içinde, asıl varmam gereken yeri fark etmeden geçip gitmiş miydim?

Petrus biraz fazla hayalci olduğumu söyleyip durmuştu. Ama belki de yanılıyordu.

Kızla yürürken, aklımdan Bağışlama Kapıları'nın hikâyesi geçiyordu. Kilise'nin yolda hastalanan hacılara getirdiği bir "kolaylık"tı bu. Yol o noktadan sonra yeniden zorlaşıyor ve Compostela'ya kadar dağlardan gidiliyordu; o yüzden, on ikinci yüzyılda papalardan biri daha ileriye gidemeyen hacıların Bağışlama Kapıları'ndan girdikleri zaman tıpkı Santiago'ya varan hacılarla aynı ayrıcalıklara kavuşacaklarını söylemişti. Böylece dağların çıkardığı zorluğu bir çırpıda çözmekle kalmamış, hacı sayısının da büyük ölçüde artmasını sağlamıştı.

Günün ilk saatlerinde geldiğim yoldan yukarı tırmanıyor, bir sağa bir sola kıvrılan, kaygan, sarp patikalardan geçiyorduk. Kız hızlı hızlı önümden yürüyor, ikide bir biraz yavaşlamasını söylemek zorunda kalıyordum. Bir süre yavaşlıyor, ama çok geçmeden unutup yeniden hızlanıyor, ben de söylene söylene ona yetişmeye çalışıyordum. Yarım saat sonra Bağışlama Kapıları'nın önündeydik.

"Kilisenin anahtarı bende," dedi. "İçeri girip kapıları açayım da oradan geç."

Ana kapıdan içeri girdi. Ben de dışarıda beklemeye başladım. Küçük bir kiliseydi, kapılar kuzeye açılıyordu. Kapı denizkabukları ve San Tiago'nun hayatından sahnelerle bezeliydi. Anahtarın sesini duyduğum anda, nereden çıktığı belli olmayan azman gibi bir Alman çoban köpeği koşup geldi, kapıyla arama girdi.

Bir yandan kapışmaya hazırlanıyor, bir yandan da, "Yine mi?" diye düşünüyordum. "Bu iş hiç bitmeyecek mi? Sınamaların, dövüşlerin, aşağılanmaların ardı arası kesilmiyor, kılıcımla ilgili bir tek ipucu yok ortada."

Ama tam o sırada Bağışlama Kapıları ardına kadar açıldı, küçük kız dışarı çıktı. Köpeğin bana baktığını ve gözlerimi onun gözlerine diktiğimi görünce, ona sevgi dolu bir şeyler söyledi, köpek rahatlayıp kendini bıraktı. Kuyruğunu sallayarak küçük kızın ardından kilisenin arkasına gitti.

Belki de Petrus haklıydı. Belki de biraz fazla hayalciydim. Sıradan bir Alman çoban köpeği hayalimde ürkünç bir doğaüstü varlığa dönüşüvermişti. Kötüye işaretti – bozguna yol açan bir yorgunluk belirtisi.

Ama hâlâ umut vardı. Kız içeri girmemi işaret etti. Santiago'ya ulaşabilen hacılarla aynı ayrıcalıklara kavuşacağımı umut ederek Bağışlama Kapıları'ndan içeri girdim.

Boş, gösterişsiz kilisenin içinde gözlerim önemsediğim tek şeyi arandı.

"Bütün sütunların tepesinde denizkabukları var," dedi küçük kız. "İstiridye kabuğu Yol'un simgesidir. Bu Santa Agueda..."

Çok geçmeden buraya kadar boşuna geldiğimi anlamıştım.

"Ve bu da San Tiago Matamoros, kılıç sallıyor. Şunlar da San Tiago'nun atının ayakları altındaki ölü Magripliler. Bu heykel..."

San Tiago'nun kılıcı oradaydı, ama benimki yoktu. Kıza birkaç peseta daha vermeye kalktım, ama almadı. Biraz gücenmiş görünüyordu, kiliseyi anlatmayı kesti ve gitmemi istedi.

Bir kez daha dağdan aşağı vurdum ve Compostela'ya doğru yola koyuldum. Villafranca del Bierzo'dan ikinci kez geçiyordum ki, karşıma bir adam çıktı. Adının Melek olduğunu söyleyip Marangoz Aziz Yusuf Kilisesi'ni görmek isteyip istemediğimi sordu. Adamın adı beni umutlandırmıştı ama, daha yeni düş kırıklığına uğramıştım ve Petrus'un insan davranışları konusunda çok iyi bir uzman olduğunu anlamaya başlıyordum. İnsanlar var olmayan şeyler hakkında bile hayaller kuruyorlardı da, gözlerinin önündeki şeylerden ders çıkarmayı beceremiyorlardı.

Ama belki de sırf insanların bu eğilimini bir kez daha doğrulamak için, Melek'in peşine takılıp o kilisenin yolunu tuttum. Kilise kapalıydı, üstelik Melek'te anahtar yoktu. Kapı kanadının aynasındaki Aziz Yusuf oymasını gösterdi, yanı başında da marangoz âletleri görülüyordu. Teşekkür ederek birkaç peseta vermeye kalkımsa da kabul etmedi ve, "Biz kentimizle gurur duyuyoruz. Bu işi para için yapmıyoruz," dedikten sonra beni sokağın ortasında bıraktı, çekip gitti.

Bana da yeniden Santiago Yolu'na düşmek kaldı, on beş dakika kadar sonra Villafranca del Bierzo'yu ardımda bırakmıştım; kapıları, sokakları ve hizmetleri karşılığında hiçbir şey istemeyen rehberleriyle Villafranca del Bierzo geride kalmıştı.

Bir süre dağlık bölgede yürüdüm; güçlükle ve ağır ağır ilerliyordum. Yola koyulduğumda kafamda yalnızca eski kaygılarım vardı – yalnızlık, Petrus'u düş kırıklığına uğratmış olmaktan duyduğum utanç, kılıcım ve kılıcımın sırrı. Ama çok geçmeden gözlerimin önüne küçük kız ve Melek'in suretleri gelmeye başladı. Ben yalnızca ne elde edeceğimi düşünürken, onlar benim için ellerinden gelenin en iyisini yapmışlar, üstelik karşılığında hiçbir şey istememişlerdi. Ta derinlerden gelen belli belirsiz bir düşünce geçiyordu aklımdan. Düşünmekte olduğum şeyler arasında tuhaf bir bağ kuruluyordu. Petrus hep zafere ulaşılması için mutlaka bir ödül beklentisi olması gerektiğini söylemişti. Ama ne zaman kendi dışımdaki dünyayı unutup yalnızca kılıcımı düşünmeye başlasam, o zorlu dersleriyle gerçekliğe geri dönmeye yöneltmişti beni. Yol'daki birlikteliğimiz boyunca hep böyle olmuştu.

Bunun bir nedeni olmalıydı, üstelik kılıcımın sırrıyla bir biçimde bağıntılı olsa gerekti. İçimde gizlenen, bütünleşmeye ve aydınlanmaya başlamıştı. Aklıma düşenin ne olduğunu hâlâ kestiremiyordum, ama içimden gelen bir ses doğru yönde olduğumu söylüyordu.

İyi ki küçük kıza ve Melek'e rastlamıştım; kiliselerden söz ederlerken yakıp kül eden aşktan bir şeyler vardı onlarda. Aynı yerden iki kez geçmeme neden olmuşlar, böylece Gelenek'in aklımı başımdan alan ayinini unutmamı ve İspanya'nın kırlarına dönmemi sağlamışlardı.

Petrus'un uzun bir süre önce Pireneler'de Yol'un aynı bölümünden birçok kez geçtiğimizi söylediğini hatırladım. O günü özlemle hatırladım. Benim için iyi bir başlangıç olmuştu. Bir olayın birkaç kez tekrarlanması belki de hayırlı bir işaretti.

O gece vardığım köyde yaşlı bir kadının kapısını çalıp bir oda istedim. Oda ve yemek için çok az bir para istedi. Sohbet sırasında Kutsal Yürek'e olan inancından söz açtı, o yıl kurak geçtiği için zeytin ürünü konusundaki kaygılarını dile getirdi. Biraz çorbayla biraz şarap içtim, erkenden yatıp uyudum.

Kafamda gelişmekte olan kavramı artık dile getirmeye yaklaştığımı sezdikçe kendimi daha iyi hissediyordum. Dua ettim, Petrus'un egzersizlerinden bazılarını yaptım ve Astrain'i çağırmaya karar verdim.

Köpekle dövüştüğüm sırada neler olup bittiğini ona sormak istiyordum. O gün nerdeyse dövüşü kaybettirecekti bana; daha sonra haçı yerinden kaldırmaya çalışırken yardımını istediğimde de beni geri çevirince onu bir daha hiç çağırmamaya karar vermiştim. Buna karşılık, çok iyi biliyordum ki köpekle dövüşürken onun sesini tanımasaydım karşıma çıkan ayartmalara bal gibi kanabilirdim.

"Tümen'in kazanması için elinden geleni yaptın," dedim.

Astrain, "Kardeşlerimle dövüşmem," diye yanıtladı. Bu beklediğim yanıttı. Böyle diyeceğini kestirmiştim; kaldı ki, habercinin kendisi gibi davranmasına sinirlenmek anlamsızdı. Böyle durumlarda bana yardım etmiş olan dostu arayıp bulmalıydım onun içinde, çünkü tek işlevi buydu. Öfkemi içime atıp ona büyük bir heyecanla Yol'dan, Petrus'tan, kafamda yavaş yavaş biçimlendirmeye başladığımı hissettiğim kılıcın sırrından söz etmeye koyuldum. Önemli hiçbir şey söylemedi, yalnızca böylesi sırları hiç bilmediğini söylemekle yetindi. Ama akşama kadar suspus oturduktan sonra hiç değilse içimi dökecek birini bulmuştum. Yaşlı kadın kapımı vurup uykumda konuştuğumu söylediğinde saatlerdir konuşuyorduk.

Sabah kalktığımda daha iyimserdim, erkenden Yol'a koyuldum. Hesapça, o gün öğleden sonra, Santiago de Compostela'nın bulunduğu Galicia bölgesine varacaktım. Sürekli yokuş yukarı yürümem gerekiyordu; nerdeyse dört saat boyunca yürüyüş tempomu koruyabilmek için çok zorlandım. Bir tepenin doruğuna varırken artık inişe geçeceğimi hayal ediyor, ama her seferinde düş kırıklığına uğruyordum. Belli ki daha hızlı yürümem olanaksızdı. Uzaktaki dağlar daha da yüksekti, er geç onları da aşmam gerektiğinin farkındaydım. Bu arada, yorgunluktan hiçbir şey düşünemez olmuş, kendime karşı daha acımasız davranmaya başlamıştım.

"Hadi canım," diye soruyordum kendi kendime, "bir kılıcı bulmak için bütün gemileri yakan biri bu kadar ciddiye alınır mı?" Bulamayacak olursam hayatımda ne değişecekti ki? RAM alıştırmalarını öğrendiğimi, habercimi tanıdığımı, köpekle dövüştüğümü ve ölümümü gördüğümü düşünerek, kendimi benim için tek önemli şeyin Santiago Yolu olduğuna inandırmaya çalışıyordum. Kılıç yalnızca bir sonuçtu. Kılıcı bulmayı istiyordum, ama bulduktan sonra onunla ne yapacağımı bilmeyi daha da çok istiyordum. Çünkü tıpkı Petrus'un öğrettiği egzersizler gibi onu da pratik bir işte kullanmalıydım.

Birden durdum. Oluşum halindeki düşünce ansızın açıklığa kavuştu. Her şey açıklık kazandı ve bir Agape dalgası kapladı bedenimi. Keşke Petrus yanımda olsaydı da, nicedir benden duymak istediğini ona söyleyebilseydim, diye geçirdim içimden. Anlamamı gerçekten istediği tek şeydi bu, Santiago Yolu'nda bana bir şeyler öğretmeye çalıştığı saatlerin taçlandığı andı: kılıcımın sırrı!

Ve kılıcımın sırrı, hayatımızdaki tüm uğraşların sırrı gibi dünyanın en basit şeyiydi: Kılıcımın sırrı, onunla ne yapmam gerektiğiydi.

O âna kadar hiç böyle düşünmemiştim. Santiago Yolu boyunca yalnızca kılıcın nereye gizlendiğini öğrenmek istemiştim. Onu neden bulmak istediğimi, ona neden ihtiyaç duyduğumu hiç sormamıştım kendime. Tüm çabalarım ödüle yönelikti; bir şey istediğimiz zaman, kafamızda onunla bilgili belli bir amacımız olması gerektiğini kavrayamamıştım. Bir ödülü aramanın tek nedeni, o ödülle ne yapacağını öğrenmektir. İşte kılıcımın sırrı buydu.

Petrus'un bunu öğrendiğimi bilmeye ihtiyacı vardı, ama onu bir daha hiç görmeyeceğimden emindim. O kadar zaman bunu görmek için beklemiş olmasına karşın, öğrendiğimi hiçbir zaman bilemeyecekti.

Diz çöküp defterimden bir yaprak kopardım, kılıcımla yapmayı düşündüklerimi yazmaya başladım. Kâğıdı özenle katladım ve bana Petrus'u ve onun dostluğunu hatırlatan bir taşın altına bıraktım. Kâğıt zamanla yok olup gidecekti, ama simgesel olarak onu Petrus'a iletiyordum.

Artık kılıcımla başarıya ulaşacağımı biliyordu. Petrus'a karşı görevim tamamlanmıştı.

Dağı tırmanırken, içimde akan Agape çevredeki renkleri güçlendiriyordu. Artık sırrı keşfettiğime göre, aradığımı bulmam gerekiyordu. Benliğimi bir inanç, sarsılmaz bir kesinlik kapladı. Vagon parkında Petrus'un aklına gelen İtalyanca şarkıyı söylemeye başladım. Sözlerini bilmediğim için uyduruyordum. Ortalıkta kimseler yoktu; karanlık bir ormandan geçerken yalnızlığımı bastırmak için sesimi daha da yükselttim. Çok geçmeden, uydurduğum sözlerin tuhaf bir anlamı olduğunu fark ettim. Bildiğim tek dünyayla bir biçimde iletişim kurmamı sağlıyorlardı, çünkü artık öğretmenim dünya olmuştu.

Bunu, farklı bir biçimde de olsa, Tümen'le ilk karşılaşmamda yaşamıştım. O gün, başka dillerde konuşma yeteneği belirmişti içimde. Beni bir kadını kurtarıp bir düşman yaratmakta kullanan ve bana yürekten savaşın acımasız yönünü öğreten Ruh'un hizmetkârı olmuştum. Bu kez her şey farklıydı: Kendi kendimin Ustası olmuştum ve evrenle iletişim kurmayı öğreniyordum.

Yol boyunca karşıma çıkan her şeyle konuşmaya başladım: ağaçlarla, su birikintileriyle, dökülmüş yapraklarla, güzelim asmalarla. Çocuklukta öğrenilen, büyüyünce unutulan, sıradan insanlara özgü bir egzersizdi bu. Dediklerimi anlıyorlarmış gibi gizemli yanıtlar alıyordum onlardan; onlar da yüreğimi yakıp kül eden aşkla dolduruyorlardı. Ürkütücü bir trans halindeydim, ama oyunu bıkıncaya kadar sürdürmek istiyordum.

Petrus bir daha haklı çıkmıştı: Kendi kendime öğreterek, kendimi bir ustaya dönüştürmüştüm.

Öğle yemeği vaktiydi, ama yemek yemek için durmadım. Yol boyunca sıralanan küçük köylerden geçerken sesimi biraz alçaltarak konuşuyor ve kendi kendime gülümsüyordum; beni görenler, o sıralar Santiago Katedrali'ne varan hacıların çıldırmış olduklarını düşünebilirlerdi. Ama çevremi kuşatan hayatın tadını çıkarıyor ve bulduğum zaman kılıcımla ne yapmam gerektiğini biliyordum ya, gerisi umurumda bile değildi.

Bütün bir öğleden sonra trans halinde yürüdüm; nereye gitmek istediğimin ayırdındaydım, ama çevremdeki şeylerin ve onların Agape'yi bana geri getirdiklerinin daha da fazla ayırdındaydım. Yolculuğa çıktığımdan bu yana gökyüzü ilk kez bulutluydu; yağsa ne kadar iyi olacaktı. Onca zamandır yürüyordum, hiç yağmamıştı; yağmur yepyeni bir heyecan getirebilirdi. Öğleden sonra üçte Galicia'ya girdim; haritadan göründüğü kadarıyla, bir dağı daha aşarsam hac yolculuğunun bu etabını tamamlamış olacaktım. Dağı tırmanmakta kararlıydım, dağın ardındaki ilk kasabada, Tricastela'da yatıp uyurum diye düşünüyordum. Zamanında büyük bir kralın –IX. Alfonso– görkemli bir kente dönüştürmeyi hayal ettiği Tricastela, yüzyıllar sonra hâlâ küçük bir kasabaydı.

Şarkı söylemeyi ve çevremdeki şeylerle anlaşmak için uydurduğum dilde konuşmayı sürdürerek, geriye kalan tek dağı, El Cebrero'yu tırmanmaya başladım. El Cebrero adı bölgedeki eski Roma yerleşimlerine uzanıyor ve "Şubat" anlamına geldiği söyleniyordu; herhalde o ay önemli bir olay olmuştu. Çok eskiden burası Yakub yolunun en zorlu bölümü sayılırmış, ama artık işler değişmişti. Gerçi öteki dağlardan daha dik bir yolu tırmanmak gerekiyordu, ama bitişik dağdaki yüksek bir televizyon vericisi hacılar için bir kerteriz noktası oluşturuyor, böylece Yol'u şaşırarak dolanıp durmalarını önlüyordu. Eskiden birçok hacı Yol'u şaşırıp hayatını kaybetmişti.

Bulutlar alçalıyordu, birazdan sisin içinde kalacaktım. Tricastela'ya varabilmek için sarı yol işaretlerini dikkatle izlemek zorundaydım; televizyon vericisi sisler arasında çoktan kaybolmuştu. Yolumu kaybedersem dışarıda yatmak zorunda kalacaktım; yağmur altında uyumak hiç hoş olmayabilirdi. Yağmur damlalarını yüzünde hissederek özgürce yürümenin tadını çıkardıktan sonra yakınlarda bir yer bulup bir kadeh şarap içmek, sonra da yatakta rahat bir uyku çekmek güzeldi de, yağmur yüzünden bütün geceyi çamurlar içinde uykusuz geçirmek, sargılar ıslandığı için dizinin mikrop kapması tehlikesiyle yüz yüze kalmak hiç de hoş değildi.

Hemen karar vermem gerekiyordu. Ya sisin içinden yürümeyi sürdürecektim -ortalık hâlâ yeterince aydınlıktı- ya da El Cebrero'yu aşmayı ertesi güne bırakacak, birkaç saat önce geçtiğim küçük köye geri dönüp orada yatacaktım.

Bir an önce karar vermem gerektiğini fark ederken, tuhaf bir şey olduğunu sezdim. Kılıcımın sırrını keşfettiğime olan güvenim beni garip bir biçimde sisin içine dalmaya yönlendiriyordu, sis beni içine çekip yutacaktı sanki. Küçük kızı Bağışlama Kapıları'na kadar izlememe, o adamla Marangoz Aziz Yusuf Kilisesi'ne gitmeme yol açan duygudan çok farklı bir duyguydu bu.

Brezilya'da birkaç kez birisine büyü yapmayı kabul ettiğimde bu gizemli deneyi çok bilinen bir başka deneye, bisiklete binmeyi öğrenmeye benzettiğimi hatırladım. Bisiklete binersin, pedalları çevirirsin ve düşersin. Bir daha binersin bir daha düşersin, yine binersin yine düşersin, bir türlü dengeni bulamayacakmışsın gibi gelir. Ama birden dengeni buluverirsin, bisikleti ustaca sürmeye başlarsın. Bu, deneye deneye başardığın bir iş değil, ancak "bisikletin seni sürmesine" izin verdiğin zaman ortaya çıkan bir tür "mucize"dir. Yani iki tekerleğin dengesizliğini kabullenirsin ve ilerlerken düşmeye yönelik gizil gücü pedal üstünde daha büyük bir güce dönüştürürsün.

Öğleden sonra saat dörtte El Cebrero'ya tırmanmakta olduğum o anda, aynı mucizenin gerçekleştiğini gördüm. Santiago Yolu'nda onca zaman yürüdükten sonra, Santiago Yolu "bende yürümeye" başladı. O sezgi dedikleri şeye uydum. Ve gün boyunca yakıp kül eden aşkı yaşadığım için, kılıcımın sırrı keşfedilmiş olduğu için ve kriz anlarında insan hep doğru karar verdiği için, hiç duraksamadan sise daldım.

Yol'daki taşlar ve ağaçlardaki sarı işaretleri kaçırmamaya çalışırken, "Bu sis kalkmalı," diyordum kendi kendime. Nerdeyse bir saattir görüş mesafesi iyice azalmıştı, korkumu bastırmak için şarkı söylemeyi sürdürürken bir yandan da olağanüstü bir şey olmasını bekliyordum. Sisin ortasında, bu gerçekdışı ortamda bir başına ilerlerken, Santiago Yolu'nu bir film gibi görmeye başladım; seyircinin böyle şeyler ancak filmlerde olur, diye düşündüğü, kahramanın filmde başka kimsenin cesaret edemediği işler yaptığı an gelmişti. Ama ben gerçek bir durumu yaşıyordum. Orman gittikçe sessizleşiyor, sis dağılmaya başlıyordu. Ortalık yavaş yavaş aydınlanır gibiydi, ama ışık beni yanıltıyor, her şeyi gizemli, ürkünç renklere büründürüyordu.

Ortalık tam bir ölüm sessizliğine bürünmüştü ki, solumda bir kadın sesi duydum. Hemen durup kulak verdim, ama hiçbir şey duymadım; ormanın olağan sesleri, cırcırböceklerinin, böceklerin, kuru yaprakları çıtırdatarak yürüyen hayvanların sesleri bile duyulmaz olmuştu. Saatime baktım: Tam 17:15'ti. Tahminime göre Tricastela'ya yaklaşık beş kilometre kalmıştı, hava kararmadan varabilirdim oraya.

Başımı saatimden kaldırdığımda kadının sesini yeniden duydum. Ve o andan başlayarak hayatımın en önemli olaylarından birini yaşadım.

Ses ormanın bir yerinden değil, içimde bir yerden geliyordu. Sesi açık seçik duyabiliyor, sezgi gücümü artırdığını hissediyordum. Konuşan ne bendim, ne de Astrain. Ses bana yalnızca yürümeyi sürdürmemi söylüyor, ben de hiç sesimi çıkarmadan dediğini yapıyordum. Sanki Petrus geri gelmişti de, yine emir vermekten, emre itaat etmekten söz ediyordu bana. O anda, Yol'un bir aracından başka bir şey değildim; Yol gerçekten de "bende yürüyordu". Gittikçe dağılan sisten yavaş yavaş çıkıyor gibiydim. Çevremde çıplak ağaçlar görüyordum, toprak ıslak ve kaygandı; önümde uzun süredir tırmanmakta olduğum o dik yokuş uzanıyordu.

Birden, sanki sihirli bir el değdi, sis tümden kalktı. Ve karşımda, dağın doruğunda bir haç belirdi.

Çevreme bakındığımda, az önce içinden çıktığım sis bulutunu gördüm, ama tepemde de bir sis bulutu vardı. İkisinin arasında, yüksek dağların doruklarını ve haçın bulunduğu El Cebrero'nun doruğunu görebiliyordum. İçimde dua etmek için karşı konulmaz bir istek belirdi. Tricastela'ya dolambaçlı bir yoldan gitmek zorunda kalacağımı bile bile, doruğa tırmanıp haçın dibinde dua etmeye karar verdim. Tırmanış kırk dakika sürdü; bu süre boyunca hiç konuşmadım, ne içimden, ne de yüksek sesle. Uydurduğum dil unutulmuş bir dildi; başkalarıyla ya da Tanrı'yla iletişim kurmak için uygun bir dil değildi. Santiago Yolu "bende yürüyordu" ve bana kılıcımın yerini gösterecekti. Petrus bir kez daha haklı çıkmıştı.

Doruğa eriştiğimde, bir adam oturmuş bir şeyler yazıyordu. Bir an, başka bir yerlerden gönderilmiş doğaüstü bir varlıkmış gibi geldi. Sonra öyle olmadığını sezdim; giysisine tutturulmuş denizkabuğunu görünce de onun da benim gibi bir hacı olduğunu anladım. Bana şöyle bir baktıktan sonra kalkıp gitti; anlaşılan benden rahatsız olmuştu. Kim bilir, belki benim gibi o da bir meleğin çıkagelmesini bekliyordu; gelgelelim, ikimiz de sıradan insanların Yol'unda bir başkasıyla karşılaşmıştık, o kadar.

Dua etmek istediğim halde hiçbir şey söyleyemiyordum. Bir süre haçın karşısında durdum, dağlara, yeri göğü kaplayan bulutlara baktım, yalnızca yüksek tepeler bulutların üstünde kalmıştı. Kırk-elli metre kadar aşağıda, kilisesinin ışıkları yanan, on beş haneli küçük bir köy görünüyordu. Eğer Yol geceyi orada geçirmemi söylerse köyde kalabilirdim. Ne zaman söyleyeceğini bilemiyordum, ama Petrus artık olmasa da rehbersiz değildim. Yol "bende yürüyordu".

İpini koparmış, dağa tırmanan bir kuzu haçla benim aramda durdu. Biraz ürkmüş gibi bana baktı. Bir süre orada durup kapkara göğe, haça ve haçın ayağının dibindeki beyaz kuzuya baktım. Birden bütün o sınavlar, dövüşler, dersler ve hac yolculuğundan bitkin düşmüş olduğumu fark ettim. Midemde korkuç bir ağrı hissettim, ağrı boğazıma kadar yükseldi, kupkuru hıçkırıklara dönüştü. Kuzuyla haçın görüntüsü karşısında sarsılmış, orada kalakalmıştım. Bu haçı yerinden kaldırıp dikmem gerekmiyordu; karşımda, bir başına ve olanca görkemiyle, zamana ve hava koşullarının etkilerine direnerek öyle duruyordu. İnsanların tanrıları için değil, kendileri için yarattıkları yazgının bir simgesiydi. Santiago Yolu'nun derslerini bir bir hatırlarken içimi çekerek ağlıyordum; korkmuş kuzu tanığımdı.

En sonunda duama başlayarak, "Tanrım," dedim, "bu haça çivilenmiş değilim, orada seni de görmüyorum. Haç boş, sonsuza kadar da öyle kalmalı; ölüm vakti çoktan geçti ve içimde bir tanrı yeniden doğdu. Bu haç her birimizin sahip olduğu sonsuz gücün simgesi. Bu güç yeniden doğduğuna göre dünya kurtulmuş demektir; ve ben, sıradan insanların Yol'unda yürüdüğüm ve onların arasına karışarak senin sırrını bulduğum için senin mucizelerini gerçekleştirebiliyorum. Sen olabileceğimiz her şeyi öğretmek için geldin aramıza, ama biz bunu kabullenmeye yanaşmadık. Sen bize her insanın erişebileceği gücü ve zaferi gösterdin, ama gücümüzün apansız karşımızda belirmesi bize çok fazla geldi. Seni, Tanrı'nın Oğlu'na şükran duymadığımız için değil, kendi gücümüzü kabullenmekten korktuğumuz için çarmıha gerdik. Seni, tanrılara dönüşebileceğimizden korktuğumuz için çarmıha gerdik. Zaman ve gelenekle, uzak bir tanrı haline geldin ve biz insanoğulları da yazgımızla baş başa kaldık.

"Mutlu olmak bir günah değil. Birkaç egzersiz ve duyarlı bir kulak, en olanaksız hayallerimizi gerçekleştirmemiz için yeterli. Bilgeliğimle böbürlendiğim için, bana herkesin yürüyebileceği Yol'u yürüttün, bana hayata birazcık önem veren herkesin çoktan bildiği şeyi keşfettirdin. Mutluluk arayışının kişisel bir arayış olduğunu, başkalarına aktarabileceğimiz bir kalıp olmadığını kavrattın bana. Kılıcımı bulmadan önce onun sırrını keşfetmem gerekiyordu ve sır çok basitti: kılıçla ne yapacağını bilmek. Kılıçla ve onun bana sunacağı mutlulukla ne yapacağımı bilmek.

"Önceden bildiğim şeyleri, hepimizin bildiği, ama kabullenilmesi çok zor olan şeyleri keşfetmek için kilometrelerce yürüdüm. Tanrım, gücü elde edebileceğimizi keşfetmekten daha zor bir şey var mı acaba? Şimdi göğsümde duyduğum, beni ağlatan ve şu zavallı kuzuyu korkutan acı, insanların ilk varoluşundan bu yana duyulan bir acı. Pek az kişi kendi zaferinin yükünün ağırlığını göze alabilir: Çoğu insan hayallerinin gerçekleşebileceğini gördüğünde onlardan vazgeçer. Kendi mutluluklarıyla ne yapacaklarını bilemedikleri için yürekten savaşı vermeye yanaşmazlar; dünya işlerine hapsolur kalırlar. Tıpkı benim, onunla ne yapacağımı bilmeden kılıcımı bulmak istemem gibi."

İçimde uyuyan bir tanrı uyanıyor, ağrı gittikçe artıyordu. Ustamın varlığını çok yakınımda hissettim ve hıçkırıklarımı gözyaşlarına dönüştürmeyi ilk kez başardım. Bana Santiago Yolu'nda kılıcımı arattığı için ona şükran duyarak ağladım. Hayallerimi ancak onlarla ne yapmak istediğimi keşfedersem gerçekleştirebileceğimi bana tek bir söz söylemeden öğrettiği için Petrus'a şükran duyarak ağladım. Haça baktım, haçta kimse yoktu; haçın altındaki kuzuya baktım, karşımdaki dağlarda istediği yere gitmekte, başının üstünde ve ayaklarının altında bulutları görmekte özgürdü.

Kuzu yürüyüp uzaklaşmaya başladı, ben de ardından gittim. Beni nereye götüreceğini biliyordum; bulutlara karşın, her şeyi açık seçik görebiliyordum. Gökte Samanyolu'nu göremesem de, oradan olduğundan, Santiago Yolu'nu gösterdiğinden emindim. O küçük köye, dağla aynı adı taşıyan El Cebrero Köyü'ne doğru yürüyen kuzunun ardından gittim.

Bu köyde bir zamanlar bir mucize meydana gelmişti. Yaptığın şeyi inandığın şeye dönüştürme mucizesiydi bu, tıpkı kılıcımın sırrıyla Santiago Yolu'nun sırrı gibi. Dağdan aşağı inerken, mucizenin hikâyesini hatırladım. Çevre köylerden birinden bir çiftçi fırtınalı bir günde El Cebrero'daki ayine katılmak için dağa tırmanmıştı. Ayini düzenleyen, nerdeyse tümüyle inançsız bir keşişti; oraya ulaşmak için kendini paralayan çiftçiyle alay etmişti. Ama kutsama töreni sırasında, keşiş Hz. İsa'nın bedenine, şarap da onun kanına dönüşmüştü. Vatikan'ın tüm zenginliklerinden daha büyük hazine olan kalıntıları hâlâ orada, o küçük şapelde korunuyordu.

Kuzu, kiliseye giden tek bir sokağın bulunduğun köyün girişinde durdu. Tam o sırada büyük bir korkuya kapıldım ve durmadan, "Tanrım, ben senin evine adım atmaya layık değilim," demeye başladım. Ama kuzu bana bakıp gözleriyle konuştu. Değersizliğimi kafamdan silip atmam gerektiğini, çünkü gücün içimde yeniden doğduğunu söylüyordu. Tıpkı hayatlarını yürekten savaşa adayan tüm insanların içinde yeniden doğabileceği gibi, diyordu. Kuzunun gözleri, insanların bir gün kendileriyle yeniden övünç duyacaklarını, o zaman doğa içlerinde uyumakta olan Tanrı'nın uyanışına övgüler yağdıracaktı.

Bütün bunları kuzunun gözlerinden okuyabiliyordum; Santiago Yolu'nda benim rehberim olmuştu artık. Bir an her şey karardı ve Vahiy'de okuduklarımı hatırlatan birtakım sahneler görmeye başladım: Boğazlanmış Kuzu tahtında oturuyor ve insanlar kaftanlarını yıkıyorlar ve kuzunun kanında beyaz ediyorlardı. Bu, Tanrı'nın onların her birinde uyandığı andı. Aynı zamanda önümüzdeki birkaç yıl içinde yeryüzünü sarsacak savaşları, zor günleri ve afetleri gördüm. Ama her şey kuzunun zaferiyle sona eriyor, yeryüzündeki her insan uyuyan Tanrı'yı ve Tanrı'nın tüm gücünü uyandırıyordu.

Kuzuyu, çiftçi ile sonunda yaptığı şeye inanmış olan keşişin inşa ettikleri küçük kiliseye kadar izledim. Çiftçiyle keşişin kim olduklarını kimse bilmiyor. Kilisenin yanındaki mezarlıkta iki adsız mezar taşı gömüldükleri yeri gösteriyor. Ama hangisi keşişin, hangisi çiftçinin mezarı, bilen yok. Mucize, ikisi de yürekten savaş verdiği için gerçekleşmiş.

Kapısına vardığımda, şapelin bütün ışıkları yanıyordu. Evet, oraya girmeye layıktım, çünkü bir kılıcım vardı ve onunla ne yapmak gerektiğini biliyordum. Burası Bağışlama Kapıları değildi, çünkü ben çoktan bağışlanmıştım ve giysimi kuzunun kanında beyaz etmiştim. Artık yalnızca kılıcımı elime almak ve gidip yürekten savaş vermek istiyordum.

Küçük kilisede tek bir haç yoktu. Mihrapta mucizenin kalıntıları vardı: dans sırasında gördüğüm kap ve çanak ile Hz. İsa'nın bedeni ve kanının bulunduğu gümüş bir mahfaza. İnsanların gündelik hayatlarında mucizeler ve olanaksız şeyler gerçekleştirebildiklerine bir kez daha inanmıştım. Dağların dorukları, orada yalnızca insanlara meydan okumak için bulunduklarını ve insanların yalnızca bu meydan okumanın hakkını teslim etmek için var olduklarını söyler gibiydiler.

Kuzu sıralardan birinin altına girdi, şapelin ön tarafına baktım. Mihrabın önünde, gülümseyerek -belki biraz da ferahlamış olarak- Ustam duruyordu: Kılıcım elindeydi.

Ben öylece dururken, Ustam bana doğru geldi, yanımdan geçip dışarı çıktı. Ardından ben de çıktım. Şapelin önünde, karanlık göğe bakarak kılıcımı kınından çıkardı ve kabzasını onunla birlikte kavramamı söyledi. Kılıcı yukarı kaldırdı ve zafer kazanmak için uzaklara yolculuk yapanların kutsal Vahiy'ini okudu:

Yanında bin, ve sağında on bin düşer;
Fakat sana yaklaşmaz...
Şer sana dokunmayacaktır,
Çadırına veba da yaklaşmayacaktır.
Çünkü bütün yollarında seni tutsunlar diye,
Meleklerine senin için emredecektir.

Diz çöktüm; kılıcı iki omzuma dokundururken şöyle dedi:

Aslan ve engerek üzerinden basıp geçeceksin;
Genç aslanı ve iri yılanı çiğneyeceksin.

Bunu dedikten sonra yağmur yağmaya başladı. Yağmur toprağa bereket veriyordu; bir tohumun filizlenmesini, bir ağacın büyümesini, bir çiçeğin açmasını sağladıktan sonra göğe geri dönecekti. Fırtına şiddetlenmişti; başımı kaldırdım, Santiago Yolu'na çıktığımdan bu yana ilk kez yağmuru duyumsadım. O kupkuru kalmış tarlaları hatırladığımda, o gece bol bol sulandıklarını düşünerek mutluluk duydum. León'daki kayalıkların, Navarra'nın buğday tarlalarının, Kastilya'nın kavruk topraklarının, Rioja'nın bağlarının yağmuru kana kana içtiklerini düşündüm. Bir haçı yerden kaldırdığımı hatırladım ve başka bir hacı emir ve itaati öğrensin diye fırtınanın aynı haçı yeniden devireceğini düşündüm. Çağlayan şimdi yağmurla birlikte daha güçlü dökülüyordur, diye geçirdim aklımdan; toprağı yeniden dölleyecek büyük bir güç bıraktığım Foncebadon'u düşündüm. Şimdi yeniden dolmakta olan onca çeşmeden içtiğim suları düşündüm. Kılıcımı hak etmiştim, çünkü onunla ne yapacağımı biliyordum.

Usta kılıcı uzattı, kabzasından kavradım. Kuzuya baktım, ortadan kaybolmuştu. Ama önemli değildi: Gökten Abıhayat yağıyor ve kılıcımın çeliğini parlatıyordu.

Sondeyiş

Santiago de Compostela

Otelimin penceresinden Santiago Katedrali'ni ve katedralin ana kapısındaki turistleri görebiliyorum. Siyah ortaçağ giysileri içindeki öğrenciler kent halkının arasına karışıyor, hatıralık eşya satıcıları tezgâhlarını açıyorlar. Sabahın ilk saatleri. Aldığım notlar dışında, Santiago Yolu'yla ilgili yazdığım ilk satırlar bunlar.

Kente dün geldim. El Cebrero yakınlarındaki Pedrafita'dan Compostela'ya giden otobüsü yakaladım. Otobüs iki kent arasındaki 150 kilometreyi dört saatte aldı; bu da bana Petrus'la yaptığım yolculuğu hatırlattı. Bazen aynı mesafeyi iki haftada yürüdüğümüz olmuştu. Biraz sonra San Tiago'nun mezarına gidip Meryem Anamızın denizkabukları üstüne işlenmiş suretini bırakacağım. Sonra da en kısa zamanda Brezilya'ya giden bir uçağa atlayacağım, yapacağım o kadar çok iş var ki. Bir keresinde Petrus tüm yaşadıklarını tek bir resimde betimlediğini söylemişti; ben de başımdan geçen her şeyi anlatacağım bir kitap yazmayı düşünüyorum. Ama hemen değil; kılıcımı ele geçirdiğime göre şimdi yapmam gereken çok iş var.

Kılıcımın sırrı bende, onu hiçbir zaman hiç kimseye açıklamayacağım. Bir kâğıda yazıp bir taşın altına bıraktım, ama kâğıt yağmurla birlikte yok olup gidecek belki de. Böylesi daha iyi. Petrus kılıcımın sırrını öğrenmeye gerek duymamıştı.

Ustama sordum: Oraya ne gün varacağımı biliyor muydu, yoksa bir süredir bekliyor muydu orada? Gülerek, oraya önceki sabah vardığını, ben gelseydim de, gelmeseydim de ertesi gün ayrılacağını söyledi.

Bunun nasıl mümkün olduğunu sordumsa da yanıt vermedi. Ama vedalaşma vakti geldiğinde, Madrid'e geri döneceği kiralık arabaya binerken, San Tiago Şövalyeleri tarikatının küçük bir madalyasını verdi bana. Sonra da, kuzunun gözlerinin içine baktığımda çoktan aydınlanmış olduğumu söyledi.

Şimdi düşünüyorum da, insanların kendilerini birinin beklediği yere hep tam zamanında vardıkları galiba doğru diyorum.

SİMYACI

Paulo Coelho

Okurlarının yaşamını değiştiren bir kitap elli yılda bir çıkar. *Simyacı* işte bu mucize kitaplardan. Paulo Coelho'nun, Mevlana'nın *Mesnevi*'sindeki küçük bir öyküden yola çıkarak kaleme aldığı roman, yüreğinde çocukluğunun çırpınışlarını taşıyan herkesi derinden etkiledi. Bir büyük Doğu klasiğinden esinlenen *Simyacı*, kısa zamanda modern klasikler arasındaki yerini aldı. Coelho'nun bu kült romanı, olağandışı bir hazinenin peşinde yollara düşen Endülüslü çoban Santiago'nun, İspanya'dan Tanca kentinin büyüleyici pazar yerlerine, Mısır çöllerine uzanan masalsı serüveninin felsefî öyküsü. *Simyacı*, yüreğinin sesine kulak verme, hayallerinin peşinden gitme bilgeliğinin romanı.

PIEDRA IRMAĞININ KIYISINDA OTURDUM AĞLADIM

Paulo Coelho

Mucizevi bir gücü olan, kendini dine adamış bir erkek ve onun aşkını isteyen, bu aşkı Tanrı'yla bile paylaşmaya yanaşmayan bir kadın: Pilar. Üniversitenin boğuntulu ortamından yüreği daralan ve yaşamına daha büyük bir anlam katmak isteyen Pilar, çocukluk yıllarında yakın arkadaş olduğu bir erkekle yıllar sonra bir konferansta karşılaşır; büyüsüne kapıldığı bu öğretmen izinde, Fransız Pireneler'inde bir yolculukta bulur kendini. Çağlar boyunca mucizelere tanıklık etmiş bu büyüleyicisi ortamda, Pilar'ın yüreği bambaşka deneyimlere açılacaktır. Paulo Coelho, bu romanında, çok değişik bir tutkuyu dile getirirken, Tanrı'nın "kadın yüzü"nü keşfediyor.

VERONİKA ÖLMEK İSTİYOR

Paulo Coelho

Paulo Coelho'nun geçmiş zamanlara uzanan çoğu romanından farklı olarak, *Veronika Ölmek İstiyor* günümüzde geçiyor. Görünüşte her istediğini elde eden, renkli bir yaşam süren, yakışıklı erkeklerle gezip tozan Veronika bir gün ansızın ölmeye karar veriyor. Aşırı dozda ilaç aldıktan sonra kaldırıldığı hastanede birkaç günlük ömrü kaldığını öğreniyor. Hastanede kaldığı günlerde, öteki hastaların yaşamlarını keşfetmekle kalmıyor, eski ilişkilerini çok daha açık seçik görmeye, yaşamını neden anlamsız bulduğunu daha derinden kavramaya başlıyor. O güne kadar yaşamaktan kaçındığı yepyeni duygular keşfediyor: Nefret, korku, merak, aşk, hatta cinsel uyanış. Veronika, varoluşun her anının yaşamla ölüm arasında bir seçim olduğunun ayırtına varıyor.

BEŞİNCİ DAĞ

Paulo Coelho

Paulo Coelho'ya göre, yaşamımızda karşımıza çıkan engellerin, acıların, hüzünlerin tümü erince, mutluluğa açılan birer kapıdır. Buna ulaşmanın sırrı ise "hiçbir zaman vazgeçmemektir". Paulo Coelho, *Beşinci Dağ'da,* İlyas Peygamber'in İÖ 9. yüzyıla uzanan yaşam öyküsünü romanlaştırıyor. Amansız bir zorbalıklar ve savaşlar dünyasının karmaşasında, aşkıyla görev duygusu arasında seçim yapmak zorunda kalan öyküsünü anlatıyor. *Beşinci Dağ,* eski çağların Ortadoğu'sunun rengârenk, ama kargaşalı dünyasını büyük bir ustalıkla betimlerken, İlyas Peygamber'in başından geçenleri olağanüstü sürükleyici bir öyküye dönüştürüyor. Coelho, bir kez daha, aşk ve inancın tüm acıları bozguna uğratışını dile getiriyor.

ŞEYTAN VE GENÇ KADIN

Paulo Coelho

Gözlerden uzak, küçük bir dağ köyüne bir gün bir yabancı uğrar. Yüreğini acılar salan bir sorunun yanıtını aramaktadır: İnsanoğlu, özünde, iyi midir, kötü müdür? Bu gizemli yabancıya kucak açan köy halkı, çok geçmeden kendini onun tehlikeli oyununun içinde bulacak, o güne kadar bağlı olduğu tüm değer yargılarıyla yeniden yüzleşmek zorunda kalacaktır. Coelho, *Şeytan ve Genç Kadın'da,* insan ruhu üstüne büyüleyici meditasyon sunuyor okurlarına. Yaşam, ölüm, adalet, dürüstlük gibi kavramları kışkırtıcı bir yaklaşımla yeniden ele alırken, hepimizin içindeki İyi ile Kötüyü açığa çıkarıyor.

IŞIĞIN SAVAŞÇISININ ELKİTABI

Paulo Coelho

Işığın Savaşçısının Elkitabı, düşümüzü yaşamamız, hayatı kucaklamamız, kendi yazgımızla yüz yüze gelmemiz için bir çağrı. Paulo Coelho, her zamanki benzersiz üslubuyla, herkesin kendi içindeki Işığın Savaşçısı'nı keşfetmesine yol gösteriyor; hepimizi Savaşçı'nın yoluna çağırıyor; yaşam dediğimiz mucizenin değerini bilenin, başarısızlığı da kabullenebilenin, kişisel arayışının sonunda olmak istediği kişi olabilenin yoluna: Işığın Savaşçısı, başkalarının kendisine biçtiği rolü oynamaya kalkışarak zaman harcamaz. Işığın Savaşçısı, kendi kusurlarının farkındadır, ama erdemlerini de bilir. Işığın Savaşçısı, her zaman elinden gelenin en iyisi yapar, başkalarından da aynı şeyi bekler.

ON BİR DAKİKA

Paulo Coelho

On Bir Dakika, Brezilya'nın bir köyünde yaşayan, ilk masum aşk deneyimlerinde hayalkırıklığına uğrayan Maria adlı güzeller güzeli bir genç kızın öyküsünü anlatıyor. Pek çok genç kız gibi iyi bir eş, sakin bir yuva değil, serüvenler, aşklar, zenginlikler hayal eden Maria, hayallerinin peşine takılıp ülkesinden çok uzaklara, İsviçre'nin Cenevre kentine sürüklenir. Dilini bilmediği yabancı bir dünyada, hayallerini gerçekleştirmek uğruna tuhaf serüvenlere karışan genç kızın cesaretinin yanı sıra ilkeleri de sınanacak; Maria kendini, bedenini, ruhunu, cinselliğini keşfetmenin uzun yolculuğuna çıkacaktır. Paulo Coelho, bu gözüpek ve büyüleyici romanında, cinsellik ve aşkın kutsallığını betimlerken, okurlarını kendi önyargıları ve iblisleriyle yüzleşmeye, "yüreklerinde ışığı" keşfetmeye çağırıyor.

ZÂHİR

Paulo Coelho

Ünlü bir yazarın savaş muhabirliği yapan karısı bir gün ansızın ortadan kaybolur. Kaçırılmış mıdır, öldürülmüş müdür, yoksa kocasını terk mi etmiştir? Çok sevdiği karısını bulmak isteyen yazar, karısının en son birlikte görüldüğü bir Kazak genciyle, Fransa'dan Orta Asya bozkırlarına uzanan bir yolculukta bulur kendini. Bu büyülü yolculuk giderek bir "iç yolculuğa" dönüşecek, yazar zamanla yazgının gücünü ve aşkın doğasını yeniden keşfedecek, yaşamına yeni değerler biçecektir. Paulo Coelho, bin kez daha, belleklerden silinmeyecek bir öykü anlatıyor. *Zâhir*'i okuduğunuzda, kader, şöhret ve evlilik konusunda yeniden düşünmeye başlayacaksınız.

Tüm kitaplarımızla ilgili
ayrıntılı bilgi için:

www.canyayinlari.com